UN DÉFENSEUR POUR ALLYE

UN DÉFENSEUR POUR ALLYE (MERCENAIRES REBELLES, TOME 1)

SUSAN STOKER

Traduit de l'anglais (U.S.) par Suzanne Voogd pour Valentin Translation.
Titre original : *Defending Allye (Mountain Mercenaries, Book 1)*

La version anglaise de ce titre était initialement publiée par Amazon Publishing.

DU MÊME AUTEUR

<u>Autres livres de Susan Stoker</u>

<u>Mercenaires Rebelles</u>

Un Défenseur pour Allye

Un Défenseur pour Chloe

Un Défenseur pour Morgan

Un Défenseur pour Harlow

Un Défenseur pour Everly

Un Défenseur pour Zara

Un Défenseur pour Raven

<u>Forces Très Spéciales Series</u>

Un Protecteur Pour Caroline

Un Protecteur Pour Alabama

Un Protecteur Pour Fiona

Un Mari Pour Caroline

Un Protecteur Pour Summer

Un Protecteur Pour Cheyenne

Un Protecteur Pour Jessyka

Un Protecteur Pour Julie

Un Protecteur Pour Melody

Un Protecteur Pour the Future

Un Protecteur Pour Kiera

Un Protecteur Pour Dakota

1

———

— Je te vois au point de rendez-vous, c'est ça ? demanda Black.

— Tout à fait, dit Gray à son ami et partenaire en se préparant à glisser dans l'océan Pacifique depuis le bord du bateau en fibre de verre.

Il devait faire un kilomètre et demi de nage jusqu'à sa cible et il était ancien SEAL de la Navy.

Rex, leur responsable, avait appris qu'un échange avait lieu ce soir-là. Leur travail était d'intercepter une livraison d'argent servant de paiement pour une esclave sexuelle. Le rôle de Gray dans cette mission impliquait de nager jusqu'au bateau attendant l'argent et de maîtriser les personnes à bord, pendant que Black interceptait le bateau qui livrait la somme. Les gens sur les deux bateaux allaient être interrogés au sujet du fonctionnement du réseau de trafic sexuel, de l'identité des principaux intéressés et de leur localisation.

Gray ne savait pas comment Rex obtenait ses informations. Tout ce qu'il savait, c'était que cet homme avait rarement eu tort.

Leur responsable était une énigme pour les hommes des Mercenaires Rebelles. Personne ne l'avait jamais rencontré. Rex était leur patron et l'un des hommes les plus intelligents qu'il ait jamais connus, mais il communiquait seulement par téléphone et en utilisant un appareil lui permettant de transformer sa voix. Il était très mystérieux et légèrement paranoïaque, mais ceux qui avaient travaillé pour lui ne pouvaient nier qu'il était passionné par son travail. Et Gray avait simplement confiance en Rex parce qu'il ne les avait jamais laissés tomber. Ses informations étaient presque toujours exactes à cent pour cent, et dans leur travail, c'était véritablement une question de vie ou de mort. Il relayait l'information à l'équipe, et ils faisaient en sorte de punir encore un autre enfoiré.

Tuer des gens qui pensaient que c'était normal de kidnapper des femmes et des enfants et de les forcer à coucher avec quiconque était prêt à payer ce privilège ne dérangeait pas Gray. Il aurait été ravi de passer le reste de sa vie à se battre pour supprimer tous les enfoirés de la surface de la Terre.

La mission d'aujourd'hui avait été prévue au dernier moment. C'est pourquoi seul Black et lui y participaient, car ils étaient les seuls disponibles. Les autres — Meat, Arrow, Ball et Ro — étaient occupés par les préparatifs pour leur propre mission à Mexico.

Rex les avait informés qu'une femme, Allye Martin, avait récemment été portée disparue par la propriétaire d'un théâtre dansant de San Francisco. C'était une des danseuses et elle n'était pas venue à la répétition. Comme cette région avait récemment vu de nombreuses disparitions de jeunes femmes, Rex surveillait l'activité de la ville. Son réseau d'informateurs avait fait son travail, révélant que le nom de la danseuse disparue avait été entendu en lien avec le tristement célèbre Gage Nightingale.

Nightingale était le chef d'un groupe clandestin qui achetait et vendait des femmes dans le monde entier. Une personne disposant des bons contacts n'avait qu'à faire savoir qui il désirait et voilà ! La femme lui était livrée sur un plateau. Ça ne coûtait pas rien, mais les enfoirés assez puissants pour faire enlever une femme qu'ils désiraient se souciaient rarement du prix.

Avec un peu de chance, en interceptant l'échange d'argent entre l'acheteur et le fournisseur, ils allaient obtenir assez d'informations pour mettre une bonne fois pour toutes un terme à l'opération... et bien sûr, pour découvrir où était détenue la femme achetée. Gray était prêt à obtenir cette information auprès du capitaine par tous les moyens — il était aussi prêt à le tuer s'il essayait de faire remonter un message à la personne ayant acheté la femme ou s'il prévenait Nightingale que l'opération était menacée.

Ils avaient obtenu les coordonnées GPS de l'endroit où le bateau était censé attendre pour recevoir l'argent de la danseuse. Quand Black quittait l'autre bateau, leur plan était de se rejoindre à un point dont les coordonnées étaient convenues à l'avance.

Gray hocha la tête vers Black et glissa dans l'eau. Il était tard et il voyait les lumières de San Francisco au loin, tout en sachant qu'ils étaient à des kilomètres.

Pendant qu'il nageait jusqu'au point prévu, Gray songea brièvement à l'époque où il faisait ce genre de choses pour son pays. Il avait toujours adoré l'eau. Sa mère disait qu'il avait aimé le bain depuis son premier, quand il n'avait que deux jours. Il avait fait partie de l'équipe de natation de son lycée et il avait obtenu une bourse de natation dans la US Naval Academy. Il était presque inévitable qu'il devienne un

SEAL de la Navy. Mais après avoir reçu de fausses informations, toute son équipe avait été tuée et il en était devenu désabusé. Il passait sa colère d'avoir perdu son équipe sur toutes les personnes qui l'entouraient.

Heureusement que Rex lui avait proposé le travail dans les Mercenaires Rebelles. Gray ne savait pas du tout comment il l'avait trouvé, et franchement, il s'en moquait. Il aimait ce qu'il faisait et il avait l'impression de faire une différence dans le monde. Il y aurait toujours des gens qui profitaient des autres, mais lui et le reste du groupe faisaient diminuer leur nombre.

Les vagues légèrement agitées de l'océan ne le gênèrent pas pendant qu'il continuait à fendre l'eau. Il prit le temps de repasser le plan dans sa tête. Il pensa à ce qu'il voulait demander au messager et aux informations dont Rex avait besoin concernant Gage Nightingale afin de démanteler son énorme opération. Il était risqué de conduire le bateau jusqu'au point de rendez-vous, car il n'était sans doute pas enregistré officiellement et Gray ne voulait surtout pas être attrapé et interrogé par les garde-côtes. Ball était un ancien garde-côte, mais comme il n'était pas là, Gray ne pouvait pas compter sur lui pour adoucir les angles, si nécessaire. S'il le fallait, il gérerait les problèmes plus tard.

Levant la tête en nageant, Gray vit la grande silhouette d'un bateau de pêche danser sur l'eau devant lui. Il sourit : il avait été rapide. Il passa de la nage libre à la brasse, afin que ses mouvements ne soient pas vus par quelqu'un observant les eaux sombres. Il fendit les vagues aussi facilement et discrètement qu'une anguille.

Lorsqu'il arriva à hauteur du bateau, Gray retira ses palmes qui coulèrent rapidement sous la surface.

Le bateau était plus grand qu'il ne s'y attendait. Il était noir et blanc et gâché par la rouille. Il était en piteux état, pas entretenu comme il l'aurait été par quelqu'un qui pêchait pour le travail. En se servant de la puissance de son torse, Gray se hissa suffisamment pour jeter un coup d'œil par-dessus le bord. La timonerie se situait vers l'avant du vaisseau et il y avait une porte qui conduisait sous le pont. Des filets étaient accrochés ici et là à l'arrière du bateau, tout comme au moins une douzaine de cannes à pêche. Des caisses et des seaux étaient également éparpillés sur le pont.

Ne voyant personne, Gray se hissa silencieusement par-dessus l'arrière du bateau et il atterrit sans un bruit sur le pont arrière encombré. En plongeant derrière une caisse, puis un baril, il se dirigea vers la porte. Il ne voulait pas que quelqu'un le surprenne par-derrière pendant qu'il interrogeait le capitaine. Il ne devait y avoir qu'un seul homme sur le bateau, mais Gray ne présumait jamais de rien.

Gray portait une combinaison étanche noire équipée de plusieurs poches stratégiques pour ranger des affaires telles que des couteaux, des papiers d'identité pour les autorités au cas où ils étaient impliqués, et d'autres affaires essentielles. La combinaison était impérative pour nager dans le Pacifique. L'eau était bien trop froide pour une simple combinaison de plongée. Les combinaisons de plongée permettaient à l'eau d'entrer et de sortir facilement du matériau, alors qu'une combinaison étanche empêchait l'eau de pénétrer. Gray n'avait pas l'intention de rester dans l'eau pendant un temps prolongé, mais il n'aurait pas été un bon SEAL s'il ne s'était pas préparé à tout ce qui pouvait mal tourner.

Après avoir sorti la petite cale en bois qu'il portait exactement dans ce but, Gray la glissa dans la fente sous la porte. Si quelqu'un essayait de l'ouvrir depuis l'intérieur, il y aurait beaucoup de bruit, alertant ainsi Gray de la présence de quelqu'un d'autre sur le bateau.

Enfin, il porta son attention sur la timonerie. Il y avait un homme dans la petite pièce qui examinait un GPS portable sans avoir conscience de la présence d'une autre personne sur le bateau. Gray sourit en voyant comme cela allait être facile.

Sans un bruit, il se dirigea vers l'homme à qui il fit une cravate avant même que celui-ci ne perçoive sa présence derrière lui.

— Bonjour, le salua Gray de façon décontractée, comme s'ils étaient de vieux amis.

L'homme commença immédiatement à se débattre, mais c'était inutile, car Gray le contrôlait entièrement.

— Voici comment ça va se passer, dit Gray à voix basse. Tu vas répondre à toutes mes questions. Si tu mens, je le saurai et tu perdras un de tes doigts. Si tu mens encore ? Je t'en prends un autre. Nous allons continuer jusqu'à ce que tes mains ne soient plus que des moignons. Et si tu continues à me mentir, je passerai à tes orteils. Compris ?

— Je t'emmerde, siffla-t-il. Je te dirai que dalle.

Rapide comme l'éclair, Gray retira son couteau KA-BAR du fourreau et saisit la main de l'autre homme. Sans la moindre pitié, il trancha la base du pouce avec sa lame acérée comme un rasoir.

Le doigt tomba avec un léger bruit sur les planches en bois à leurs pieds.

L'homme serra immédiatement sa main ensanglantée contre son torse et il se mit à hurler.

Gray ricana et le laissa partir en sachant qu'il ne serait pas une menace pour l'instant, pas tant qu'il était concentré sur la douleur de sa main.

— Voici ma première question : comment obtiens-tu les coordonnées des dépôts d'argent ?

— Tu m'as coupé le pouce, espèce de connard ! s'exclama l'homme sans regarder Gray. Putain de *merde*, ça fait mal !

— Veux-tu que je prenne un autre doigt ? Réponds à ma question, dit sèchement Gray, les bras croisés, surplombant le malfrat qui saignait.

— Je reçois un texto, répondit l'homme très vite.

— De qui ?

— Je ne sais pas. C'est un numéro inconnu. Il me donne les coordonnées. Je navigue jusqu'à l'endroit prévu, j'obtiens l'argent ou la marchandise, puis je me rends à l'endroit où je dois les déposer.

Gray eut envie de rugir en entendant le mot que cet homme utilisait.

— Les femmes ne sont pas des *marchandises*, cracha-t-il.

L'homme haussa les épaules.

— J'ai besoin de cet argent. Je ne pose pas de questions et tout est bien qui finit bien.

Oh, cet homme énervait Gray. Il se pencha et il saisit l'autre main du capitaine.

Au bout de quelques secondes, l'autre pouce était posé sur le pont à côté du premier.

L'homme se remit à crier, mais Gray l'ignora. Il posa la pointe du couteau sous sa gorge et lui dit :

— Tout est bien qui finit bien ? Dis ça aux enfants dont les mères disparaissent. Dis ça aux femmes qui sont violées jour après jour. Dis ça aux familles qui ne peuvent jamais tourner la page quand leurs proches disparaissent. Les femmes ne sont pas une propriété. Et il y a des conséquences pour les crétins comme toi qui pensent pouvoir détourner le regard et faire semblant de ne savoir que l'argent qu'ils reçoivent sert à avilir et abuser des femmes pendant le reste de leur vie. Comment es-tu devenu livreur ?

L'homme répondit sans hésiter cette fois, comme s'il savait que Gray n'était qu'à un cheveu de lui couper la gorge.

— Par l'intermédiaire d'un pote. Je fais semblant d'être un pêcheur et personne n'est étonné lorsque je sors mon bateau à des heures étranges.

— Quel est le nom de ton pote ? demanda Gray en appuyant un peu plus fort le couteau contre la gorge de l'homme.

— Va te faire foutre !

Gray ouvrit la bouche pour dire autre chose — lorsqu'il y eut une explosion sous leurs pieds. Le bateau fut secoué et il dut écarter un bras pour garder l'équilibre.

Incrédule, Gray regarda le capitaine mort de peur.

— Il y a quelqu'un d'autre à bord ? Qui ?

— Je ne connais pas son nom ! Apparemment, il escortait la marchan... euh, la femme. L'acheteur ne voulait pas qu'il lui arrive quelque chose pendant le transfert.

— Merde, jura Gray en sachant que sa mission venait d'être compromise à mort. Il ne devait y avoir personne d'autre à bord du petit bateau. Non seulement ça, mais si la danseuse était accompagnée, quelqu'un devait être *très* désireux de lui mettre la main dessus.

Le bateau chancela alors, puis il commença à s'incliner légèrement.

Sachant qu'il n'avait pas beaucoup de temps, Gray fut sans pitié lorsqu'il trancha la gorge de l'homme d'une oreille à l'autre, en prenant soin de couper sa jugulaire. Il lui tourna ensuite le dos et il sortit de la timonerie avant même que le capitaine tombe sur le sol.

Sentant déjà l'inclinaison subtile du bateau, Gray retourna à la porte qu'il avait coincée plus tôt et qui menait aux pièces de vie. En retirant la cale, il descendit les marches d'un bond, passa devant une porte qui conduisait sûrement à une chambre, et marcha tout droit vers la salle des moteurs d'où devait venir l'explosion. Il ouvrit la porte avec force... et il eut tout juste le temps d'éviter le gros tuyau qui l'aurait frappé en pleine tête s'il n'avait pas bougé.

Sans réfléchir, Gray leva une jambe et donna un coup de pied à l'homme qui avait essayé de le tuer. Il semblait plus âgé que les trente-six ans de Gray, mais il était néanmoins dangereux. L'autre homme essaya encore de le frapper et Gray l'évita facilement. De l'eau montait autour de leurs pieds, de plus en plus profonde à mesure que les secondes s'écoulaient. L'homme avait manifestement saboté le bateau qui coulait très vite.

— Si tu veux vivre, dis-moi pourquoi la danseuse est si importante, ordonna Gray en l'attaquant avec le couteau et en lui égratignant la cuisse lorsqu'il s'approcha de trop près.

— Je t'emmerde, répondit l'homme.

— Nous n'avons pas le temps pour ça, grogna Gray. Qui a acheté la fille ?

— Je te dirai rien, dit l'autre homme en jetant une clé à molette à la tête de Gray.

Il se baissa et il tacla l'homme lorsque celui-ci essaya de se faufiler hors de la salle des moteurs.

Ils luttèrent un moment, mais Gray prit vite le dessus. Il s'assit à cheval sur l'autre homme, les mains serrées autour de sa gorge. L'eau léchait le menton du type allongé, et ses yeux étaient écarquillés en fixant Gray d'un air de défi.

— Qui veut la fille ? répéta Gray.

— Peu importe si tu me tues. Il aura quand même la fille d'une façon ou d'une autre. Il obtient toujours ce qu'il veut.

Frustré, Gray força un instant la tête de l'homme sous l'eau, puis il le fit remonter.

— Où allais-tu la conduire ?

L'homme ricana alors. C'était un sourire sinistre qui

donna la chair de poule à Gray.

— Peu importe où et qui. Il la veut. *Vraiment*. Même si tu la sors de ce bateau, il viendra la chercher. Et tu ne peux pas l'en empêcher.

Gray cligna des paupières. *Quoi* ?

Le bateau s'inclina brusquement et les deux hommes glissèrent vers le moteur. En sachant qu'il n'avait plus le temps, Gray approcha son visage de l'homme.

— Je ne vais pas seulement l'arrêter, je vais le tuer, promit-il.

L'autre homme ouvrit la bouche pour répondre, mais Gray ne lui en laissa pas l'occasion. Il le tira vers le haut et il le retourna dans ses bras comme s'il s'agissait d'un enfant de cinq ans. En l'espace de quelques secondes, il lui avait brisé le cou. Le noyer aurait pris trop de temps. Du temps qu'il n'avait pas, d'après la hauteur de l'eau qui montait sans cesse.

Jetant le cadavre sur le côté, Gray se précipita vers la porte. Il avait voulu prendre son temps et torturer l'homme en le menaçant de noyade pour le motiver, mais en huit mots, cet homme avait scellé son sort.

Même si tu la sors de ce bateau...

En dehors du capitaine, il ne devait y avoir personne d'autre sur ce bateau.

Il ne devait pas y avoir d'accompagnateur.

Et la danseuse n'était certainement pas censée être là non plus. Ceci devait être un dépôt d'argent, pas un transfert.

En barbotant dans l'eau maintenant à hauteur de tibias, Gray sortit de la salle des machines et se dirigea vers le seul endroit où il pouvait encore y avoir quelqu'un.

Il força l'autre porte du couloir à s'ouvrir... et il fixa l'intérieur de la pièce, incrédule.

2

Allye Martin tira frénétiquement sur les menottes à son poignet. L'explosion lui avait fait terriblement peur, mais l'eau qui avait commencé à s'infiltrer sous la porte de sa prison l'effrayait encore plus. Et elle n'avait pas cru pouvoir être plus terrifiée qu'elle l'avait été au cours des quarante-huit dernières heures.

Cependant, rien n'était plus terrifiant que de savoir que la mort était imminente. Être enlevée dans la rue, ce n'était pas fabuleux. Apprendre qu'elle avait été spécifiquement ciblée par quelqu'un n'était pas son meilleur moment, voir que l'eau devenait de plus en plus haute autour du lit sur lequel elle était assise, en sachant qu'elle ne pouvait pas se libérer, sortir de la pièce et avoir une chance de s'en sortir, était horrible.

La noyade n'était pas son idée de la meilleure façon de mourir. Une balle dans la tête : c'était rapide. Une collision frontale... avec un peu de chance, c'était immédiat. Poignardée ? Ce n'était pas idéal, mais si le couteau s'enfonçait exactement au bon endroit, ce n'était peut-être pas si terrible. Retenir sa respiration jusqu'à ce que cela devienne impossible, en sachant que lorsqu'elle ouvrirait instinctivement la bouche pour respirer de l'air elle remplirait ses poumons d'eau ? Absolument terrible.

Elle tira sur son poignet pour la cent quarante-septième fois, espérant vainement qu'il ait rétréci par magie et qu'il passe à travers la menotte, ou que le métal se détache de la tête de lit. Aucun des deux ne se produisit.

Juste au moment où elle essayait de décider si elle devait inspirer de l'eau à pleins poumons afin d'accélérer sa mort, ou si elle devait essayer de retarder l'inévitable, la porte de sa prison s'ouvrit. Si l'eau n'avait pas ralenti le mouvement, elle était certaine que la porte aurait claqué contre le bois derrière.

Allye s'attendait à voir soit l'homme qui l'avait menottée au lit, soit le pêcheur dépenaillé qui avait essayé de faire semblant qu'il ne l'entendait pas hurler à l'aide quand elle avait été traînée sous le pont.

Ce n'était aucun de ces deux hommes. C'était quelqu'un qu'elle n'avait encore jamais vu, et elle savait qu'elle se serait souvenue de lui.

Il était immense. À la fois musclé et grand. En fait, il ne pouvait pas rester debout dans la pièce à cause du plafond bas. Elle n'était pas petite, mais Allye savait qu'elle se sentirait minuscule, debout à côté de ce géant. Il avait la mâchoire carrée et il pinçait les lèvres.

Il avait des cheveux courts et foncés ainsi que des yeux sombres. Des yeux rendus perçants par leur intensité. Il portait une tenue similaire à une combinaison de plongée, sauf qu'elle semblait avoir des poches gonflées à différents endroits. Son visage était couvert d'une espèce de peinture noire qui l'empêchait de vraiment distinguer ses traits dans la pièce sombre.

Ils se dévisagèrent pendant ce qui sembla être une éternité avant qu'Allye se souvienne où ils étaient et ce qu'il se passait. Elle ne savait pas si c'était un type bien ou mauvais, mais à ce moment-là, ce n'était pas important. Pas s'il pouvait la faire sortir d'ici. Elle leva le bras, les menottes faisant un bruit désagréable en raclant contre la tête de lit.

— Je suis coincée.

Les mots lui parurent bêtes dans sa tête, mais il ne sembla pas le penser. Il passa la main dans une petite poche au niveau de sa hanche et il sortit ce qui ressemblait à une clé pour ses menottes.

Il pataugea dans l'eau jusqu'à elle et il se pencha au-dessus de son bras. Allye vit qu'il s'agissait effectivement d'une clé de menottes.

— Portes-tu toujours de telles clés quand tu traînes dans l'océan ?

Elle grimaça en posant la question. Elle avait la mauvaise habitude de dire tout ce qui lui passait par la tête, que ce soit approprié ou pas.

— Ouais.

Elle cligna des paupières.

Un mot. Il avait dit un seul mot, mais c'était suffisant pour qu'elle tombe amoureuse de sa voix. Elle était grave et rauque et elle savait que s'il récitait l'annuaire, elle l'écouterait avec plaisir toute la journée.

— Bon... très bien. Alors aujourd'hui est mon jour de chance puisque tu m'as trouvée ici au moment où j'ai besoin d'une clé. Tu sais... parce que le bateau coule et tout. Le bateau est bien en train de couler, n'est-ce pas ?

— Oui.

— Très bien. Euh... je déteste te déranger, mais tu n'aurais pas par hasard vu un type très effrayant dehors ? Il est un peu plus grand que moi, les cheveux bruns. Il porte un jean et une chemise blanche ? Je sais, ce n'est pas du tout adapté à l'endroit et à l'heure, mais c'est ce qu'il portait.

Quand son sauveur se contenta de la fixer, elle continua :

— Je pose seulement la question parce que, eh bien, je ne crois pas qu'il veuille vraiment que je m'en aille et je ne voudrais pas le croiser. Et c'est ce qui arrivera, tu sais, parce que ce bateau n'est pas très grand. Alors je voulais juste savoir si tu l'avais vu...

Sa voix se perdit et elle se sentit bête alors que le grand homme continuait à la fixer. Il finit par dire :

— Tu n'as pas à t'inquiéter de le croiser.

Elle poussa un soupir de soulagement. Elle se dit que cet homme avait sans doute déjà réglé son compte à l'enfoiré qui avait pris plaisir à lui dire ce qui l'attendait, mais elle voulait en être sûre.

— Merveilleux.

— Allez, viens, sortons ici.

Ne sachant toujours pas si elle se dirigeait vers un danger plus grand encore, Allye descendit du lit. Elle grimaça lorsque ses pieds atterrirent dans l'eau. Ses chaussures lui avaient été retirées, mais elle avait encore son jean et son tee-shirt, et l'eau était absolument gelée.

L'homme se tourna et marcha jusqu'à la porte, toujours légèrement courbé afin de ne pas se cogner la tête au plafond, et Allye le suivit.

À la dernière seconde, elle fit demi-tour en direction du petit bureau dans la pièce.

— Qu'est-ce que... ? Dépêche-toi ! Tu l'as dit toi-même, le bateau coule. Nous devons sortir d'ici, dit impatiemment son potentiel sauveteur ou esclavagiste sexuel.

Sans un mot, Allye subtilisa ce qu'elle était revenue chercher avant de se tourner vers l'homme.

— Je sais. J'arrive.

Lorsqu'il lui tourna une nouvelle fois le dos, certain qu'elle le suivait vraiment cette fois, elle glissa la clé USB qu'elle avait retirée de l'ordinateur portable sur le bureau dans la poche à fermeture éclair de son tee-shirt. Son kidnappeur l'avait laissée dans la pièce quand il avait brusquement disparu juste avant l'explosion.

Satisfaite d'avoir quelque chose à montrer aux flics pour prouver qu'elle avait été enlevée même si le bateau coulait au fond de l'océan, Allye suivit le géant hors de la pièce jusqu'au pont supérieur.

Apparemment, il était arrivé juste au bon moment, car dès qu'ils furent sur le pont, le bateau se balança encore. L'homme tendit un bras pour pousser Allye hors du passage de tout le bazar qui traînait sur le pont et qui glissa vers eux. Allye fut jetée contre le mur de la timonerie avec assez de force pour la faire grogner. Mais presque dès qu'elle heurta le mur, l'homme fut là, lui tenant le bras afin de l'aider à retrouver son équilibre et la guider autour des caisses et des cannes à pêche qui étaient maintenant disséminées un peu partout.

— Merci, murmura-t-elle.

Il ne répondit pas, mais il continua à la tenir en montant, l'aidant jusqu'à l'arrière du bateau. Il s'arrêta pour attraper quelque chose de noir dans une caisse qui s'était ouverte à cause de la force du mouvement du bateau. Le pont était maintenant incliné de façon assez alarmante, à la Titanic, la lampe de la timonerie ressemblant presque à une lumière stroboscopique pendant que le bateau tanguait.

Allye regarda autour d'elle, s'attendant à voir un autre vaisseau, mais lorsqu'elle ne vit rien, elle lâcha :

— Où est ton bateau ?

— J'en ai pas.

Allye le fixa, incrédule. S'il n'avait pas de bateau,

comment allaient-ils rejoindre la ville ? Elle ouvrit la bouche pour lui poser la question lorsqu'il s'arrêta à l'arrière du pont et qu'il s'accroupit, la faisant descendre avec lui.

— Enlève ton pantalon, dit-il d'un ton brusque sans la regarder.

Il scrutait la surface de l'eau. À la recherche de quoi, Allye n'en avait aucune idée. Elle ne voyait rien dans l'obscurité tout autour d'eux et il avait dit ne pas avoir de bateau. Elle n'allait certainement pas ôter son jean. Pas moyen. Il pouvait aller se faire voir.

— Euh... ne devrait-on pas trouver le canot de sauvetage ? Ou les gilets de sauvetage ?

Il se tourna et il l'observa alors, ses yeux parcourant ses cheveux, son visage, puis son corps, avant de remonter pour la regarder dans les yeux.

— Au cas où tu ne l'aurais pas remarqué, chaton, nous coulons. Même si nous avions le temps, nous ne trouverions ni l'un ni l'autre.

Allye cligna des paupières.

— Mais... c'est interdit par la loi de n'avoir aucun objet de flottaison.

Il la fixa encore pendant une seconde avant de sourire.

Allye eut le souffle coupé. Oh, quand il souriait, cela changeait toute sa contenance. Il semblait presque amical. Presque.

— Je pense que puisque le propriétaire du bateau transportait illégalement une femme kidnappée qu'il livrait à quelqu'un pour servir d'esclave sexuelle, il ne se souciait pas tellement d'avoir l'équipement adapté à bord.

— C'est vrai, marmonna-t-elle en se sentant un peu bête. Puis elle regarda autour d'elle. Où sont le pilote et cet autre enfoiré, d'ailleurs ?

— Il faut vraiment que tu retires ce jean, dit l'homme à

côté d'elle sans répondre à sa question. Et tu dois enfiler ça. Nous allons sûrement passer un peu de temps dans l'eau, et dès que nous passerons par-dessus bord, tu auras l'impression d'avoir des ancres attachées à tes hanches si tu ne te débarrasses pas du jean.

— Mais l'eau est froide, protesta Allye en se sentant ridicule tout en posant la main sur le bouton de son jean.

Elle comprit que l'objet noir qu'il avait ramassé sur le pont et qu'il lui tendait maintenant était une combinaison de plongée. L'idée d'entrer dans l'océan lui faisait affreusement peur.

Elle était bonne nageuse, mais elle ne tiendrait pas longtemps, pas avec cette température de l'eau. Cependant, le bateau coulait de plus en plus vite. Soudain, enfiler la combinaison de plongée sembla une très bonne idée. Même si cela n'empêchait pas l'eau d'entrer en contact avec sa peau, elle aurait plus chaud que si elle portait seulement son tee-shirt et sa culotte.

Tout bien considéré, enlever son pantalon devant cet inconnu était le moindre de ses soucis. Elle ne pensa plus qu'à enfiler la combinaison de plongée avant que le bateau disparaisse sous eux.

— En effet, l'eau est froide, dit l'homme, et Allye se rendit compte qu'il répondait à sa remarque idiote.

Elle attendit qu'il développe. Il ne le fit pas. Elle avait un million de questions. De plus, elle ne savait pas si elle pouvait faire confiance à cet inconnu. Il était apparu de nulle part. Avec une clé de menottes. Et elle n'avait pas vu les deux autres hommes depuis longtemps. Les avait-il tués ?

Évidemment. Sinon, pourquoi n'essayaient-ils pas de les arrêter ? Sauf si cet homme faisait partie de tout cela ? Peut-être essayait-il de lui faire croire que c'était quelqu'un de bien afin qu'elle fasse tout ce qu'il disait. Il était certain qu'elle était plus facile à contrôler de cette façon.

— Peut-être...

— Arrête de réfléchir, ordonna l'homme en l'interrompant avant qu'elle puisse terminer sa pensée.

Il lui serra le bras pour attirer son attention.

— Je ne suis pas un des leurs. Je suis de ton côté. Je vais te ramener chez toi. Fais-moi confiance.

— Comment savais-tu ce que je pensais ? demanda-t-elle en enfilant la matière froide de la combinaison de plongée jusque par-dessus ses bras. Heureusement, elle était assez serrée. Si elle avait été trop grande, elle ne l'aurait pas réchauffée.

Les événements des quarante-huit dernières heures pesaient sur elle comme un poids de dix tonnes et elle se sentit soudain épuisée.

— Parce que c'est ce que je penserais si j'étais dans tes baskets.

— Je n'en porte pas, dit-elle bêtement, en levant un de ses pieds et en indiquant son pied nu.

Il ne répondit pas, mais elle pensa voir les coins de sa bouche se lever avant qu'il contrôle sa réaction et qu'il efface l'émotion de son visage.

Allye entendit l'eau clapoter tout autour d'elle, mais elle garda les yeux rivés sur ceux de l'autre homme. Elle déglutit.

— Sommes-nous vraiment sur le point de sauter de ce bateau dans l'océan sans gilet dke sauvetage ? Et tu penses quoi ? Que nous pouvons nager jusqu'à la rive ?

— Les doigts dans le nez, dit l'homme en souriant encore.

— Peut-être qu'il ne coulera pas, dit-elle avec espoir.

— Si, ça va couler, dit son sauveteur avec conviction.

Le bateau tangua juste à ce moment-là, comme pour prouver ses dires, s'inclinant encore un peu plus et les forçant à se cramponner au bord. L'océan était plus près maintenant. Il avait raison. Tout espoir de se raccrocher au bateau jusqu'à ce que les garde-côtes ou un autre pêcheur les trouve disparut.

En fermant les yeux, Allye inspira profondément. Lorsqu'elle les rouvrit, l'homme était toujours juste à côté d'elle, l'observant avec une telle intensité que cela l'angoissa.

— Prête à partir, chaton ?

— Pourquoi m'appelles-tu ainsi ?

— Parce que tu as les yeux de deux couleurs différentes. J'avais un chaton comme ça autrefois. Tu me la rappelles. Elle avait un air innocent avec de grands yeux, mais de temps en temps, elle me montrait qu'elle ne se laisserait pas faire en me griffant.

Allye leva les yeux au ciel.

— Super. Je suppose que ça vaut mieux que de dire que je suis possédée par le diable. Entre mes yeux et cette mèche blanche dans mes cheveux, tu n'imagines pas combien de personnes ont essayé de me « sauver ».

Le bateau émit un grincement bruyant et sans un mot, l'homme à côté d'elle pivota et posa les mains autour de sa taille. Avant qu'elle comprenne ce qu'il avait prévu, elle volait à travers les airs, plongeant vers l'océan agité.

* * *

Gray se sentit mal pendant une fraction de seconde, mais lorsqu'il vit tout l'avant du bateau disparaître, il réagit simplement, souhaitant éloigner la femme qu'il avait surnommée « chaton » du danger. Il ne voulait pas être assis à l'extrémité du bateau lorsque celui-ci coulait.

Il savait que même s'il était aspiré vers le fond avec le bateau, il pouvait facilement s'échapper et nager vers la surface, mais ce n'était sans doute pas le cas d'Allye. Il préférait l'éloigner du bateau une bonne fois pour toutes plutôt que de risquer de la mettre en danger.

Perdant une précieuse seconde pour jeter un coup d'œil à sa montre et remarquant qu'il était peu après vingt et une heures, Gray plongea du bateau sans attendre de voir si la tête de la femme émergeait entre les vagues. Il espérait que Black se rende compte assez tôt que Gray n'allait pas pouvoir être à leur point de rendez-vous. Ainsi, ils auraient à passer moins de temps dans le Pacifique froid. Il pouvait le supporter, mais il ne savait pas si Allye Martin le pouvait.

Il ne pensa pas une seconde aux deux hommes qui allaient disparaître pour toujours en même temps que le bateau. Leur cimetière allait être le fond de l'océan, mais leurs âmes avaient certainement déjà été aspirées en enfer.

Gray commença immédiatement à nager vers l'endroit où Allye avait atterri, attendant que sa tête émerge et qu'elle se plaigne d'avoir été jetée sans avertissement.

Plusieurs secondes passèrent et Gray devint de plus en plus tendu. Putain, avait-elle été blessée en atterrissant ? Il n'avait même pas pris la peine de demander si elle savait nager. Il avait simplement réagi instinctivement.

Juste au moment où il s'apprêtait à plonger sous la surface afin de la chercher aveuglément, il la vit. Elle se trouvait environ six mètres plus loin que là où elle était tombée. Il nagea vers elle tout en se demandant comment elle était arrivée là si vite.

Lorsqu'il la rejoignit, il ne prit pas la peine de garder ses distances. Il nagea jusqu'à elle et posa un bras autour de sa taille, la tirant contre lui et les maintenant tous deux facilement au-dessus des vagues.

— Es-tu blessée ? demanda-t-il brutalement.

La femme leva la main et essuya les cheveux de son visage, la mèche blanche devenant visible parmi ses boucles brunes. C'était vraiment inhabituel... et intéressant.

— Non, mais j'aurais aimé être prévenue.

Gray se détendit légèrement. La dernière chose qu'il voulait ou dont il avait besoin, c'était qu'elle soit désagréable avec lui. Il savait que Black allait venir le chercher s'il ne venait pas au point de rendez-vous avec le bateau, mais cela allait prendre du temps.

Il espérait que Black ait pu localiser et intercepter l'autre bateau. Ils avaient besoin de plus d'informations. La personne dans l'autre bateau pouvait être celle qui avait déposé la femme. Il n'avait rien tiré du propriétaire du bateau de pêche ni de l'enfoiré surprise qui escortait la dame jusqu'à celui qui l'avait achetée.

Il n'avait pas non plus trouvé ce à quoi il s'attendait en entrant dans la chambre du petit bateau. Il s'était attendu à une victime d'enlèvement paniquée et morte de peur. À la place, il avait trouvé une femme calme et assez amusante qui jusqu'ici avait fait ce qu'il fallait pour survivre. Non seulement ça, mais elle était attirante.

Allye Martin n'était pas une femme à la beauté agressive, mais elle était jolie. Elle avait un nez mignon qui remontait au bout, et même s'il n'avait pas encore vu un vrai sourire, il avait aperçu une fossette sur une de ses joues. Elle avait les lèvres pulpeuses et ses pommettes saillantes donnaient des angles intéressants à son visage. Mais ses yeux...

Son œil droit était bleu foncé, comme une tempête. Gray avait l'impression qu'il pouvait changer de teinte sous une lumière différente. Et le gauche était noisette. L'effet était assez surprenant, mais il ne diminuait pas du tout sa beauté. Elle avait de grands yeux avec des cils extrêmement longs.

Ses joues étaient rougies en ce moment malgré le froid de l'eau, et il voyait qu'elle était stressée au maximum.

Secs, ses cheveux avaient été d'une riche couleur brune, en dehors de la mèche blanche qui faisait environ deux centimètres de large et qui partait du haut de son crâne sur le côté droit de sa tête. Elle descendait jusqu'au bout de ses cheveux qui tombaient plus bas que ses épaules. Comme ses yeux, la mèche inhabituelle attirait le regard. Et cela lui allait bien. Gray ne savait pas comment il en était certain, mais c'était ainsi.

Il sentait que son corps était agile sous sa main. Elle était musclée et en forme, comme n'importe quelle danseuse professionnelle.

La façon décontractée dont elle avait demandé s'il avait une clé pour les menottes l'avait amusé. Il s'était attendu à ce qu'elle soit hystérique. Ou au moins à ce qu'elle pleure, mais elle semblait très bien tenir le coup. Jusqu'ici, tout ce qu'il avait vu l'avait attiré... mais il n'était pas là pour un rendez-vous galant. Bien au contraire.

Dégoûté par lui-même, Gray secoua mentalement la tête. Il devait se concentrer afin de les conduire le plus près possible du point de rendez-vous. Si nécessaire, Gray aurait sans doute pu nager jusqu'à la rive, puisqu'il portait une combinaison étanche et qu'il était plus ou moins habitué à la température glaciale de l'océan, mais il doutait fortement que le chaton dans ses bras puisse y arriver.

Il se concentra donc sur le fait de l'occuper afin qu'elle ne panique pas.

— Pardon, s'excusa Gray en se souvenant qu'elle avait dit vouloir être prévenue avant d'être jetée dans les airs comme si elle était une enfant plutôt qu'une femme adulte. J'ai vu le bateau couler du coin de l'œil et j'ai simplement réagi.

Elle soupira et répondit en claquant des dents :

— Ça va.

— Comment es-tu arrivée jusqu'ici si vite ?

Il sentit ses jambes frôler les siennes pendant qu'ils faisaient du surplace dans l'eau. Il pensa à d'autres façons de mêler leurs jambes, mais il chassa cette image. Ce n'était pas l'endroit et certainement pas le moment.

Elle haussa les épaules.

— J'ai compris ce qu'il se passait avant même d'atterrir, et des images de *Titanic* me sont venues en tête. Je ne voulais pas être aspirée avec le bateau, alors j'ai nagé sous l'eau pendant aussi longtemps que j'ai pu retenir ma respiration.

— C'est malin, murmura Gray.

Elle leva les sourcils.

— Quoi ? demanda-t-il.

— Un homme — un homme manifestement solide et macho — qui admet que ce qu'a fait une femme était malin ?

Il ne put s'empêcher de glousser.

— Je suis tout à fait capable de te le dire quand tu as fait quelque chose de bien, se défendit-il.

Elle le regarda avec méfiance.

— Mais...

Elle laissa le reste de la phrase en suspens.

— Mais je suis aussi capable de te le dire quand tu as fait quelque chose de stupide. Et repartir chercher un bijou ou quoi que ce soit que tu considères ne pas pouvoir laisser sur ce bateau était carrément stupide. Si le bateau avait coulé alors que nous étions encore dans cette pièce, nous serions très probablement en route pour le fond, tout comme les deux sbires qui étaient à bord avec toi.

Elle l'observa pendant un moment avant de soupirer et de détourner la tête.

— Cela n'a pris qu'environ trois secondes, mais tu as raison. Pardon.

Son excuse était adaptée à la situation, mais pas son ton. Elle semblait déçue. Par lui. Et cela l'irrita.

Gray savait que quelque chose clochait, mais d'un autre côté, beaucoup de choses n'allaient pas en ce moment même. Il voulait lui demander ce qui était si important pour qu'elle risque de mourir en le récupérant… mais il ne le fit pas. Ils avaient encore une épreuve difficile devant eux et il voulait se la mettre dans la poche pour l'instant. Il ne fallait surtout pas qu'elle se fâche avec lui et qu'elle devienne encore plus difficile.

— Comment t'appelles-tu ? demanda-t-il, alors qu'il le savait déjà.

Il était essentiel de l'encourager à parler. Cela occupait son esprit et permettait à Gray d'évaluer son état physique.

— Allye, comme Baba, mais avec un *y* et un *e*.

Il gloussa.

— On dirait que tu as souvent dû donner cette explication.

Elle haussa les épaules.

— C'est vrai.

— Et ton nom de famille ?

— Martin. Allye Martin. Et toi ?

— Grayson Rogers.

Ça ne le gênait pas de lui donner son vrai nom. Ce n'était pas comme si elle pouvait le chercher sur Google et découvrir qu'il était avec les Mercenaires Rebelles. Quand il n'était pas envoyé à l'autre bout du monde par Rex pour régler leur compte à quelques êtres humains horribles qui méritaient ce qu'ils récoltaient, il était comptable. Et très doué.

— Ravie de te rencontrer, Grayson, dit Allye.

Gray ne put s'en empêcher. Il rit.

Elle fronça les sourcils.

— Qu'y a-t-il de drôle ?

— C'est toi, chaton. Nous voilà au milieu de l'océan, sans bateau, sans gilet de sauvetage, et tu agis comme si nous nous trouvions dans un petit salon du dix-huitième siècle.

Elle le poussa et il la laissa partir. Il devait analyser ses capacités à la nage, de toute façon, et c'était un moment comme un autre pour le faire.

— Préfères-tu que je me mette à crier et à pleurer ? C'est ça ? Que j'agisse en tant que victime impuissante ? Je n'ai jamais été une victime de toute ma vie et je n'ai pas l'intention de commencer maintenant. Et je ne pleure pas, alors tu peux oublier ça, aussi.

— Jamais ?

— Quoi ?

— Tu ne pleures jamais ?

Elle haussa les épaules, mais elle continua à lui jeter un regard assassin.

— Non.

— Pourquoi pas ?

Elle écarquilla les yeux.

— Pouvons-nous ne pas en parler ?

— Pourquoi pas ? demanda-t-il encore.

— Merde, on dirait un gamin de deux ans. Pourquoi, pourquoi, pourquoi ? se plaignit-elle.

Il gloussa. C'était presque drôle.

— Ce n'est pas comme si nous avions autre chose à faire en ce moment, dit-il. Je veux dire, pendant que nous traînons ensemble, nous ferions aussi bien d'apprendre à nous connaître. Pourquoi ne pleures-tu jamais ?

Elle marmonna quelque chose qu'il n'entendit pas, mais

qui ressemblait beaucoup à « Pitié, que l'on me sauve des machos », puis elle se tourna vers lui.

— Parce que pleurer ne sert à rien. Tout ce que ça fait, c'est mettre les autres mal à l'aise et te rendre malheureux.

— Pleurer ne me met pas mal à l'aise, lui dit-il.

Elle leva les yeux au ciel.

— Mais bien sûr.

— Pleurer est une bonne façon de libérer ses émotions. Si je suis avec un enfant et qu'il ou elle pleure, cela montre sa souffrance physique ou morale.

— Et si une femme pleure ? demanda Allye.

— Alors, je dois découvrir qui je dois frapper ou tuer.

Gray n'avait pas réfléchi à ce qu'il disait et ce fut trop tard lorsque les mots eurent quitté sa bouche. Il grimaça intérieurement. Il ne voulait pas lui rappeler ce à quoi elle venait d'échapper. Il sut ce qu'elle allait demander avant même qu'elle ouvrit la bouche.

— Tu les as tués, n'est-ce pas ?

Il n'eut pas besoin de demander de qui elle parlait. En soupirant, il décida de dire la vérité afin de continuer à gagner sa confiance et il dit simplement :

— Oui.

— Bien.

Sa réponse fut courte et elle surprit Gray sur le moment. Il n'éprouvait pas de remords par rapport à ce qu'il avait fait, mais cela faisait longtemps qu'un civil avait été aussi brutalement d'accord avec ses actes qu'Allye semblait l'être.

Lorsqu'il ne dit rien, elle se mit sur la défensive.

— Je veux dire, ce n'est pas comme s'ils étaient des membres importants de la société de San Francisco. J'ai supplié un des types de m'aider à m'échapper, mais il a agi comme si je n'étais pas là. Il savait que j'étais sur ce bateau contre ma volonté, et il s'en moquait. Et cet autre type...

Gray la vit frissonner.

— Il aurait aussi bien pu être le frère de Satan. Il était si glacial.

Gray fléchit les bras et flotta plus près d'Allye. La lune brillait dans le ciel sombre, offrant suffisamment de lumière pour qu'il puisse voir son visage. Il ne la toucha pas, mais il était juste devant elle, alors il put distinguer son expression lorsqu'il lui posa la question suivante :

— Est-ce qu'il t'a violée ?

Allye écarquilla les paupières en entendant ces mots francs.

— Non, répondit-elle sans hésitation. Mais il a vraiment pris plaisir à tout me raconter au sujet de l'homme qui m'a achetée, et que je devais l'appeler Maître, et qu'il allait profiter de chaque centimètre de mon corps... après m'avoir « dressée ». Dans ses rêves. Je ne suis pas un putain de chien qui vient au pied.

— Sais-tu qui t'a achetée ?

Gray détesta prononcer ces mots. Cela semblait terrible de dire « acheter » comme si elle était vraiment une esclave. Mais ils n'étaient pas vraiment dans une situation où ils pouvaient tourner autour du pot.

Allye secoua la tête.

— Non. Le type ne m'a jamais dit son nom. Mais il a dit que mon nouveau maître m'observait depuis un moment maintenant, et qu'il était obsédé par moi... ce qui explique qu'il ait envoyé quelqu'un pour m'accompagner. Il voulait s'assurer qu'il n'arrive rien à sa propriété.

Gray se sentit complètement perdu. Si celui qui l'avait achetée l'avait observée, il était probable qu'il vive ou qu'il travaille dans les environs de San Francisco. Et s'il vivait dans la même ville qu'Allye... pourquoi tous ces subterfuges ? Pourquoi ne pas simplement la faire escorter jusqu'à lui ? L'histoire des bateaux n'avait aucun sens.

En notant mentalement d'en parler avec Rex, il demanda :

— Tu es danseuse, c'est ça ?

Elle hocha la tête.

— Oui. Avec le théâtre dansant de San Francisco.

— Du classique ?

Allye leva les yeux au ciel.

— Pourquoi tout le monde pense que les danseuses font du classique ? Non. Je veux dire, je sais danser le classique, mais ce n'est pas mon truc. Je fais à peu près tous les autres types de danse. Moderne, jazz, danse de salon, même quelques claquettes. Une fois, j'ai passé trois mois en tournée avec Janet Jackson. Je peux te dire que c'était bien plus dur que les soirées que je fais avec le théâtre. C'est une perfectionniste et si nous rations quelque chose pendant un spectacle, elle n'hésitait pas à nous le faire savoir... *et* nous devions répéter deux heures de plus avant la performance suivante.

Une vague sortit de nulle part et s'écrasa au-dessus de leurs têtes. Gray secoua les gouttes comme s'il avait des ouïes de chaque côté du cou, mais Allye toussa et cracha de l'eau salée.

Si Gray avait pu se donner un coup de pied au cul à ce moment-là, il l'aurait fait. Il devait se diriger vers un endroit sûr, pas nager sur place en discutant. Plus elle avalait d'eau salée, pire ce serait pour elle. Mais c'était la moindre de leurs inquiétudes. Elle allait mourir d'hypothermie long-temps avant que le sel dans son corps devienne un problème.

— Quand as-tu mangé ou bu quelque chose pour la dernière fois ? demanda-t-il en s'approchant d'elle et en serrant son biceps.

— Je ne sais pas. Ça ne fait pas très longtemps. L'enfoiré m'a fait manger et boire quand nous sommes montés à bord. Il a dit que s'il arrivait avec moi alors que j'étais malade ou déshydratée, mon *maître* n'allait pas être content.

Gray se sentit inhabituellement en colère en entendant ce qui avait failli arriver à cette femme, mais il chassa cela de son esprit.

— Très bien. Voici comment ça va se passer. Fais ce que tu peux pour ne pas avaler d'eau salée.

Elle hocha la tête.

— Je ne suis pas idiote. J'ai vu les films et les émissions télé où les gens sont coincés dans l'océan pendant des jours et où ils deviennent fous après avoir consommé trop de sel.

— Nous n'allons pas passer des jours ici, l'informa-t-il.

Il n'ajouta pas que s'ils restaient dans l'océan pendant des heures, encore plus des jours, ils mourraient à cause de la température de l'eau. Si elle n'abordait pas le sujet maintenant, lui non plus.

— D'accord. Je déteste t'annoncer ça, Grayson, mais ces lumières sont bien plus éloignées qu'elles n'y paraissent. Sans compter que ceci n'est pas exactement une piscine de quartier. Des créatures avec des dents, beaucoup de dents, vivent dans cet océan.

— Gray.

— Quoi ?

— Mon nom. C'est Grayson, mais tout le monde m'appelle Gray.

Elle le fixa pendant une seconde avant de lever encore une fois les yeux au ciel.

— Très bien. Comme tu veux. Gray.

— Tu fais ça très souvent, lui dit-il.

— Je fais quoi ?

— Tu lèves les yeux au ciel.

— C'est parce que tu dis des choses qui sont si ridicules que je ne peux pas m'en empêcher, rétorqua-t-elle.

Ouais, il pouvait dire qu'elle lui plaisait. Il aimait son esprit. Il aimait le fait qu'elle ne panique pas. Il aimait qu'elle fasse la maligne avec lui alors qu'elle venait de traverser quelque chose d'horrible.

— Je suis bon nageur, lui dit-il.

— Moi aussi, répondit-elle immédiatement. Mais ça ne veut pas dire que je peux nager jusqu'à la rive sur un million de kilomètres avant de geler à mort, de mourir de soif ou de me faire manger par un requin.

Gray lui prit la tête entre les mains en soutenant leurs deux poids dans l'eau grâce aux mouvements continus de ses jambes.

— Je vais te ramener chez toi, chaton. Promis.

Cette fois, elle ne leva pas les yeux au ciel. Elle le fixa avec ses yeux dépareillés et elle se contenta de hocher la tête.

3

———

— Peux-tu me dire ce qui est arrivé ? Comment as-tu atterri sur ce bateau ? demanda Gray après qu'ils eurent nagé pendant quelques minutes.

Il sentait déjà Allye frissonner chaque fois qu'il la frôlait dans l'eau. Il lui avait fait enfiler la combinaison de plongée, mais il n'allait pas la garder en vie si Black ne se dépêchait pas de les trouver.

— Je ne p-peux pas te raconter grand-chose. J'étais en route vers chez moi et j'étais descendue du tram. Il y avait des véhicules garés tout le long de la r-route, comme d'habitude, et juste au moment où j'en ai longé un, la porte arrière s'est ouverte et quelqu'un est sorti. Il m'a attrapée, et je me suis retrouvée assise à l'arrière avant même de pouvoir pousser autre chose qu'un petit cri de s-surprise. J'ai commencé à hurler dès que possible, mais il avait fermé la porte, la voiture r-roulait déjà et il m'a injecté quelque chose.

— Il t'a injecté un produit ? demanda Gray en détestant la façon dont elle bafouillait de froid.

Il n'était pas censé rejoindre Black avant presque une heure. Il ne savait pas si Allye disposait d'autant de temps.

Elle hocha la tête.

— Oui. Il a planté une seringue dans ma cuisse. Ça m-m'a fait un mal de chien. Quand je me suis réveillée, on me portait sur le bateau. J'ai crié au c-capitaine que j'avais été enlevée en lui demandant de m'aider, mais tu sais déjà qu'il m'a ignorée.

Gray était déçu qu'elle n'en sache pas davantage, mais pas surpris.

— Parle-moi de ta f-famille, demanda Allye, souhaitant manifestement changer de sujet.

— J'ai un frère, Jackson, qui a trois ans de moins que moi.

— Laisse-moi deviner, il passe aussi son temps à sauver des demoiselles en détresse.

— C'est un professeur des écoles, lui dit Gray.

Elle resta silencieuse pendant un moment, avant de se mettre à glousser.

Le bruit résonna sur l'eau autour d'eux, et Gray ne put s'empêcher de sourire en réaction. Il pouvait l'imaginer lever les yeux au ciel.

— Sérieusement ? demanda-t-elle.

Ils nageaient côte à côte, en faisant la brasse sur le côté de sorte à pouvoir se parler. Ils avaient pratiqué la nage libre pendant un moment, mais comme il faisait sombre, Gray voulait être capable d'analyser comment elle s'en sortait en lui parlant. C'était également plus facile pour veiller à ce qu'ils ne s'éloignent pas dans l'obscurité.

— Sérieusement, confirma-t-il. En grandissant, il voulait être les choses habituelles : pompier, policier, cow-boy... mais en dernière année de lycée, il a été obligé de choisir un cours d'un semestre appelé Métiers. Ils ont été exposés à toutes sortes de métiers différents et il dit avoir eu un déclic lors de la journée qu'il a passée bénévolement dans une classe de CE1.

— C'est c-cool.

— Effectivement. Et c'est un très bon prof. Il a gagné toutes sortes de récompenses et les enfants l'adorent.

— Je parie que tes parents sont fiers de lui, dit Allye.

Gray entendit quelque chose dans son ton, quelque chose qu'il ne sut pas interpréter.

— Oui, ma mère l'a toujours préféré, lança-t-il. Mon père est mort il y a un moment, mais il aurait aussi été ravi que son fils fasse un travail qu'il aime tout en aidant des enfants.

Allye ne réagit pas.

— Et toi ?

— Et moi *quoi* ? demanda-t-elle.

— Qu'en est-il de ta famille ?

— Je n'en ai pas.

Gray cligna des paupières et essaya de voir son visage dans l'obscurité. Ce fut impossible.

— Tout le monde à une famille.

— Non, Gray, tout le monde n'en a pas. Certaines personnes ne sont simplement pas destinées à avoir une m-maman qui les aime.

— N'importe quoi, rétorqua Gray.

Il l'entendit s'étrangler un peu, mais elle ne se laissa pas appâter.

— Peu importe que ce soit une mère adoptive, une mère dans un foyer d'accueil, ou une mère biologique, chaque enfant mérite d'être la prunelle des yeux d'une maman.

— Comment as-tu atterri sur ce bateau pour sauver une demoiselle en détresse, au fait ? demanda Allye après quelques minutes.

Gray voulait en savoir plus sur sa mère. Il voulait savoir à qui il devait botter le cul, mais il lui permit ce changement de la conversation.

— C'est une longue histoire.

Elle ricana et il l'imagina encore lever les yeux au ciel.

— Ce n'est pas comme si nous avions autre chose à faire en ce m-moment, dit-elle d'un ton sarcastique.

— C'est vrai. Voyons... je ne sais pas trop par où commencer.

— Que dirais-tu du début ?

Gray sourit. Cette femme lui plaisait. Il commençait à regretter le fait de devoir la laisser repartir lorsque Black les aurait retrouvés et déposés au point d'arrivée. Cela faisait longtemps qu'une femme ne l'avait pas captivé comme Allye le faisait.

— Très bien, le début. J'ai reçu une bourse pour nager dans la US Naval Academy, et comme j'en suis sorti diplômé, j'ai immédiatement fait des essais pour entrer dans les SEAL. Je pensais savoir à quoi m'attendre après la célèbre Semaine Infernale, mais personne ne peut vraiment être préparé à ça.

— Tu as été SEAL ? Ça explique beaucoup de choses, dit-elle sans la moindre trace de sarcasme. J'ai vu des d-documentaires sur le genre d'entraînements que vous faites, dit Allye en continuant à nager lentement. Ça a l'air affreux.

— C'est affreux, confirme Gray. C'est la pire chose que j'ai faite de toute ma vie. À chaque seconde qui passait, je voulais vomir et tout abandonner.

— Pourquoi ne l'as-tu pas fait ? Quitter les SEAL, je veux dire.

— Parce que j'étais fâché contre les instructeurs. Je savais qu'ils essayaient de nous faire abandonner — moi tout particulièrement, parce que j'étais officier — et cela me rendait encore plus déterminé à ne pas les laisser gagner.

— Hmmm.

Gray savait que c'était impossible à comprendre pour une personne n'ayant pas vécu cette torture physique et mentale. Et cela avait été une torture. Mais également la meilleure chose qui lui soit arrivée. Il avait souvent utilisé ce qu'il avait appris auprès de ses instructeurs intraitables et cela lui avait sauvé la vie plus d'une fois.

— Une des choses que nous devions faire en entraînement, c'était nager la nuit. Nous savions tous que cela viendrait. Ce n'était pas un secret, il s'agissait d'une des tâches que nous devions accomplir. Cela ne faisait qu'une heure que nous dormions quand nous avons été réveillés et rassemblés dans une petite pièce. Nous étions épuisés à cause de ce que nous avions déjà traversé, et les instructeurs répétaient que nous ne réussirions jamais cette nage, qu'il y avait des requins attendant de nous manger. Ils nous ont préparés en nous faisant paniquer avant de nous montrer un documentaire sur les attaques de requins.

— Bon sang, c'est s-sadique, dit Allye.

— Oui. Mais ça a eu l'effet voulu : deux personnes ont démissionné sur-le-champ. Ce qui était leur objectif.

— Je pensais qu'ils *voulaient* que les gens deviennent des SEAL ?

— C'est le cas. Mais seulement les plus solides, à la fois physiquement et mentalement.

— Je ne sais pas si le fait de p-parler de requins est une très bonne idée en ce moment, remarqua-t-elle sèchement.

Gray gloussa.

Bref, ils nous ont dit que si un requin s'approchait pendant que nous nagions, il suffisait de lui taper sur le nez.

— Oh, mon Dieu. C'était *ça*, leur conseil ?

— Oui. Et pendant la nage, ils nous ont fait traverser des varechs. On les sentait contre nos jambes et ça nous faisait complètement paniquer. Bien sûr, ils ne nous ont pas dit que les requins détestent ça et qu'ils ne nagent pas au milieu des varechs, car ils y restent coincés. Trois hommes de plus ont démissionné au milieu de l'océan.

— Je suppose que personne n'a été mangé par un r-requin, dit-elle.

— Non. Et tu sais quoi d'autre ?

— J'ai peur de le demander. Quoi ?

— En réalité, c'était une des meilleures expériences que j'ai eues pendant toute la Semaine Infernale.

— Vraiment ? Tu es fou.

Il gloussa encore.

— Ils nous ont séparés, afin que nous n'ayons pas nos amis pour nous aider dans cette partie de l'entraînement. Nous étions seuls. En fait, c'était paisible et ennuyeux. Et crois-moi, dans ce contexte, ce qui est ennuyeux c'est bien.

— Alors tu es allé jusqu'au bout et tu n'as pas démissionné, l'encouragea Allye quand il ne continua pas.

— Oui. Je suis resté SEAL pendant un moment, et après l'incident, j'ai reçu un appel téléphonique d'un homme qui s'appelait Rex.

— Le mot latin pour *roi* ? Ça me semble un peu p-prétentieux, observa Allye.

— Ha. N'est-ce pas ? C'est ce que j'ai pensé. Mais il m'a dit qu'il formait un groupe qu'il envoyait faire des missions dans le pays entier et dans le monde, comme ce que j'avais fait pour la Navy, sauf qu'il payait deux fois plus et que je n'avais pas besoin d'obéir à l'oncle Sam.

— Ça s-semble l-louche.

Gray remarqua qu'elle claquait de plus en plus des dents.

— C'est *aussi* ce que j'ai pensé. Mais j'avais perdu mes illusions après mon service au pays pour différentes raisons et il a expliqué ce qu'allait faire l'équipe d'une façon qui m'a paru intéressante. Il m'a expliqué que je devais me rendre dans une salle de billard de Colorado Springs pour mon entretien d'embauche. Le reste a suivi.

— Hmmm, dit-elle. Je doute que c'était si facile.

Ça ne l'était pas, mais Gray ne voulut pas donner d'autres détails. Ils ne faisaient que passer dans la vie l'un de l'autre. Il ne devait pas et ne voulait pas mettre en danger l'opération créée par Rex, même s'il lui avait déjà dit plus qu'il n'en avait révélé à qui que ce soit en dehors du groupe.

Lorsqu'elle resta silencieuse pendant un moment, Gray demanda :

— Comment ça va ?

— Ça va, répondit-elle immédiatement.

— Tu veux la refaire et être honnête, cette fois ?

— Je l-lève les yeux au ciel, l'informa-t-elle. Juste p-pour que tu saches.

— Je m'en suis douté.

— Je suis f-fatiguée. Et effrayée. Et j'ai froid. Et je ne sais franchement pas comment nous allons atteindre la rive.

— Nous ne sommes pas obligés d'aller jusqu'à la rive, lui dit Gray en espérant que sa confiance en son co-équipier était évidente. Mon ami viendra nous chercher. Il nous faut simplement nous accrocher jusque-là.

Il savait qu'il leur serait impossible de nager tout le chemin. Mais ce n'était pas le but. Le but était de continuer à bouger. Le fait de nager la maintenait au chaud et avec un peu de chance, la promesse du sauvetage lui donnerait également le coup de pouce nécessaire.

. . .

21 h 29

Gray jeta un coup d'œil à sa montre. Le temps passait extrêmement lentement, et il savait que chaque minute qui passait était une minute qu'Allye n'avait pas.

— Que dirais-tu d'un jeu de questions rapides ? demanda-t-il lorsqu'elle n'eut rien dit pendant un moment.

— C'est q-quoi ?

— Je te donne deux choix. Tu me dis celui que tu préfères. Puis tu me poses une question. Nous ferons un échange.

— Tu essaies de me faire p-penser à autre chose, devina-t-elle.

— Oui, admit Gray. Écoute, tu as été incroyable. Je suis impressionné par ton endurance. J'essaie juste de t'occuper l'esprit jusqu'à ce que mon ami arrive.

Elle poussa un soupir assez fort pour qu'il l'entende malgré le bruit des vagues.

— B-bon, d'accord.

— Super. La plage ou la montagne ?

— En ce moment, je dois dire la m-montagne, rétorqua-t-elle.

— Je comprends, dit Gray.

Au bout d'une seconde, il l'encouragea :

— Ton tour.

— Est-ce qu'il faut que ce soit une question de type choix ?

— Non. Tout ce qui te vient à l'esprit.

— Combien de fois as-tu f-fait ceci ?

— Ceci ?

— Sauvé une femme comme m-moi.

— Jamais. Il n'y a jamais eu quelqu'un comme toi, dit immédiatement Gray.

Elle secoua la tête. Gray vit sa mèche de cheveux blancs bouger d'avant en arrière.

— Non, je veux dire, combien de missions as-tu effectuées lors desquelles tu as dû s-sauver quelqu'un ?

— Je ne sais pas, lui dit-il franchement. Je n'ai pas gardé le compte. Mais je peux te dire qu'heureusement, il y en a eu davantage où j'ai sauvé les femmes plutôt que de récupérer un ou des corps.

Il la laissa digérer cela pendant un moment, puis il ajouta :

— Ce soir n'était pas censé être une mission de sauvetage. Tu as été une surprise.

— Vraiment ?

— Vraiment. Nos informations indiquaient qu'il y avait un transfert d'argent, et que la livraison du paquet... euh... de toi, avait lieu plus tard. L'objectif était d'en découvrir autant que possible sur un homme qui organise un énorme réseau d'esclavage sexuel sur la côte ouest. Un homme qui s'appelle Gage Nightingale.

— Mais à la place, c'est m-moi que tu as trouvée, dit Allye doucement.

— À la place, je t'ai trouvée, confirma-t-il. Dieu merci.

Au bout d'un instant, elle dit :

— Ton tour.

— Qu'est-ce qui t'a poussée à devenir danseuse ?

— J'ai toujours aimé d-danser et quand j'ai déménagé à San Francisco, je t-travaillais en tant que serveuse. Ce n'était pas exactement le b-boulot de mes rêves. J'ai décidé de suivre un cours de danse pendant mon t-temps libre. Le professeur m'a recommandé auprès de la dame qui dirigeait la salle de s-spectacle et en peu de temps, on m'a proposé un travail là-bas qui rapporte bien p-plus que ce que je gagnais au restaurant. Quel âge as-tu ?

— Trente-six ans. Et toi ?

— Vingt-neuf. Quelle taille fais-tu ? Tu t'es presque cogné la tête dans la p-pièce sur le b-bateau.

Il gloussa.

— Un mètre quatre-vingt-dix-huit.

— Waouh. Tu es un géant.

Il ne put s'empêcher d'éclater de rire. Il aimait vraiment sa façon de ne pas tourner autour du pot.

— Je n'irai pas jusque-là. Mais oui, je suis grand. Toi ?

— Un mètre soixante-treize. Personnellement, je pense que c'est la taille parfaite. Je ne suis pas grande au point de surplomber les gens quand je porte des chaussures à talons, mais je ne suis pas non plus p-petite au point de faire baisser la tête à tout le monde. En dehors de toi.

Il vit briller ses dents lorsqu'elle tourna la tête en lui souriant.

Ils continuèrent leur jeu en posant des questions l'un après l'autre. Ils apprirent à se connaître, créèrent un lien que Gray n'aurait jamais cru possible en si peu de temps. Il savait que c'était à cause de leur situation, mais cela faisait du bien malgré tout.

En dehors de sa mère et de son frère, il ne s'était encore jamais senti si proche d'une autre personne, si vite, qu'avec Allye. Même avec ses collègues, ce qui le mettait mal à l'aise... mais pas assez pour arrêter de répondre ou de poser des questions.

Finalement, leurs interrogations se firent plus rares. Le temps entre chaque question s'espaça.

21 h 44

— Ça va ? demanda Gray après avoir encore jeté un coup d'œil à sa montre.

Il l'entendit inspirer profondément, puis elle tendit la main et frôla son dos avant de serrer son biceps. Il s'arrêta de nager et il se mit à faire du surplace, inquiet.

— Je suis f-fatiguée, dit-elle doucement. Et j'ai f-froid. Je crois que je ne vais pas m'en sortir.

— N'importe quoi, dit Gray immédiatement. Tu vas t'en sortir.

— J'ai l'impression d'avoir fait un marathon de d-danse pendant des heures. J'ai des crampes et je suis g-gelée. Ma bouche est comme du c-coton et je me sens un peu malade.

Gray n'aimait pas ça, mais il refusait de la surprotéger. Sinon, elle ne s'en sortirait vraiment pas. Il ne pouvait pas non plus la traiter comme si elle était candidate à l'école des SEAL. Il préférait qu'elle continue à nager afin de faire circuler son sang, mais il ne voulait pas non plus l'épuiser. C'était un équilibre délicat et il eut l'impression qu'en ce qui la concernait, il prenait la mauvaise décision quoi qu'il fasse.

— Accroche-toi à moi, lui dit-il au bout d'un moment en attrapant sa main et en la posant sur une des poches à sa taille.

Il posa ses doigts autour de la poche.

— Tu peux t'allonger sur le dos et je vais te tirer.

— Ce n'est pas j-juste, protesta-t-elle. Et puis, tu dois être f-fatigué et avoir froid aussi.

— Je ne vais pas te laisser tomber, lui dit-il. Fais-moi confiance. Je me connais. Je vais bien. De toute façon, j'avancerais sans doute plus vite ainsi que si tu continuais à nager à côté de moi.

— C'est sûrement v-vrai, murmura-t-elle.

— Si tu te détends assez, tu pourras même faire une petite sieste pendant que je nage, dit-il.

— Mais je ne p-pourrais pas rester accrochée à toi.

— Je ne te laisserai pas partir à la dérive, chaton. Juré.

— D'accord. M-mais… ça ne me ressemble pas. En général, je suis la dernière à partir des répétitions.

Il sut qu'elle ne mentait pas. Elle avait très bien tenu le coup. Il était impressionné.

— Je le sais. Il n'y a pas de mal à demander de l'aide.

— Tous ceux à qui j'ai demandé de l'aide m'ont laissé tomber, lui dit-elle d'un ton monotone qui lui indiqua qu'elle n'exagérait pas.

— Eh bien, quand on viendra nous chercher, tu ne pourras plus le dire. Allonge-toi sur le dos, chaton, ordonna-t-il.

Il l'aida à la soutenir avec une main au creux de son dos. Il flotta plus près d'elle et s'assura qu'elle tenait bien sa combinaison étanche.

— Prête ?

— O-oui. Je vais rester allongée là et faire la sieste.

Il sourit.

— Tu lèves encore les yeux au ciel, n'est-ce pas ?

— Oui. Allez. Ramène-nous à la maison.

La maison. Il aimait entendre cela dans sa bouche, mais il ne répondit pas. Il avança simplement encore vers les coordonnées de leur point de rendez-vous. Il lui fallut un moment pour trouver une nage efficace qui n'empêchait pas Allye de le tenir.

Il adopta un rythme régulier et bizarrement, il ne se sentit pas fatigué du tout. Le fait d'être à cent pour cent responsable de cette femme lui donnait un second souffle. Il détestait savoir qu'elle avait été déçue par toutes les personnes qu'elle connaissait. Il se jura de ne pas être un autre élément de cette longue liste de personnes.

Même s'il ne faisait partie de sa vie que pendant ce bref moment, il était important pour lui qu'elle sache qu'il était fiable, digne de confiance, et qu'il la soutenait.

Pendant une seconde, il souhaita pouvoir être là pour elle le restant de sa vie, mais il repoussa cette pensée. Ce n'était pas possible, et elle n'était pas à lui. Impossible.

Mais pour l'instant, ici au milieu de l'océan, ils auraient pu être les seules personnes sur la planète. Elle était à lui. Il allait combattre n'importe quel requin qui oserait montrer sa tête et il allait tuer tout autre trafiquant qui viendrait. Il se placerait entre elle et les maux de ce monde afin de la protéger.

4

———

Allye resta allongée sur le dos pendant que Gray la traînait. Elle ne savait pas du tout combien de temps ils avaient passé dans l'eau, mais elle avait l'impression que cela faisait des heures. Être au milieu de l'océan dans l'obscurité, c'était terrifiant.

Elle tenait un bras au-dessus de sa tête, les doigts serrés autour d'une poche de la combinaison de Gray. Il nageait essentiellement sur le côté, avec une espèce de crawl modifié qui les propulsait à travers l'eau.

Elle n'avait pas voulu être faible et le laisser la tracter, mais elle était exténuée, elle avait soif et elle était gelée. Elle savait qu'elle n'aurait pas tenu beaucoup plus longtemps en essayant de nager seule. Elle avait eu affreusement froid pendant un moment, mais ses frissons s'étaient estompés, et même elle savait que ce n'était pas très bon signe. Leur jeu de questions avait fonctionné pour l'occuper, cependant. Elle en avait appris beaucoup sur son sauveteur et tout ce qu'elle avait entendu lui avait plu.

En outre, il ne semblait pas fatigué du tout. Il ne respirait pas fort, sa voix n'était pas lasse. Elle aurait pu croire que c'était une sorte de faux humain, une machine, un prototype, s'il n'y avait pas eu les grognements qui s'échappaient de sa bouche de temps en temps lorsqu'il dépensait de l'énergie en continuant à les faire avancer dans l'eau.

Pour une raison qu'elle ignorait, lorsqu'il avait juré de la ramener chez elle, elle l'avait cru. C'était stupide. Elle avait été enlevée, jetée dans un bateau, et on lui avait appris que sa nouvelle vie aurait lieu enfermée dans une cage dorée pour être soi-disant « protégée et vénérée ». On l'avait informée qu'elle « aurait le privilège » de continuer à danser, que son nouveau maître aimait la façon dont elle dansait et qu'il avait créé sa propre salle de spectacle uniquement pour elle. Cette idée suffisait à lui donner l'envie de vomir. Il était inconcevable qu'elle danse pour la personne qui l'avait kidnappée. Elle n'était pas une attraction de foire. Certainement pas.

Puis, juste au moment où elle pensait qu'elle allait se noyer, par miracle, Gray était apparu et il l'avait jetée dans l'océan terrible. Mais il ne l'avait pas abandonnée. Non, il était à côté d'elle pour chaque pas — euh, mouvement de nage — du chemin.

— Raconte-moi autre chose sur toi, dit Gray.

Ses mots étaient étouffés parce qu'elle avait les oreilles sous l'eau, mais Allye les entendit malgré tout. Elle inclina la tête en arrière pour le regarder pendant qu'il les propulsait en avant.

— Q-que veux-tu savoir ? Je pensais que nous avions p-parlé de tout, tout à l'heure.

— Tout ce que tu veux bien me dire, répondit-il.

Allye soupira. En général, elle détestait les questions personnelles, faisant de son mieux pour répondre n'importe quoi ou mentir complètement, ou alors ne donner que des bribes de son passé. Mais pour une raison qu'elle ignorait, elle avait l'impression que Gray méritait qu'elle soit honnête avec lui. Elle ressentait un lien entre eux. Elle savait que c'était à cause de leur situation et parce qu'il l'avait sauvée, mais c'était néanmoins un lien.

En outre... de quoi pouvaient-ils parler, sinon ? Il faisait totalement noir et elle s'ennuyait. Si *elle* s'ennuyait, *lui* sûrement aussi. Elle se souvint qu'il avait dit que sa nage nocturne avait été ennuyeuse quand il s'était entraîné pour devenir un SEAL. Elle ne voulait pas qu'il s'ennuie. Elle voulait qu'il soit vigilant et prêt à frapper tout requin qui sortait de nulle part pour essayer de la manger. Il lui avait peut-être posé la question parce qu'il fatiguait et qu'il voulait penser à autre chose.

Puisqu'il fallait parler, cela pouvait très bien concerner sa vie merdique.

La lui cacher lui semblait bête maintenant, alors qu'ils s'étaient si vite et si facilement liés d'amitié.

— C-crois-tu au k-karma ? demanda-t-elle avant de lui raconter l'histoire de sa vie.

— Tout à fait, répondit Gray avec conviction.

— J'y croyais au-aussi, dit Allye avant de tourner la tête pour regarder le ciel nocturne. Je veux d-dire que je pensais que si j'étais une bonne p-personne et que je faisais de bonnes actions, alors ma vie allait sûrement s'améliorer.

Elle ricana en prenant garde de ne pas inhaler de l'eau de mer.

— Ce sont des c-conneries.

— Raconte-moi, ordonna Gray.

Allye ferma les yeux.

— Je suis née d'une femme qui ne voulait pas d-d'enfant. Mais elle p-pensait que si elle avait un bébé, l'homme qui était avec elle l'aimerait et voudrait rester avec elle p-pour toujours. Elle m'a dit qu'il était parti la semaine où elle m'a r-ramenée de l'hôpital. Elle m'en a voulu, bien sûr. Je pleurais tout le temps et j'étais t-trop exigeante.

— Quelle connasse, l'interrompit Gray.

Allye leva à nouveau la tête et le regarda avec surprise. Il semblait extrêmement fâché… et elle n'avait même pas encore commencé à raconter son histoire.

Il la vit en train de le regarder et dit :

— Tu étais un bébé. Pleurer et exiger de l'attention, c'est normal pour un bébé.

— C'est vrai. Je suppose qu-qu'elle n'y a pas réfléchi, fut tout ce qu'Allye pensa à dire. Bref, alors oui, avoir un enf-fant n'eut pas l'effet qu'elle avait espéré. Elle tolérait à peine ma présence. J-j'ai commencé l'école à quatre ans, parce qu'elle ne voulait pas que je lui traîne dans les pattes et elle ne voulait plus payer la crèche. C'était t-trop tôt : j'étais la fille la plus stupide de ma c-classe.

— Ne dis pas ça, intervint Gray en s'arrêtant de nager et en lui serrant le bras.

Allye haussa les épaules.

— C'est vrai. Je me f-faisais sans cesse harceler parce que j'étais aussi plus petite que les autres. Mais c'est parce que ma m-mère ne prenait pas la peine d'acheter la bonne nourriture.

— La bonne nourriture ?

— Oui. Tu sais, les choses nourrissantes. Oh, il y avait toujours de la merde comme des Oreos et des chips et des hot-dogs, mais jamais de fruits et de légumes frais. Je n'ai appris que j'aurais d-dû manger ce genre de nourriture que plus tard, en grandissant.

— Je n'aime déjà pas cette histoire, mais j'ai l'impression que je vais *vraiment* détester ce qui va suivre, n'est-ce pas ? demanda Gray en se remettant à nager.

Allye gloussa, mais sans humour.

— Je ne te connais pas assez bien pour dire si tu aimeras ou p-pas cette histoire, mais je peux te dire que *moi*, je ne l'aime pas.

— Putain de merde. Continue.

Elle leva les yeux au ciel, même en sachant qu'il ne pouvait pas la voir.

— Tu m'as demandé de p-parler, lui rappela-t-elle. Je peux la fermer, et nous pouvons simplement coexister en s-silence, si tu le souhaites.

— Non. Parle, chaton.

Gray commençait vraiment à lui plaire. Il était terre-à-terre et jusqu'ici, il ne lui avait pas raconté n'importe quoi. Et puis il l'avait sauvée de toute cette histoire de « bateau qui coule et d'une vie d'esclave pour un pervers qui voulait qu'on l'appelle maître ». Elle tolérait également son surnom pour elle, même si elle avait refusé de laisser ses petits amis du passé lui donner des petits noms mignons.

— Bon, alors la vie a continué ainsi pendant un moment. Je me faisais ch-chasser de la maison à 6 h 30 pour me rendre à l'arrêt de bus et attendre un bus qui ne venait qu'à 7 h 45. Puis je rentrais chez moi autour de seize heures. La maison était toujours vide. Ma mère était sortie faire ce qu'elle faisait. Elle rentrait autour de vingt heures et m'envoyait dans ma ch-chambre.

— Est-ce qu'elle te maltraitait ? demanda Gray.

Allye détestait cette question. Et parce qu'elle était épuisée, qu'elle avait soif, froid et peur, pour une fois, elle ne tergiversa pas.

— Si tu v-veux savoir si elle me frappait, alors, non. Mais si tu c-considères que me faire manger des chips au petit-déjeuner, ne jamais être là quand j'étais à la maison, et n-ne jamais me faire de câlins ou me dire qu'elle m'aime c'est de la « maltraitance », alors oui. Chaque f-foutu jour de ma vie.

— Putain, je suis désolé, chaton. Tu as raison, c'est tout à fait de la maltraitance. Ma question était déplacée.

Bon sang, maintenant c'était à elle de s'excuser. Elle se força à s'asseoir dans l'eau, s'étouffant presque avec une vague qui choisit ce moment précis pour s'écraser sur sa tête. Gray fut immédiatement près d'elle et il passa un bras autour de sa taille en la tenant droite pendant qu'elle toussait.

Quand elle eut repris son souffle, elle regarda Gray dans les yeux. Ils étaient assez proches pour qu'elle puisse les voir à la lumière de la lune.

— Non, je suis d-désolée. C'était injuste. Techniquement, je n'ai pas été maltraitée. Ma mère m'a fourni un abri et de la n-nourriture. Elle m'a envoyée à l'école. Mais elle ne m'a pas une seule fois aidée avec mes devoirs. Je devais n-nettoyer toute la maison avant son retour le soir, sinon je le p-payais très cher. Elle me traitait comme une s-servante plutôt que comme son enfant, la plupart du temps. Je ne me souviens même pas qu'elle m'ait t-tenue dans ses bras quand j'étais effrayée ou perturbée, et elle ne m'a jamais lu d'histoire ou fait quoi que ce soit d'autre qu'un vrai parent fait pour son enfant.

— Ça ressemble à de la maltraitance pour moi, répéta sèchement Gray.

— Oui, enfin... pas selon le g-gouvernement. Je les ai appelés une fois, admit Allye à voix haute pour la première fois de sa vie.

— Qui ?

— Les services sociaux. J'ai d-dénoncé ma mère pour maltraitance. Ils sont venus à la maison et ils ont enquêté. Mais c'était n-n'importe quoi. Ils ont vu la maison bien rangée, l'enfant propre sans hématomes. Ils ont appelé m-mon école, et même si intellectuellement, j'étais en retard par rapport aux autres enfants de ma classe, les professeurs n'ont signalé aucun c-comportement s-suspect. Ils ont interrogé ma mère et apparemment elle les a enfumés aussi facilement qu'elle a t-trompé tous les autres. L'enquête a été close.

Gray fronça les sourcils et murmura :

— Mon Dieu.

— Oui. Ma mère était f-furieuse et elle a essayé pendant des mois de découvrir qui l'avait signalée. Je n'ai jamais avoué que c'était m-moi. Mais je me suis rendu compte que c'était complètement inutile de recommencer. Elle a f-fini par oublier. J'aurais vraiment aimé être prise en charge par les s-services sociaux à ce moment-là, et non plus tard.

— Qu'est-il arrivé ?

— Pouvons-nous continuer à avancer ? Je veux dire... si tu n'es pas trop f-fatigué.

Gray la dévisagea longuement.

— Je ne suis pas trop fatigué, chaton. C'est plus facile d'en parler si je ne te regarde pas, n'est-ce pas ?

Surprise qu'il ait compris, Allye hocha simplement la tête.

Sans un mot, il reposa sa main sur la poche à laquelle elle s'accrochait auparavant et il lui fit signe de s'allonger sur le dos. C'est ce qu'elle fit et il remit ses jambes puissantes en mouvement.

— Peut-être qu'à l'âge de s-six ans, j'aurais eu une chance d'être adoptée. Mais à neuf ans, pas moyen. J'étais trop vieille. Personne ne v-voulait d'une enfant étrange qui était au mieux une élève médiocre et qui p-préférait rester dans sa chambre et lire au lieu de se sociabiliser.

Allye soupira et elle lui raconta le jour le plus douloureux de sa vie.

— C'était un samedi et ma mère ne voulait pas que je traîne à la maison, comme d'habitude, alors elle m'a conduite au centre c-commercial. Elle faisait ça tout le temps. Elle me déposait le matin et elle venait me chercher tard en fin d'après-midi. Je ne sais pas du tout ce qu'elle f-faisait quand j'étais à l'école ou au centre commercial, mais je suppose qu'elle baisait des hommes pour de l-l'argent. Quoi qu'il en soit, ce jour-là elle n'est jamais venue me chercher.

— Tu es sérieuse ? demanda Gray.

— Oui. Je me suis rendue à l'heure habituelle à l'endroit où elle me rejoignait normalement, et elle n'est j-jamais venue. J'ai traîné là jusqu'à environ vingt heures, lorsqu'un des g-gardes de la sécurité m'a aperçue et m'a fait ent-trer. Je lui ai donné le numéro de ma mère, mais e-elle n'a pas décroché. Les flics sont venus et ils m'ont ramenée à la m-maison. J'ai essayé de les remercier et de les faire partir, mais je suppose qu'ils n'avaient pas l'intention de d-déposer une enfant de neuf ans n'ayant pas été récupérée par sa mère sans au moins parler à un adulte. Je les ai fait entrer dans la maison... et c'est la première fois que j'ai su que le k-karma était un gros m-mensonge.

— Que s'est-il passé ?

— La maison était vide. Ma mère l'avait entièrement vidée. Elle a-avait sûrement garé un camion de déménage-ment juste devant la porte et tout poussé à l'intérieur. Même les affaires de m-ma chambre avaient disparu. Tous mes vêtements, mon lit, tout avait disparu.

— Où était-elle partie ? demanda Gray.

— Aucune i-idée.

Gray s'arrêta à nouveau de nager.

— Tu veux dire que tu ne lui as pas reparlé depuis ?

Allye ne s'assit pas, elle se contenta de flotter sur le dos à côté de lui.

— Non. Je ne l'ai jamais revue. Je n'ai jamais *v-voulu* la revoir.

— Quelle connasse, jura-t-il encore en se remettant à nager.

— Oui. Alors, j'ai été p-placée. Mais ce n'est pas très amusant quand on est pré-adolescente. Ou adolescente. Je n'ai pas eu d'expérience vraiment horrible. Je veux dire, je n'ai jamais été b-battue ou quoi que ce soit, mais je ne me suis jamais sentie à ma place. Les maisons dans lesquelles j'ai vécu étaient pas mal, je suppose, mais mes parents d'accueil étaient toujours occupés, et je n'ai jamais eu l'impression que c'étaient vraiment des parents... si tu c-comprends ce que je veux dire.

— Oui, je comprends.

— Bref, au d-début, j'étais optimiste. Je me suis dit que si j'étais super g-gentille et que je faisais toujours ce que les gens me d-disaient, j'aurais de la chance et je me ferais adopter. Le karma, tu vois. Je n'ai pas eu cette chance. C'était c-comme si plus j'essayais de faire le bien, moins j'avais de chance. Dans une des maisons, il y avait cette ch-chatte. Je l'adorais. Elle était t-très âgée, mais très affectueuse. Elle aimait dormir sous les couvertures avec moi. Je me suis souvent endormie avec elle qui r-ronronnait contre moi. Un jour, en rentrant de l'école, j'ai vu un ch-chat errant qui miaulait devant un collecteur d'eaux pluviales. J'ai regardé dedans et j'ai vu deux ch-chatons coincés. J'étais assez petite pour pouvoir m'y faufiler. J'ai s-sauvé les deux chatons et je les ai réunis avec leur mère. J'étais si fière de ma bonne action, mais quand je suis rentrée chez moi, j'ai découvert que le p-père du foyer avait accidentellement écrasé la chatte que j'aimais tant.

Elle poussa un soupir.

— Alors voilà pour le k-karma ce jour-là, dit-elle sans parvenir à cacher son amertume. Ça a été comme ça toute ma vie. Je fais quelque chose de bien et p-presque immédiatement, ça se retourne contre moi.

— Donne-moi un autre exemple, demanda Gray.

— Tu veux dire que l'histoire de la chatte et des chatons ne suffisait pas ?

— Non.

Elle savait que Gray ne souhaitait pas être désagréable, mais qu'il ne la croyait pas.

— D'accord, t-très bien. Alors, une des autres danseuses au travail avait b-besoin d'un endroit pour dormir parce que son petit-ami la frappait. Je l'ai laissée v-vivre chez moi en pensant que c'était la chose gentille à faire. Eh bien, son petit-ami a découvert où elle logeait et il a c-commencé à la harceler chez moi également. Cela a pris de telles proportions que mon propriétaire m'a expulsée pour avoir d-dérangé les autres résidents.

— Quoi ? Bon sang. Qu'est-il arrivé à ton amie ? Son petit-ami l'a récupérée ?

— Non. Elle a d-déménagé juste avant que je me fasse expulser et elle est repartie chez ses parents en Caroline-du-Sud.

— Alors le fait que tu l'aies laissée emménager avec toi l'a sauvée de son petit-ami violent, conclut Gray.

— Non.

— Mais si, chaton, si.

— Bref. D'accord, et ceci ? Une autre d-danseuse voulait sortir un soir dans cette nouvelle boîte de nuit. C'était son a-anniversaire et elle était enthousiaste à l'idée de sortir, mais son amie l'a laissée tomber. Elle m'a donc demandé de venir. C'est ce que j'ai fait, et il s'est avéré que la b-boîte n'était pas une boîte de nuit, pas comme je le croyais. Je pensais que nous allions boire quelques verres et d-danser toute la nuit, mais à la place c'était un club BDSM. Elle avait v-voulu essayer un nouveau style de vie et elle ne souhaitait pas s'y rendre toute seule. J'ai donc dû passer toute la n-nuit à regarder mon amie se déshabiller et être attachée s-sur une croix pendant qu'un homme portant un pantalon en cuir la faisait jouir. En plus, j'ai dû rejeter des hommes t-toute la nuit qui voulaient m'attacher, moi. C'était gênant, embarrassant et vraiment pas mon g-genre.

— Je peux comprendre que ce soit un choc, concéda Gray.

Allye aurait pu jurer entendre de l'humour dans sa voix. Elle leva la tête et elle lui jeta un regard noir.

Il sourit et ses dents blanches semblèrent incroyablement brillantes à la lueur de la lune.

— Quoi d'autre ?

— Ce ne sont pas seulement des incidents isolés, Gray, répondit Allye d'un ton abattu. C'est tout. Je v-veux dire, regarde-moi maintenant. J'ai été *k-kidnappée*, bon sang. Puis au lieu d'être vendue ou assassinée, j'ai la m-malchance de me trouver sur un bateau que l'enfoiré pervers a f-fait exploser ! Maintenant, je me trouve au milieu de l'océan. Le karma me déteste.

— Moi, je dirais que tu es la femme la plus chanceuse que j'ai jamais rencontrée, dit Gray calmement.

Allye se rassit.

— Tu viens de dire que j'ai de la *ch-chance* ?

Des nuages s'avançaient dans le ciel et elle se rendit compte en s'asseyant qu'ils avaient recouvert la lune, faisant disparaître toute lumière. Elle avait également lâché Gray et maintenant elle ne le voyait plus et elle ne l'entendait plus près d'elle.

— Gray ? Merde... G-gray ? Où es-tu ?

Sa voix fut paniquée et Allye sentit son pouls accélérer par rapport aux battements calmes quand Gray la tirait dans l'eau, jusqu'à atteindre un staccato hystérique.

— Je suis là, chaton, dit-il dans son oreille.

Allye se détendit immédiatement lorsqu'elle entendit sa voix et elle sentit son bras passer autour de sa taille. Elle enfonça les ongles dans la cuisse Gray, sentant les muscles fléchir pendant qu'il bougeait les jambes, les maintenant à flot.

— Ne me quitte pas, lâcha-t-elle. S'il te plaît, ne me laisse pas s-seule ici.

— Je n'irai nulle part. Promis, lui dit-il, ne paraissant pas contrarié ou perturbé par sa panique.

Il posa une de ses grandes mains sur le sternum d'Allye et il la poussa doucement sur le dos.

— Je suis juste là. Je vais te ramener chez toi. Juré.

Allye essaya de se détendre, mais ce fut presque impossible. Elle avait toujours aimé nager, mais maintenant elle ne voulait rien d'autre qu'être de retour sur la terre ferme. Elle leva l'autre main et elle utilisa les deux pour s'accrocher à lui lorsqu'il recommença à avancer à travers l'eau, sans doute en direction de la rive.

Il commença à parler comme si elle ne venait pas tout juste de paniquer.

— De mon point de vue, Allye Martin, tu es la femme la plus chanceuse que j'ai rencontrée de ma vie, et le karma fonctionne très bien pour toi.

Il marqua une pause comme s'il attendait qu'elle désapprouve, mais Allye n'en eut pas la force. Elle ne pouvait penser qu'à tout ce qui risquait de mal tourner. Les requins, ou si Gray nageait accidentellement dans la mauvaise direction, ou si l'homme qui avait voulu l'acheter s'impatientait en ne recevant pas sa livraison et venait lui-même la chercher.

— Prenons simplement aujourd'hui comme un exemple, d'accord ? dit-il. Je pourrais commencer dans ton enfance, mais je préfère parler de ce que j'ai vu moi-même.

— Comme tu veux, marmonna Allye.

— Oui, tu as été enlevée, et c'est nul. Mais tu n'as pas été agressée. Tu n'as pas été frappée. On t'a nourrie et donné de l'eau. Ces deux éléments t'aident maintenant, que tu veuilles l'admettre ou pas. Au lieu de l'échange d'argent, il se trouve que tu étais sur le bateau quand je suis venu. Tu n'étais pas censée être là, mais tu y étais. Puis, au lieu de couler au fond de l'océan avec le bateau, il se trouve que j'avais une clé de menottes sur moi, et j'ai pu te libérer. Et maintenant, tu as également échappé à tes ravisseurs et tu es en route vers chez toi. On dirait que le karma fonctionne très bien pour toi, chaton. Parce que je vais te dire, la majorité des femmes qui sont enlevées et qui disparaissent dans des réseaux de prostitution n'ont pas cette chance. Elles ne sont jamais retrouvées et elles passent le restant de leur vie à être violées, utilisées et battues avant de mourir d'une mort indigne et d'être enterrées quelque part dans une tombe anonyme.

Allye savait qu'il avait raison, mais c'était très difficile de voir le bon côté des choses alors qu'elle était traînée à travers les vagues en plein milieu de l'océan.

— Laisse-moi-le dire de cette façon, poursuivit Gray. En moyenne, on estime qu'il y a quatre-vingt-dix mille personnes disparues aux États-Unis par an. Environ quarante mille de ces personnes sont des femmes. Tu te trouvais sans doute à une heure ou moins de devenir l'une de ces quarante mille femmes. Je dirais que les bonnes choses que tu fais dans ta vie... continue à les faire. Le karma est absolument de ton côté. Cela met peut-être un moment à arriver, mais le karma est là.

Pour la première fois depuis qu'elle était petite, Allye sentit des larmes brûler au fond de ses yeux.

Toute sa vie, elle s'était sentie comme la personne la moins chanceuse au monde. Mais en quelques phrases, un inconnu lui avait fait voir sa vie différemment. Non, pas un inconnu. Gray. Et franchement, il avait raison. Oui, elle avait vécu des choses pas drôles, mais qui pouvait se vanter de ne pas en avoir vécu ? Et le fait qu'elle n'était pas enchaînée dans une cage à supplier son « maître » de la laisser manger était la preuve que peut-être, éventuellement, le karma ne l'avait pas laissée tomber.

— M-merci, dit-elle doucement, sans savoir si Gray pouvait l'entendre.

Il l'entendit.

— Avec plaisir.

Allye sentit sa main descendre et lui serrer l'épaule avant qu'il se remette à nager vers leur destination.

Elle ne savait pas du tout si elle allait survivre à la nuit, ni même survivre une heure de plus, mais elle était extrêmement reconnaissante de ne pas être seule. D'être avec Gray. Si elle avait réussi d'une façon ou d'une autre à s'échapper seule du bateau, elle n'aurait jamais pu tenir aussi longtemps. Elle le savait sans le moindre doute.

Elle serra les doigts sur la poche de Gray à cette idée, et comme s'il avait réussi à lire dans son esprit, il dit :

— Je m'occupe de toi, chaton. Détends-toi. Dors si tu le peux. Je ne te laisserai pas partir.

La dernière chose qu'elle pensa avant de tomber dans une sorte de trance était qu'elle aurait aimé que Gray ne fasse pas seulement référence à la situation présente.

5

————

Gray eut l'impression que cela faisait une éternité qu'il nageait à l'indienne. Ses bras étaient fatigués, mais il refusait de penser à sa fatigue. Quand il avait fait les entraînements spéciaux de démolition sous-marine pour les SEAL il s'était senti ainsi, et il avait appris qu'il pouvait pousser son corps encore des heures au-delà de ce qu'il pensait.

Il regarda la femme à côté de lui. Allye. Un prénom unique pour une femme unique. Elle somnolait légèrement et même s'il aimait l'entendre parler — et qu'il voulait qu'elle reste éveillée afin de pouvoir analyser sa condition physique — il souhaitait qu'elle dorme autant que possible pendant cette épreuve. Elle était paniquée, et c'était justifié, mais elle avait très bien tenu.

En repensant à son enfance, Gray voulut plus que tout que Meat localise sa mère afin qu'il puisse lui rendre visite et lui faire savoir quelle merde elle était. Il ne connaissait pas très bien Allye, mais le mot *résiliente* lui vint à l'esprit.

Elle avait survécu à ce que la plupart des gens n'auraient pas pu supporter. C'était presque drôle qu'elle ne croie pas au karma. Elle était l'incarnation des effets du karma. Elle était en bonne santé et apparemment épanouie, malgré ce que sa mère lui avait fait subir dans son enfance.

Après avoir observé les lumières scintillant au loin, Gray jeta encore un coup d'œil à sa montre. Le GPS lui indiqua qu'il s'approchait de la zone où Black et lui étaient censés se rejoindre. Et ce n'était pas une minute trop tôt. Allye avait arrêté de frissonner depuis un moment, ce qui n'était pas bon signe.

En repartant dans la direction où il était censé rejoindre Black, Gray vit enfin ce qu'il cherchait : un bateau au loin, qui avançait lentement sur l'eau suivant ce qui semblait être un quadrillage.

Il n'était pas certain que ce soit Black, il pouvait s'agir d'un pêcheur ou de la personne ayant acheté Allye et qui venait la chercher, mais il en doutait. Les ordures qui achetaient et vendaient les femmes ne faisaient jamais le sale boulot elles-mêmes. Ils engageaient presque toujours quelqu'un d'autre pour le faire. Et même si le bateau qui venait vers lui pouvait être rempli de mauvaises personnes, il ne le pensait pas.

Il secoua doucement Allye.

— Réveille-toi, chaton. On vient nous sauver.

C'était comme s'il venait d'allumer une lampe dans une pièce plongée dans l'obscurité : elle s'assit brusquement, se noyant presque sur le coup. Lorsqu'elle eut retrouvé ses repères, elle demanda :

— Quoi ? Vraiment ?

Gray étouffa le gloussement qui menaçait de s'échapper de sa bouche. Il avait posé une main sous son coude, l'aidant à flotter pendant qu'elle reprenait ses esprits.

— Vraiment. Peux-tu faire du surplace pendant une seconde ?

— Bien sûr, dit-elle en s'écartant de lui tout en gardant une main sur la poche qu'elle avait tenue pendant qu'il la traînait à travers les vagues. Il ne faisait pas aussi sombre qu'auparavant, la lune brillant à nouveau, mais elle ne voulait pas prendre le risque de partir avec le courant et de le perdre. Comme s'il allait laisser cela se produire.

Il attendit d'être sûr qu'elle ne coule pas sous les vagues, et lorsqu'elle sembla remise, il passa vite la main dans une des nombreuses poches de sa combinaison spéciale et il en sortit le petit signal qu'il rangeait là. Même s'il ne prévoyait pas que quelque chose tourne mal, ses co-équipiers et lui étaient toujours prêts à affronter le pire. Et être perdus au milieu de l'océan était certainement un des pires scénarios.

Black savait dans quelle zone il devait le chercher, il possédait les coordonnées de l'endroit où ils étaient supposés se rejoindre, mais dans l'obscurité, il n'avait aucune chance de les trouver. Pas sans le signal. D'un mouvement du pouce, Gray alluma le petit engin électronique. Cela envoyait un signal au capteur que Black tenait sans doute dans ses mains. Il ne l'avait pas allumé auparavant, car malheureusement son autonomie était très courte.

En tenant la petite boîte noire hors de l'eau pour améliorer sa précision, Gray regarda Allye.

Elle l'observait, ainsi que le signal, avec curiosité. Il attendit, mais elle ne posa pas de questions. C'était quelque chose qui lui plaisait autant que ça ne lui plaisait pas chez elle. Il aurait aimé qu'elle pose directement ses questions, mais elle avait manifestement appris à garder la tête basse et à ne pas ennuyer les gens.

— C'est un signal. Je suis presque certain que c'est mon ami sur le bateau là-bas.

Allye tourna la tête si vite qu'il aurait ri s'il n'avait pas été aussi fatigué. Elle se retourna vers lui.

— Vraiment ?

— Vraiment.

— Tu veux dire que nous n'aurons pas à nager jusqu'au bateau ?

— Si c'est vraiment Black, alors non. Si c'est une personne inconnue qui fait un petit tour, ou quelqu'un qui te cherche toi et les hommes avec lesquels tu étais, alors il nous faudra continuer à nager parce qu'ils passeront à côté de nous sans nous voir.

Elle sembla nerveuse alors, l'enthousiasme disparaissant de ses yeux inhabituels comme s'il venait d'annuler les fêtes de Noël, Thanksgiving et son anniversaire d'un seul coup.

— Est-ce une bonne idée de lever cette chose, alors ? Juste au cas où ce n'est pas ton ami ?

Remarquant qu'elle ne bégayait plus parce que son corps s'était arrêté de frissonner violemment, et se maudissant d'avoir tué son enthousiasme, Gray se pressa de la rassurer.

— C'est un prototype, et il n'y a que mon équipe qui peut recevoir le signal. Cela ne transmet pas de lumière ou quoi que ce soit. Si ce n'est pas Black, ils passeront juste à côté de nous. Il est impossible de nous trouver ici sans beaucoup de chance, ou sans le signal de cette petite boîte.

— Ne dis pas ça, grommela-t-elle. Le karma aime se foutre de moi.

Il gloussa.

— Ne venons-nous pas d'avoir cette conversation ? Toi et le karma vous entendez très bien, chaton.

— Je crois que j'étais en état de choc quand nous en avons parlé. Je ne suis pas certaine d'être prête à y croire.

En l'attirant contre lui, Gray passa à nouveau le bras autour de sa taille, utilisant ses jambes pour rester au-dessus de l'eau. Son corps était froid même à travers la combinaison de plongée, et ses lèvres n'étaient plus cerclées de bleu comme auparavant, maintenant elles étaient presque entièrement violettes. Il fallait qu'elle sorte de l'eau et qu'elle se réchauffe. Maintenant. Mais elle ne se plaignait pas. Elle faisait simplement ce qu'il lui demandait avec un minimum de questions. Cela lui plaisait.

Allye lui plaisait. Beaucoup. Il savait que rien ne naîtrait de cette attirance, car il vivait à Colorado Springs et elle à San Francisco. Mais cela faisait longtemps qu'une femme n'avait pas suscité son intérêt.

Gray regarda le bateau et il vit l'instant où Black reçut son signal. Le vaisseau tourna de façon évidente et changea de direction pour se diriger tout droit vers eux. Il se tourna vers Allye en souriant.

— Il y a sept cent huit trillions de litres d'eau dans l'océan Pacifique. Il fait cent soixante millions de kilomètres carrés. Si le karma t'en voulait, comme tu le prétends, ce bateau ne se dirigerait pas tout droit vers nous en ce moment même. Personne ne nous trouverait là-dedans... surtout pas dans l'obscurité. Prépare-toi, chaton. Nous sommes sur le point d'être sauvés.

Elle se tourna vers le bateau qui approchait.

— C'est une bonne chose, rétorqua-t-elle. Mes doigts et mes orteils sont fripés comme des pruneaux. Je ne sais pas s'ils reviendront un jour à leur état d'origine.

Gray ne put empêcher le gloussement qui s'échappa de sa bouche. Elle continuait à le surprendre.

Ils attendirent en silence que la lumière du bateau s'approche.

Enfin, Gray entendit Black crier son nom.

— Hé ! Il était temps ! hurla Gray à son tour.

Il entendit rire son ami lorsque celui-ci coupa le moteur

et fit ralentir le bateau en caoutchouc. Il flotta vers eux et Gray se déplaça de façon à pouvoir saisir une des cordes sur le côté.

— Où as-tu trouvé ça ? demanda-t-il Black.

Ce n'était pas le beau bateau en fibre de verre sur lequel ils étaient partis.

— C'est une longue histoire. Bon sang, Gray. Il n'y a que toi qui peux trouver une fille au milieu de l'océan, mon ami.

— Et si tu parlais moins et que tu m'aidais à la faire monter à bord ? demanda Gray.

Il n'avait pas l'intention de présenter Allye à son ami pendant qu'ils flottaient dans l'océan.

— Merde, oui, pardon.

Gray se tourna vers elle.

— Prête à rentrer chez toi ?

— Oh oui, dit-elle du fond du cœur.

— Attrape la main de Black. Je vais te pousser d'ici et il te tirera.

Black tendit le bras, n'attendant pas qu'elle lève la main, et il la saisit sous les bras. Il commença à la hisser à bord du grand Zodiac gonflable. Gray fit ce qu'il avait promis, posant une main sur ses fesses et la poussant vers le haut pendant que Black tirait. Au bout de quelques secondes, elle disparut par-dessus le bord.

Il l'entendit grogner en touchant le fond du bateau, mais lorsqu'elle ne poussa aucun cri de douleur et ne protesta pas, il se détendit légèrement. Il fallait quand même qu'elle se fasse examiner par des secouristes, mais avec un peu de chance, son petit tour dans l'eau ne lui avait pas laissé de séquelles.

Le visage de Black repassa par-dessus le côté du bateau une seconde plus tard, et il tendit la main. Sans fanfare, comme s'ils avaient fait ce geste de nombreuses fois, Gray se servit de l'aide de son ami et de sa propre force pour se hisser à bord.

Il chercha immédiatement Allye du regard. Il la vit plus clairement maintenant avec les lumières du bateau. Elle était recroquevillée contre le bord avec les genoux serrés contre elle. Son visage était légèrement bleu à cause de l'eau froide, mais elle lui fit un petit sourire.

Ignorant son propre corps gelé, Gray se tourna pour demander une couverture à Black, mais son ami était déjà là pour lui en donner une pile. Gray rampa jusqu'à l'endroit où Allye était assise. Il essaya de ne pas regarder ses longues jambes, mais il était humain, après tout. Elle était bien roulée, ses cuisses étaient épaisses et musclées, adaptées pour une danseuse, supposa-t-il. Il voyait clairement les muscles de ses mollets, même à travers la combinaison de plongée. Il pensa qu'elle devait être incroyable en talons hauts.

En lui tendant une couverture, il dit :

— Ça va être affreux, mais il faut que tu retires cette combinaison de plongée.

— Mais je suis gelée.

— Je sais, chaton, mais cela ne fera que te refroidir. Retire-la et je t'envelopperai dans ces couvertures chaudes.

Elle leva les yeux au ciel en entendant le ton enjôleur de sa voix, mais elle fit ce qu'il demandait. Elle lutta avec la fermeture éclair, mais juste au moment où Gray allait lui proposer son aide, elle parvint à la faire descendre. Elle gigota en essayant de retirer la combinaison mouillée.

Gray rendit les couvertures à Black et il s'agenouilla à côté d'elle. Il tira sur la manche de la combinaison pendant qu'elle retirait son bras. Il l'aida pour l'autre bras, puis il dit :

— Allonge-toi sur le dos. Je vais l'enlever de tes jambes.

Elle fit ce qu'il demandait sans poser de questions, mais

dès qu'il commença à faire descendre le tissu sur ses jambes, elle lança :

— Si j'avais su qu'un type mignon enlèverait mon pantalon au milieu de la nuit, je me serais rasée.

Black s'étrangla en riant, et Gray ne put s'empêcher de ricaner.

— Crois-moi, chaton, si un type en est arrivé à ce point avec toi, il se moque complètement de quelques poils sur tes jambes.

Sans attendre, il jeta la combinaison de plongée sur le côté et il se retourna vers Black. Son ami et partenaire posa les couvertures sur ses mains et Gray en étala une afin de couvrir les jambes d'Allye. Il en fit passer une autre autour de ses épaules lorsqu'elle se rassit et elle la serra immédiatement avec sa main droite, la tenant fermée contre elle.

Gray bougea afin de s'asseoir à côté d'Allye. Il eut envie de passer un bras autour d'elle et de l'attirer contre lui, mais maintenant qu'ils n'étaient plus dans l'océan, et que la menace immédiate de la noyade, de l'hypothermie ou des requins était passée, il se sentait gêné.

— Allye Martin, voici mon ami Lowell Lockard. Aussi connu sous le nom de Black.

Elle changea de main et tendit sa main droite.

— Contente de te rencontrer, Lowell, dit-elle.

Black le fixa un moment avec les sourcils levés presque jusqu'à ses cheveux, mais il serra la main d'Allye.

— Je t'en prie, appelle-moi Black. Je ne sais même plus qui est Lowell. Et tout le plaisir est pour moi, dit-il doucement.

Puis il leva sa main jusqu'à sa bouche et il lui fit un baisemain.

Gray fut extrêmement irrité par ce geste.

— Arrête ça, Black, grogna-t-il.

Son ami se tourna vers lui.

— Hé, c'est elle qui agit comme si nous étions à une fête formelle. Je ne vais surtout pas lui rappeler que les politesses sont inutiles puisque nous flottons au milieu de l'océan.

Allye gloussa, mais elle retira sa main de celle de Black et elle la fit disparaître sous la couverture qu'elle serrait autour d'elle.

Gray était sur le point de dire quelque chose à son ami qu'il allait sans doute regretter, lorsqu'il sentit le poids d'Allye contre son épaule. Elle s'était tenue droite quand il s'était assis au début, mais maintenant elle se penchait contre lui. C'était discret et il savait qu'elle ne donnait pas tout son poids, mais cette légère indication qu'elle veuille être près de lui, qu'elle s'appuyait encore sur lui, estompa sa colère envers son ami. Elle ne s'appuyait pas sur Black. C'était sur *lui*.

Et d'un seul coup, l'homme des cavernes à l'intérieur de Gray prit le dessus. C'était lui qui l'avait sauvée. Il l'avait gardée en vie dans l'océan. Elle s'était raccrochée à lui pendant qu'il la tirait à travers les vagues. Qui trouve garde, et tout ça.

Gray chassa ces pensées. Allye n'était pas une chose. C'était un être humain. Une femme qui avait sa propre vie. Il ne pouvait pas la garder. *Bon sang*.

— T'as contacté Rex ? demanda Gray à Black en sachant que sa voix était un peu plus rauque et irritée que la situation ne le demandait, tout en étant incapable de la maîtriser.

— Je lui ai dit que tu avais raté le point de rendez-vous et que je partais te chercher, répondit Black succinctement.

Gray hocha la tête, puis il se tourna vers Allye.

— Il nous faudrait nous rapprocher de la barre. Comme tu peux le voir, il n'y a pas de cabine sur cette chose, mais

Black va avancer lentement vers la plage afin de réduire le vent.

Allye hocha la tête.

Gray se leva. Ses jambes tremblaient, mais il les ignora. Il tendit la main à Allye. Il savait qu'il devait sans doute laisser Black l'aider à se lever, mais il ne le pouvait pas. C'était à lui de veiller sur elle, au moins jusqu'à ce qu'ils atteignent la rive et qu'il doive la laisser partir.

Elle leva la tête et même dans l'obscurité, il voyait ses deux yeux de couleurs différentes. Elle sortit un bras de son cocon de couvertures et elle le lui tendit. Sa main tremblait, mais elle ne détourna pas le regard lorsqu'il la prit dans la sienne et la tira debout. Elle tomba contre lui avec un grognement et Gray serait tombé au fond du bateau si Black n'avait pas posé une main dans son dos pour le stabiliser.

— Ça va ? lui demanda son ami.

Gray hocha la tête.

— Rien qu'une sieste et de l'eau et de la nourriture ne puissent régler.

— Je ne peux pas t'aider pour la sieste, mais j'ai de l'eau et quelques barres protéinées pour te dépanner.

— Tu entends ça, chaton ? demanda Gray à Allye. Black nous a apporté un festin.

Elle gloussa contre son torse avant de lever les yeux.

— Vous êtes tous les deux très doués pour faire passer du bon temps une fille. Mais à l'avenir, je recommande le chocolat. On ne peut pas se tromper avec le chocolat.

Black rit à nouveau, mais Gray fut frappé de tristesse. Ceci n'était pas un rendez-vous galant et il ne verrait pas Allye sur son trente-et-un pour passer une soirée en ville. Mais il pouvait l'imaginer dans sa tête. Elle aurait été magnifique, il n'en doutait pas.

— Allez viens, dit-il d'un ton plus brusque qu'il ne le voulait, toujours écrasé par sa déception.

Il n'avait jamais ressenti ça pour quelqu'un qu'il avait sauvé dans le passé. Il y avait quelque chose chez Allye qui éveillait tous ses instincts de protection.

Il se pencha et il ramassa une couverture tombée lorsqu'elle s'était levée, puis il la conduisit vers l'avant de la petite embarcation. Il l'aida à s'asseoir au fond du bateau avant de s'installer à côté d'elle, une jambe calée contre la sienne, l'autre pliée afin de pouvoir être aussi près d'Allye que possible. Il portait toujours sa combinaison étanche humide, mais elle profitait néanmoins de sa chaleur corporelle. Elle ne protesta pas contre sa proximité, et en fait, elle lui redonna son poids lorsqu'elle se détendit contre lui. Black posa d'autres couvertures autour de tous les deux, les mettant au chaud à l'intérieur.

Un petit grognement s'échappa de la bouche d'Allye et Gray sourit. Il sentit son corps commencer à trembler et il se permit un petit soupir de soulagement. Les frissons, c'était une bonne chose. Cela signifiait que son corps luttait contre le froid et travaillait à se réchauffer.

Il tendit la main et il accepta deux bouteilles d'eau et deux barres de protéines apportées par Black.

Il lui donna une des bouteilles.

— Bois lentement. Je sais que tu as soif, mais si tu avales tout d'un seul coup, ça ne fera que remonter et tu te sentiras plus mal que maintenant. Sans compter que tu seras gênée d'avoir vomi devant nous.

Il serra son bras en disant cela, pour lui montrer qu'il plaisantait.

Comme il s'y attendait, elle leva les yeux au ciel en attrapant la bouteille d'eau. Elle but par petites gorgées, comme il l'avait conseillé. Satisfait en voyant qu'elle ne faisait rien qu'elle risquait de regretter, comme boire toute la bouteille, il lui donna une des barres protéinées.

— Elles ont un goût dégueulasse, mais si tu arrives à en avaler, même quelques bouchées, tu te sentiras cent pour cent mieux. Promis. Ton corps a besoin de calories et de protéines pour combattre le froid et la déshydratation. Encore une fois, par petites bouchées.

Elle hocha la tête et elle grignota délicatement un coin de la barre de céréales, comme si elle était le chaton de son surnom.

— Je vais commencer le retour, dit Black. J'essaierai d'avancer le plus lentement possible, mais il y aura quand même du vent.

Après avoir hoché la tête vers son ami, Gray reporta son attention sur Allye.

Elle continuait à se concentrer sur sa barre protéinée, la serrant fort dans ses mains parce que tout son corps tremblait. Gray était impressionné. Elle n'avait pas une seule fois râlé de ce qui lui était arrivé, si ce n'est qu'elle avait expliqué pourquoi elle pensait que le karma l'avait abandonnée. Elle ne s'était pas continuellement plainte du froid quand ils étaient dans l'eau. Elle ne râlait pas au sujet de ce qu'il avait dit ou fait depuis qu'elle l'avait vu pour la première fois. Gray se dit que c'était un résultat de son enfance, où elle avait essayé d'être invisible, mais quand même. Il souhaitait presque qu'elle se plaigne de quelque chose, simplement afin de faire son possible pour elle.

En secouant la tête, il se maudit encore une fois. Ce n'était pas à lui de veiller sur elle, et dans environ vingt minutes, elle quitterait sa vie une bonne fois pour toutes.

— Il faut que je le dise, remarqua Black quand il eut fait tourner le bateau et qu'ils avaient commencé à se diriger vers la rive.

Ils avançaient bien plus lentement qu'à l'aller, c'était certain.

— Tes yeux sont extraordinaires, Allye. Et je suppose que cette mèche de cheveux blancs ne sort pas d'une bouteille.

Allye gloussa. Gray adorait ce bruit. C'était un son grave et plein d'humour.

De l'*humour*. Elle avait été enlevée et fait face à un avenir terrible, mais elle était assise au fond d'un bateau, enveloppée dans une couverture, et elle riait.

— C'est vrai, dit-elle à Black. J'ai ce qui s'appelle l'hétérochromie de l'iris, ce qui est une affection rare où un œil possède moins de pigments que l'autre. C'est lié à mes gènes.

Elle haussa les épaules.

— Je n'y pense pas trop.

— Et tes cheveux ? demanda Black. Y a-t-il un rapport ?

— Aucune idée, lui dit Allye. Ma mère s'en moquait complètement. Elle ne m'a pas conduite chez un médecin pour s'assurer que tout allait bien. D'après ce que je sais, c'est simplement un cas de ne pas avoir de mélanine, ou de couleur, dans les follicules de cheveux de cette partie de ma tête. C'est sans doute lié à mes yeux d'une façon ou d'une autre, mais je n'en sais rien.

— C'est unique, dit Gray avant que Black puisse répondre.

— Oui, et être unique c'est assez nul quand on grandit, rétorqua Allye. J'ai essayé de teindre cette mèche pendant un moment, mais avec des résultats désastreux. Je n'arrivais jamais à la rendre de la même couleur que le reste de mes cheveux, alors j'avais cette mèche brune plus foncée que mes cheveux qui était tout aussi étrange. Et puis, bien sûr, quand les cheveux poussaient, j'avais une tache blanche à cause des racines juste en haut de la tête. J'ai finalement compris que ça n'en valait pas la peine et j'ai laissé tomber.

La main de Gray bougea toute seule. Il essuya les cheveux humides du front d'Allye et il toucha ses longues mèches de cheveux blancs. Il longea les cheveux clairs de la racine à la pointe.

— Elle me plaît.

— Merci, chuchota-t-elle.

Ils se regardèrent dans les yeux pendant un long moment, le lien entre eux semblant se renforcer de seconde en seconde.

Lorsqu'ils passèrent sur une vague particulièrement grande, Black poussa un juron. Il essaya maladroitement de saisir un téléphone posé sur la console devant lui, mais celui-ci fit un vol plané avant qu'il puisse le rattraper.

Il atterrit sur les genoux d'Allye et elle sursauta.

— Du calme, chaton, murmura Gray. Ce n'est qu'un téléphone.

Au moment où il eut fini de parler, le téléphone sur ses genoux se mit à vibrer en recevant un appel.

— Bon sang, souffla-t-elle en sursautant à nouveau. C'est si bizarre.

Gray gloussa et tendit la main. Il aurait pu simplement prendre le téléphone, mais comme il était posé à la jointure de ses cuisses, il se dit que ce n'était pas approprié.

— Tu me le passes ?

Allye attrapa le petit téléphone noir et elle observa brièvement le numéro à l'écran avant de le lui donner.

— C'est peut-être le type des pizzas qui nous appelle pour prévenir que l'énorme pizza commandée par Black nous attendra quand nous arriverons à terre.

Gray sourit et secoua la tête vers Allye. Il savait que ce devait être Rex. Il avait voulu l'appeler dès qu'ils avaient installé Allye avec de l'eau et une barre protéinée, mais il avait été distrait par la conversation de Black au sujet de la génétique.

— Gray, dit-il après avoir appuyé sur l'icône verte du téléphone.

— Tu vas bien ? demanda Rex.

Gray ne fut pas surpris par l'absence de salutations de son supérieur. Il raconta immédiatement tout ce qui était arrivé à bord de l'autre bateau et ce que le capitaine et l'autre homme avaient dit... en omettant pour l'instant les détails spécifiques de leur mort. Puis il l'informa au sujet d'Allye.

— Et la femme était déjà à bord du bateau.

— Ah bon ? demanda Rex, et Gray entendit des papiers bruisser à l'autre bout de la ligne.

— Elle n'était pas censée y être.

Il jeta un coup d'œil à Allye, qui le fixait comme si elle savait ce que Rex disait, rien qu'en le regardant.

— Oui, je sais. Mais elle est en sécurité. Elle est assise juste à côté de moi.

— Que sait-elle ?

— Rien. Du moins, rien qui puisse nous conduire à la personne qui l'a achetée.

Gray détestait présenter les choses de cette façon, d'autant plus lorsqu'il vit Allye froncer le nez, mais c'était ainsi.

— Elle a été enlevée dans la rue sur son trajet pour rentrer chez elle. Elle a été droguée et ne s'est pas réveillée avant d'être portée à bord du bateau. Puis elle a été gardée par une escorte.

— Putain, jura Rex. Vendre les femmes c'est déjà aller trop loin. Envoyer des escortes qui essaient de les tuer quand le transfert se passe mal, c'est carrément sadique. Il faut que je coupe la tête du serpent pour mettre fin à tout ça.

— Nightingale, devina Gray.

— Exactement. Si nous tuons ce fils de pute, cela mettra au moins un terme aux livraisons de femmes pendant un moment. Bien sûr, quelqu'un d'autre finira par prendre le relais. Bon sang. Comment va le paquet ?

La tournure de phrase de Rex irrita Gray, mais il contrôla sa réponse et dit simplement :

— Elle a froid, faim et soif, mais sinon ça va, étant donné les circonstances.

Il croisa le regard d'Allye et elle lui fit un petit sourire.

— A-t-elle été violée ?

— Non.

Gray avait envie d'en dire plus. Il voulait dire que l'escorte servait à empêcher les hommes qui la transportaient jusqu'à son nouveau maître de la violer, mais il ne voulait pas éteindre la petite lumière qu'il voyait dans les yeux d'Allye.

— Nous parlerons plus tard, dit Rex en le comprenant.

C'était une des raisons pour lesquelles leur supérieur était si doué. Il avait une intuition qui dépassait les capacités à flairer les trafiquants sexuels et les violeurs.

— Tout à fait, confirma Gray. Puis il ajouta : Elle est sans doute toujours en danger.

Après avoir entendu ce que l'homme sur le bateau avait dit au sujet de l'acheteur, sur sa volonté de la récupérer, Gray savait qu'elle ne pourrait pas retourner à une vie normale comme s'il n'était rien arrivé.

— Assure-toi qu'elle le sait et dis-lui d'aller voir les flics et de leur raconter son histoire. Elle a besoin d'un système de protection, et si elle a de la famille en dehors de l'État, il vaudrait mieux qu'elle aille leur rendre visite pendant un moment, dit Rex.

Elle n'avait *pas* de famille. Hors de l'État ou ailleurs.

Gray le savait. Et il se demandait ce que les policiers pouvaient faire pour une victime d'enlèvement ayant l'impression d'être toujours en danger sans savoir à cause de qui. C'était une situation impossible.

— Gray ? Tu es toujours là ? demanda Rex.

Je suis là.

— Dépose-la et ramène-toi. Les autres sont rentrés de leur mission — c'était un succès, d'ailleurs — et je vais découvrir ce que je peux sur Nightingale. Je vais utiliser tout mon réseau pour voir si je ne peux pas le localiser. Il est possible que toi et les autres partiez très vite pour aller descendre cet enfoiré une bonne fois pour toutes.

— Oui, m'sieur.

Gray réfléchit à toute allure en essayant de trouver une solution pour Allye.

Comme d'habitude, Rex ne dit pas au revoir, il raccrocha simplement. Gray rendit le téléphone à Black.

— Qu'a-t-il dit ?

Gray savait qu'il ne pouvait pas rester assis à côté d'Allye pendant qu'il expliquait qu'ils allaient la déposer et qu'elle serait toute seule.

C'était nul. C'était peut-être parce qu'ils avaient passé une heure et demie très intense dans l'océan. Ou alors c'était simplement elle. Quoiqu'il en soit, Gray ne voulait pas quitter Allye. Il voulait la ramener à Colorado Springs et s'assurer personnellement qu'elle soit en sécurité. Mais il ne le pouvait pas.

Il se leva lentement. Il sentait son regard sur lui, mais il refusa de la regarder. Il vérifia le petit tableau de bord et il regarda au-delà de l'avant du bateau.

— Gray ? demanda Allye derrière lui.

Gray se tourna, se rattrapa sur l'avant du bateau et observa Allye. Ses cheveux étaient en train de sécher dans le vent. Il vit qu'ils étaient aussi bouclés que lorsqu'il l'avait vue pour la première fois sur le bateau de pêche. La mèche blanche était presque cachée dans les boucles, mais on l'apercevait ici et là dans la brise. Ses yeux noisette et bleu le fixaient, pleins d'inquiétude.

Il essaya de trouver les mots pour lui faire comprendre qu'elle devait être prudente, tout en ne lui faisant pas trop peur.

— Tu sais que l'homme qui t'a achetée ne se trouvait pas sur le bateau.

— Oui.

— Alors il est toujours quelque part.

Allye hocha la tête.

— Et s'il a payé quelqu'un pour m'enlever une fois, il peut recommencer, déduisit-elle correctement.

Pour quelqu'un qui pensait ne pas être intelligent, elle prouvait le contraire.

— Exactement.

— C'est bien ce que je me suis dit. J'avais déjà prévu de demander à un des danseurs masculins de m'accompagner entre le travail et la maison, et d'appeler les flics en rentrant. Que dois-je faire d'autre ?

Gray poussa un soupir de soulagement. Il ne savait pas à quelle réaction il s'était attendu en expliquant que l'homme qui voulait la posséder était toujours en liberté. Mais son acceptation calme fut bienvenue.

Une part de lui souhaita presque qu'elle le supplie de la ramener chez lui, de la garder en sécurité, mais il savait que ça n'arriverait jamais. Allye était indépendante et elle ne semblait pas être du genre à supplier qui que ce soit.

Ils parlèrent brièvement de ce qu'elle devait surveiller et de ce qu'elle devait dire à la police.

— Et je suppose que vous ne voulez pas que je parle de vous, n'est-ce pas ?

— Pourquoi dis-tu cela ? demanda Black en s'immisçant pour la première fois dans la conversation.

— Eh bien, vous êtes venus me sauver à la faveur de l'obscurité, Gray a tué deux personnes et vous ne m'avez pas exactement raconté ce que vous faites. Il n'est pas difficile de deviner que vous ne souhaitez pas que je raconte tout aux flics.

— Je possède un stand de tir à Colorado Springs, lui dit Black. Et Gray est un comptable.

Allye les fixa pendant une seconde avant de se mettre à glousser.

— Noooon. C'est un mensonge.

Black leva la main.

— Sur l'honneur des scouts.

— Tu n'as jamais été scout, protesta Allye en continuant à rire.

— C'est vrai, mais je ne mens pas. Dis-lui, toi.

Black donna un coup de coude à Gray.

Il haussa les épaules.

— Il dit la vérité. Quand je ne sauve pas des demoiselles en détresse, je suis comptable et je possède mon propre cabinet à Colorado Springs.

Allye s'arrêta de rire et elle le fixa.

— Mais... les comptables sont ringards et ils portent des lunettes et ils ne sont certainement pas aussi grands et musclés que *toi*.

Ce fut au tour de Gray de glousser.

— Je pense que tu as une vision un peu étriquée des comptables, chaton. Je ne sais pas quel est le rapport entre la taille ou la musculature et la capacité à travailler avec des nombres.

— C'est juste que... tu allais nager sur des milliers de kilomètres jusqu'à la rive... en me *traînant*. Je ne peux pas te visualiser en comptable. Impossible.

— Tu sais que j'étais aussi dans la marine, lui dit Gray, sans savoir pourquoi il voulait encore s'expliquer, lui faire comprendre. Et que j'étais un SEAL. Tout comme Black, même si nous n'avons jamais travaillé ensemble quand nous étions en service. Je suis parti et maintenant j'aide quelques entreprises à faire leur comptabilité dans le Colorado. Ce n'est pas très important.

— Pas très important ? demanda Allye, incrédule. C'est énorme ! Et je dois dire... s'il y avait plus de garçons qui te ressemblaient à mon lycée et qui aimaient les maths, j'aurais peut-être eu une autre vision de l'algèbre. J'aurais peut-être moins séché les cours.

Gray et Black éclatèrent de rire.

— Je suis soulagée que vous soyez des espèces de super soldats, tout bien considéré.

— Des marins, rectifia Black.

— Quoi ?

— Des marins, pas des soldats, répéta-t-il. On ne traite jamais un SEAL de soldat.

— Oh, *toutes* mes excuses, plaisanta-t-elle. Des super-SEAL... c'est mieux ?

— Bien mieux, dit Black en souriant.

— Tu dois faire très attention en rentrant chez toi, dit Gray en orientant la conversation vers le sujet important.

— C'est ce que je ferai.

— Je ne veux pas apprendre que tu as encore disparu. Je serai terriblement déçu si je dois venir te sauver une deuxième fois.

Elle leva les yeux au ciel et il esquissa un sourire. Elle

était adorable quand elle faisait ça, mais il ne l'aurait jamais admis.

— Tu n'en auras pas besoin, dit-elle. Je suppose que celui qui veut mettre la main sur moi aura appris sa leçon, et il ne sera pas aussi négligent la prochaine fois. Je ferai partie des quatre-vingt-dix mille personnes disparues dont tu m'as parlé plus tôt.

Elle plaisantait, Gray le savait, mais ses paroles ne le mettaient pas à l'aise. Pas du tout.

Il s'accroupit devant elle, contre l'avis de ses genoux, mais il ignora ses courbatures et ses douleurs en posant les coudes sur ses genoux et en se penchant vers elle.

— Si tu perçois le moindre indice que quelque chose ne va pas, tu réagis. Tu vas voir la police, tu demandes à un ami — de préférence un grand ami masculin — de rester à tes côtés. C'est peut-être une bonne idée de prendre un chien. Un grand qui aboie bruyamment. Ceci n'est pas une blague, Allye. L'homme qui a décidé qu'il voulait te posséder a sûrement beaucoup d'argent si l'on tient compte du fait qu'il a engagé une escorte pour toi. Et si le pire arrive, tu m'appelles.

Elle écarquilla les yeux en entendant cette dernière phrase.

Gray s'en voulut. Il n'avait pas eu l'intention de le dire, mais maintenant que c'était fait, il ne le regrettait pas vraiment. Il ne savait pas ce qu'il pouvait faire à des centaines de kilomètres d'elle, mais il se sentait mieux en sachant qu'elle pouvait le contacter.

— Je ne sais pas si tu pourras faire quoi que ce soit depuis le Colorado pour m'aider si j'ai des problèmes, dit-elle en faisant exactement écho à ses propres pensées.

— Je peux te conseiller. Être une oreille attentive, lui dit-il en n'allant pas jusqu'à préciser qu'il laisserait tout tomber pour la rejoindre, même s'il savait qu'il en aurait envie.

Elle lui fit un sourire triste et balaya ses inquiétudes :

— Je suis sûre de m'en sortir. Cela fait longtemps que je suis toute seule maintenant, presque depuis ma naissance. Je peux gérer la situation. De plus, je parie qu'il arrêtera maintenant que son petit plan n'a pas fonctionné.

Gray l'espérait, mais il n'était pas aussi confiant qu'elle.

— Accrochez-vous, dit Black au-dessus de lui.

Il se leva et il regarda par-dessus l'avant du Zodiac. La plage sombre dont il s'approchait semblait vide en dehors d'un seul homme.

— Je me suis demandé où tu avais récupéré ce bateau, dit Gray.

— Oui, c'est une longue histoire. Rien ne s'est déroulé selon mes plans. J'ai trouvé l'autre bateau, mais le capitaine n'avait pas l'intention de me laisser approcher de lui. Il a utilisé une arme semi-automatique pour transpercer le bateau en fibre de verre. Heureusement pour moi, il est arrivé à court de balles. Le crétin. Je suis monté à bord de son bateau avec l'intention de l'utiliser pour te rejoindre, mais cet enfoiré a endommagé le moteur avant que je puisse y arriver. Il n'a pas souhaité révéler ses plans ni pour qui il travaillait, malgré toutes mes façons de le motiver. Quand il s'est dirigé vers la radio pour appeler des renforts, tiré sur sa main, mais il a sauté vers ma balle au lieu de s'en éloigner.

Black haussa les épaules.

— Je t'ai dit que c'était un idiot. J'ai réussi à ramener son bateau merdique jusqu'à la rive, mais il n'était plus en état de naviguer pour repartir te rejoindre au point de rendez-vous. J'ai contacté Rex et il m'a envoyé ici voir ce type — Black montra l'homme qui se tenait sur la plage — avec son Zodiac. Le plein était fait et il était prêt à partir. Nous avons échangé. Il a pris le bateau en fibre de verre et il l'a caché quelque part, moi j'ai pris celui-ci pour te trouver.

— Rex m'effraie parfois, fit remarquer Gray.

— Oui.

— Il ne s'appelle pas vraiment Rex, n'est-ce pas ? demanda Allye juste à côté de lui.

Gray sursauta et faillit rire. Cela faisait longtemps que quelqu'un ne s'était pas autant approché de lui sans qu'il le remarque. Elle était juste à côté de lui… et il ne s'en était rendu compte que lorsqu'elle avait parlé.

— C'est le nom qu'il utilise, lui dit Black. Et comme c'est notre patron, nous l'appelons comme il le veut.

— Je suis perdue. Gray dit que Rex l'a engagé, et tu dis que c'est votre patron, mais tu as aussi dit que Gray est comptable et que tu possèdes un stand de tir…

Gray remarqua qu'elle ne passait pas à côté de beaucoup de choses.

— Tu te souviens que j'ai eu cet appel et que je suis allé à la salle de billard pour une interview ?

Lorsqu'elle hocha la tête, il poursuivit :

— Alors oui, Rex est notre patron pour ce genre de choses.

Il hocha la tête en indiquant le bateau et leur situation actuelle.

— Aaahh, dit-elle en laissant traîner le mot.

Gray fut à la fois content et irrité qu'elle ne pose pas d'autres questions. Pour la première fois… de toute sa vie… il avait voulu parler à quelqu'un de ce qu'il faisait. Des Mercenaires Rebelles et de certaines des choses qu'il avait vues et faites. Mais Black conduisait le bateau sur la plage de sable et l'homme mystérieux qui les attendait attrapait déjà le côté en caoutchouc, maintenant le bateau en place.

Gray fit signe à Allye de sortir la première et il fit de son mieux pour ne pas regarder son derrière pendant qu'elle avançait vers le bord du bateau. La couverture était toujours serrée autour de sa taille, mais ça ne l'empêcha pas d'admirer son cul. Il l'avait vu de près quand il l'avait aidée à monter à bord.

Black sauta du Zodiac et tendit une main pour l'aider à grimper par-dessus le bord. Gray retira à contrecœur sa main de la taille d'Allye, même s'il ne voulait rien de plus que l'attirer contre lui et ne jamais la laisser partir.

Cette seule pensée suffit à la lâcher comme si elle était soudain chargée d'électricité. À quoi pensait-il ? Elle n'était qu'une autre mission. C'était tout. N'est-ce pas ?

Sans analyser ses pensées, Gray sauta du bateau et se plaça à côté d'Allye. Avant qu'il puisse dire quelque chose de stupide — comme l'inviter dans le Colorado —, l'homme qui les avait rejoints sur la plage leur parla :

— J'ai des couvertures sèches que tu peux utiliser à la maison. Rex a appelé. Si je comprends bien, tu viens de la ville, n'est-ce pas ?

Allye hocha la tête.

— Je te ramènerai quand tu seras prête.

Son ton montrait clairement qu'il n'accepterait aucune objection à ce plan et Allye le comprenait, car elle se contenta de hocher la tête.

Lorsque Black s'éloigna sur le côté avec l'autre homme pour parler à voix basse, Allye se tourna vers Gray.

— Je suppose que c'est maintenant que je dis merci et au revoir.

Il la fixa. Leur différence de taille était plus évidente maintenant que lorsqu'ils étaient dans l'eau. Il la surplombait de loin, mais pour une raison étrange, ça ne l'ennuyait pas autant que d'habitude. En général, Gray aimait les femmes grandes. Elles lui semblaient moins... enfantines.

Mais quand il regardait Allye de son mètre quatre-vingt-dix-huit de hauteur, il ne pouvait penser qu'à la prendre dans ses bras et à la garder en sécurité. Sa taille n'avait pas d'importance. Sa ténacité et son entêtement compensaient largement sa petite taille.

— Je suppose, lui dit-il. Souviens-toi de ce que j'ai dit. Ne baisse pas ta garde.

— Promis.

Gray ouvrit la bouche pour en dire plus, sans savoir quoi, mais Black fut soudain à côté de lui.

— On doit partir.

Gray se tourna et regarda son co-équipier.

— Pourquoi ? Que se passe-t-il ?

— Les voisins de notre ami commencent à s'intéresser à nous, et ça ne lui plaît pas trop. Je ne sais pas quel retour d'ascenseur Rex a exigé, mais ce type ne nous aidera plus à l'avenir.

Gray regarda Black puis l'autre homme. Il leur jetait un regard assassin avec les bras croisés. Son impatience semblait couler de ses pores.

— Je ne peux pas laisser Allye ainsi, dit Gray.

Avant que Black puisse répondre, Gray sentit qu'elle posait la main sur son bras.

— Tout ira bien. Vas-y. Ton travail avec ce Rex est plus important que de t'occuper de moi.

— Alors *ça*, c'est une chose stupide à dire, la gronda Gray.

Comme il aurait pu le deviner, elle leva les yeux au ciel.

— Peu importe. Ce type ne me fera plus de mal. J'ai l'impression que votre Rex a beaucoup de pouvoir et de réseau. Si je ne réapparais pas au travail, je suis certaine que Rex le saura et qu'il enverra la foudre frapper ce type.

— Tu me donnes une seconde, Black ? demanda Gray.

— Une minute, l'avertit son ami. Je ne pourrais pas le faire attendre plus longtemps.

Sans tenir compte de lui, Gray se retourna vers Allye. Il ne savait pas trop quoi dire. Soudain, rien ne semblait approprié. Il ne s'était jamais senti aussi frustré à la fin d'une mission.

Ils avaient déjà fait ça auparavant : récupérer une femme, ou un groupe de femmes, les déposer dans un lieu sûr et les laisser là-bas afin que les Mercenaires Rebelles restent discrets sur leur implication... mais cette fois-ci, ça ne lui paraissait pas bien.

Allye posa la main sur le torse de Gray et elle se hissa sur la pointe des pieds en levant la tête.

Instinctivement, Gray posa la main au creux de son dos pour la stabiliser et il baissa la tête afin qu'elle puisse parvenir jusqu'à lui.

Elle frôla sa joue avec ses lèvres, puis elle passa les bras autour de lui autant que possible tout en tenant les couvertures.

— Merci de te soucier de moi, dit-elle d'une voix grave et intense. Je sais que tu n'étais pas spécifiquement là pour me sauver, mais merci de ne pas m'avoir laissée sur ce bateau.

— Prends soin de toi, dit Gray d'une voix rauque.

— Oui. Je le fais toujours, répondit-elle nonchalamment.

Gray ouvrit la bouche pour dire qu'il demanderait de ses nouvelles. Il continuerait à se soucier d'elle, mais Black l'interrompit encore.

— C'est l'heure. On doit partir.

Allye le poussa doucement et elle fit un pas en arrière.

— J'ai été ravie de te rencontrer, Black. Sois prudent. Le monde est un endroit dangereux.

— Je ferai attention. Toi aussi, répondit Black en s'écartant d'un pas.

Gray suivit son ami en marchant en arrière pendant quelques pas avant de se retourner. Il ne savait pas du tout où Black et lui devaient se rendre, mais il le suivit de toute façon. Quand il ne pût pas le supporter plus longtemps, il se tourna et regarda l'endroit où il avait laissé Allye.

L'homme et elle avaient disparu. La seule preuve qu'ils étaient passés par là était le Zodiac noir toujours posé sur le sable et les empreintes de pas qui menaient à une maison sur la falaise.

6

Allye entra dans son appartement en utilisant la clé cachée qu'elle avait enterrée au coin du bâtiment. Pendant son enfance dans des maisons d'accueil, elle avait appris à toujours avoir un moyen de rentrer dans la maison où elle vivait. Elle avait trop souvent été coincée dehors par d'autres enfants recueillis qui pensaient que c'était drôle.

Elle se tourna et elle s'appuya contre la porte après avoir fermé le verrou, la serrure et la chaîne, puis elle soupira. Elle avait l'impression que cela faisait une vie entière qu'elle n'était pas venue ici, alors qu'en réalité cela ne faisait que quarante-huit heures. Elle eut l'impression de devoir faire un million de choses, mais tout ce qu'elle voulait, c'était prendre un bon bain et dormir huit heures à la suite.

L'homme sur la plage ne lui avait pas dit grand-chose quand Gray et Black étaient partis. Elle l'avait suivi chez lui et elle avait été reconnaissante pour les couvertures sèches qu'il lui avait données. Elle n'était pas tout à fait vêtue de façon appropriée, mais c'était encore le milieu de la nuit et elle avait espéré pouvoir se faufiler dans son appartement sans que quelqu'un la voie. L'homme lui donna bien une paire de vieilles claquettes qu'il dit avoir trouvées sur la plage, un soir. Elles étaient grandes, mais elles faisaient l'affaire.

L'homme avait demandé son adresse et il l'avait conduite chez elle. Il s'était arrêté en dehors de son immeuble et elle était sortie de la voiture. Puis, sans un mot, il était reparti. C'était un peu étrange, mais étant donné qu'il l'aidait, elle ne prit pas la peine d'essayer de faire la conversation.

Allye avait mémorisé la plaque d'immatriculation de la Toyota blanche à deux portes dont elle était sortie, juste au cas où, mais il semblait tout aussi pressé de se débarrasser d'elle qu'elle l'était de rentrer chez elle et de reprendre une vie normale.

Elle devait appeler la police et signaler sa tentative d'enlèvement, mais elle devait également attendre d'avoir des idées plus claires. Elle ne voulait surtout pas laisser échapper des informations au sujet de Gray et de son ami Black. Elle allait imaginer une histoire disant qu'elle s'était échappée et qu'elle ne savait pas du tout où son ravisseur s'était rendu quand elle était partie. Elle dirait avoir nagé jusqu'à la rive, pas les seize kilomètres qu'il y avait eu, mais plutôt un kilomètre et demi.

Le fait de penser à la police et à son épreuve lui rappela pour la première fois qu'elle avait la clé USB dans sa poche.

Les choses avaient été si intenses depuis son évasion de la petite pièce du bateau qui coulait, qu'elle l'avait oublié. Elle retira son tee-shirt mouillé et elle sortit le petit appareil électronique qu'elle avait pris sur le bateau.

Elle se souvenait que l'escorte sur le bateau cliquait sur une feuille de calcul à l'ordinateur tout en murmurant des choses sur toutes les esclaves qu'il devait former, escorter ou déménager. Elle avait été surprise qu'il parle de ce genre de choses devant elle, mais d'un autre côté, il pensait qu'elle allait être récupérée par la personne qui l'avait achetée... jusqu'à ce que quelque chose tourne mal et que l'homme ait été prêt à la tuer.

Elle s'était dit que la feuille de calcul devait être enregistrée sur la clé USB. Son intention avait été de la donner à Gray s'il s'avérait être digne de confiance, mais elle avait simplement oublié.

En fait, ils n'avaient même pas échangé leurs numéros de téléphone. Gray avait dit qu'elle pouvait l'appeler s'il arrivait quelque chose, mais parce qu'ils avaient dû partir si brutalement, ils avaient tous deux oublié d'échanger leurs coordonnées. Elle pouvait sûrement le trouver sur Google, mais le temps qu'ils avaient passé ensemble ressemblait déjà à une sorte de rêve. C'était étrange de l'appeler d'un seul coup, même s'il avait dit qu'elle le pouvait.

En passant dans le salon, Allye se dirigea tout droit vers son ordinateur et elle afficha un moteur de recherche. Elle ne savait pas du tout si la clé USB fonctionnerait après avoir été immergée dans l'océan si longtemps.

Ce qu'elle lut l'enthousiasma. Elle passa dans la salle de bains et elle sortit une bouteille d'alcool isopropylique de son armoire à pharmacie. Les gens sur les forums en ligne disaient que cela pouvait aider à sécher les composants de la clé USB. Quand ce fut fait, elle partit dans la cuisine et ouvrit une boîte de riz. En se disant que ça ne pouvait pas faire de mal, elle en versa une petite quantité dans un bol, posa la clé au milieu, puis la recouvrit avec plus de riz.

En sachant qu'elle avait fait tout ce qu'elle pouvait, les épaules d'Allye s'affaissèrent et elle repensa à Gray.

C'était bien son genre d'être attirée par un homme qu'elle ne pouvait jamais avoir. Non seulement vivait-il dans un état différent, mais elle l'avait seulement rencontré parce qu'il menait une mission hyper secrète pour se débarrasser d'un trafiquant sexuel, et il était clairement trop bien pour elle. Elle avait à peine fini le lycée et lui était un ancien SEAL de la Navy, un comptable et une espèce de super héros de la vraie vie.

Oui, même s'ils avaient vécu dans la même région, elle n'était pas à la hauteur.

Elle soupira et se frotta les yeux avec fatigue. Il était temps de prendre cette douche et de dormir. Ensuite, elle allait devoir reprendre le cours de sa vie.

Le lendemain matin, Allye était prête à ce que les choses reviennent à la normale. Il lui semblait irréel d'avoir été au milieu de l'océan en se demandant si elle vivrait un autre jour.

La veille, avant de s'endormir, Allye avait contacté la propriétaire de la compagnie de danse pour lui faire savoir qu'elle était en vie et qu'elle viendrait travailler aujourd'hui. Robin McNeely avait la cinquantaine et c'était encore une des meilleures danseuses qu'Allye ait jamais vues. Elle ne dansait plus beaucoup, mais elle venait à chaque répétition. Lorsque quelqu'un avait des difficultés avec une partie de la chorégraphie, elle montait sur scène et elle faisait la démonstration.

C'était Robin qui avait appelé la police quand Allye avait disparu. La police n'avait pas fait grand-chose avec cette information, puisqu'elle était adulte. Apparemment, les adultes partaient fréquemment sans le dire à personne... pour finalement revenir après quelques jours ou semaines.

Elle ne savait pas du tout comment Gray, ou Rex, avaient été impliqués dans sa disparition, mais elle remerciait sa bonne étoile pour leur intervention. Sans eux, elle savait qu'elle aurait préféré être morte en ce moment même.

Avant de partir pour le théâtre, Allye sortit la clé USB du bol de riz. Elle semblait sèche, mais elle n'y connaissait pas grand-chose en électronique. En retenant sa respiration, elle posa son ordinateur portable sur le comptoir de la cuisine et elle inséra la clé dans l'emplacement approprié.

Elle fut surprise de voir l'icône apparaître sur son bureau, lui faisant savoir qu'une nouvelle clé avait été détectée. Ne sachant pas trop ce qu'elle allait trouver, Allye cliqua pour l'ouvrir.

Une feuille de calcul Excel s'ouvrit, mais au lieu de lui montrer les données, comme elle l'avait espéré, une fenêtre apparut pour demander le mot de passe.

— Merde, grommela-t-elle en fixant l'écran.

Elle ne savait pas du tout comment il fallait pirater les feuilles de calcul. Elle était à peine capable de faire fonctionner son propre ordinateur.

Pendant une seconde, elle s'était imaginé donner la clé USB à la police et voir au journal télévisé qu'ils avaient pu retrouver des centaines de femmes disparues parce qu'elle avait pris un risque et qu'elle avait attrapé la clé avant que le bateau coule.

— C'est stupide, murmura-t-elle en retirant la clé de son ordinateur.

Elle la serra longtemps dans sa main, luttant avec elle-même et cherchant à décider ce qu'elle devait faire. Elle aurait dû la donner à Gray avant qu'il parte, mais elle avait oublié. Tout comme elle avait oublié de prendre son numéro de téléphone. En secouant la tête, elle ouvrit son tiroir de bazar et elle jeta le petit engin parmi tout le reste du bazar qu'elle avait accumulé au cours des années.

Elle y penserait plus tard. Elle avait des choses à faire et la nouvelle dans la compagnie de danse avait sans doute fait tout ce qui était en son pouvoir pour prendre la place d'Allye pendant sa brève absence. Jessie était pénible depuis qu'elle avait été engagée, et Allye refusait de la laisser prendre tous les bons rôles. Elle avait travaillé trop dur pour arriver là où elle en était aujourd'hui.

Décidant de prendre un taxi pour le travail et non le tram, comme elle le faisait d'habitude, Allye appela un des danseurs qui vivait près de chez elle. Comme elle proposait de payer, il ne rechigna pas à prendre un taxi et à venir la chercher. Allye attrapa son sac avec ses vêtements de danse et elle sortit en vérifiant deux fois que sa porte était bien verrouillée.

* * *

— Merde ! s'exclama Gray tard le lendemain matin.

Il s'était endormi dans l'avion privé que Black et lui avaient pris en direction de Colorado Springs, finalement vaincu par la longue nage. Puis il avait passé quelques heures avec le reste de l'équipe, passant en revue la mission et ce qui était arrivé. Il avait écouté les autres faire le débriefing de leur propre mission et il avait fini par rentrer très tard chez lui.

Il s'était endormi immédiatement et s'était réveillé frais et dispo. Content d'être toujours aussi en forme qu'il l'était dans la Navy, Gray avait contacté Rex.

Son juron brutal — suivi par une épiphanie — eut lieu pendant leur conversation.

— Quoi ? demanda Rex.

— Je n'ai jamais donné mon numéro à Allye, dit Gray à son supérieur. Je lui ai dit de m'appeler si elle pensait être en danger.

— Pourquoi ? Ce n'est pas comme si tu pouvais y faire quoi que ce soit.

Gray fut irrité par son patron et ami mystérieux.

— Je le sais bien, mais au moins elle pouvait en parler à quelqu'un. Quelqu'un qui peut l'aider à faire quelque chose si elle disparaît à nouveau.

Il entendit Rex soupirer et il sut qu'il n'allait pas aimer ce qu'il allait entendre ensuite.

— Ce qu'il faut retenir, c'est que nous n'avons aucun contrôle sur ce qui lui arrive à partir de maintenant. Je n'ai presque rien sur Nightingale. C'est comme s'il avait cessé ses opérations avant de disparaître. Aucune de mes sources habituelles ne remarque d'activité de sa part, il n'y a pas de liens entre lui et des femmes récemment disparues. Ce qui est arrivé au cours de la dernière opération l'a apparemment secoué.

— Que veux-tu dire ? Penses-tu qu'Allye est en sécurité ? Qu'elle n'est plus en danger ?

— Je n'ai pas dit ça. Mais cet enfoiré s'est fait la malle. C'est un fantôme. Sans plus d'informations, je ne peux pas continuer à le pister. Je pensais qu'il était à l'origine d'un autre enlèvement récent, mais sans témoin et sans informations, je ne peux pas en être certain à cent pour cent.

— Alors, tu es en train de dire que si Allye est à nouveau enlevée, nous interrogerons les témoins afin de découvrir des informations sur Nightingale ? Espères-tu qu'elle se fasse enlever ?

Rex resta silencieux pendant si longtemps que Gray ne

sut pas ce qu'il allait répondre. Lorsqu'il le fit, sa voix était grave et tempérée pourtant clairement furieuse.

— Je vais faire comme si tu ne venais pas de dire cela. Tu sais que ce n'est pas ce que je voulais dire. Je souhaite que personne — hommes, femmes ou enfants — ne soit enlevé par ce salaud. Il n'a pas la moindre compassion pour qui que ce soit. Il fera ce qu'il veut à qui il veut et il ne laissera personne se mettre en travers de sa route. Tout ce que je dis, c'est que s'il décide de finir ce qu'il a commencé pour le riche client qui la veut, nous ne pourrons pas y faire grand-chose. C'est à Allye de rester en sécurité jusqu'à ce qu'il fasse une connerie et que nous parvenions à le tuer.

Cela ne convenait pas du tout à Gray.

— Et si elle se fait encore enlever ?

— Alors, nous ferons de notre mieux pour la trouver et la ramener chez elle, répondit Rex.

Ce n'était pas exactement ce que Gray voulait entendre, mais il ne pouvait pas s'attendre à mieux. Tant qu'il n'affirmait pas qu'il y avait un lien particulier entre eux, Allye n'était qu'une autre femme. Il n'avait aucune raison de penser qu'elle voulait créer un report personnel avec lui. Oh, il avait l'impression qu'elle était attirée par lui, et qu'elle ne se plaindrait pas de passer une nuit ou deux dans son lit, mais Rex n'étendait sa protection jusqu'à elle que si elle était officiellement liée à un des mercenaires.

Leur patron avait clarifié lorsqu'ils avaient commencé à travailler pour lui qu'ils étaient libres de trouver une femme et de commencer une relation, mais qu'ils n'avaient le droit de révéler leur travail que si cette relation était permanente. Gray en avait déjà trop dit à Allye, mais tout le temps passé au milieu de l'océan avait inhabituellement délié sa langue.

Rex avait dit plus d'une fois que lorsqu'un de ses merce-naires était dans une relation permanente, il ferait le nécessaire pour que sa femme et ses enfants éventuels soient en sécurité.

Ils avaient récemment perdu un de leurs agents à cause d'une relation. Il avait quitté le groupe parce que non seulement il avait trouvé l'amour de sa vie, mais à la mort de sa mère, il avait aussi gagné toute une famille qu'il ne connaissait pas.

Ryder Sinclair vivait maintenant à Castle Rock, Colorado, et il avait une femme, trois demi-frères, deux bébés neveux et d'innombrables amis et membres de la famille. Il travaillait pour Ace Security désormais, et Gray lui parlait très souvent, mais ce n'était pas pareil. Il n'était plus un membre officiel des Mercenaires Rebelles. Gray savait que Ryder était heureux, mais il lui manquait tout de même.

Il s'était dit que Ryder était fou d'abandonner les missions excitantes des Mercenaires Rebelles pour une femme, mais il avait des doutes maintenant.

C'était ça, son épiphanie. Il y avait quelque chose chez Allye qui avait franchi les barrières derrière lesquelles il se protégeait, et dont il n'arrivait pas à se débarrasser. S'il existait une femme pour laquelle il pouvait abandonner les Mercenaires Rebelles, Gray avait l'impression que c'était Allye.

Cette idée aurait dû le faire paniquer, mais elle paraissait simplement exacte. Le temps qu'ils avaient passé ensemble dans l'océan avait retiré le masque qu'il portait généralement en présence d'autres personnes, et il pensait que la même chose lui était arrivée à elle. Il avait appris à connaître la véritable Allye... et il l'aimait vraiment beaucoup.

Gray voulut demander à Rex de lui trouver son numéro de téléphone, mais il se retint. Il savait que Meat pouvait également lui trouver facilement, mais il avait décidé qu'il valait mieux qu'il ne parle pas à Allye. Gray avait le sentiment que lui parler sans être avec elle serait plus douloureux que de se séparer d'elle brusquement.

Il se souvint de la façon dont elle s'était tournée vers lui quand ils étaient encore sur le bateau de pêche et qu'elle avait dit, d'un ton complètement sérieux, qu'il était illégal de ne pas avoir d'engins de flottaison à bord. Et la façon dont elle levait tout le temps les yeux au ciel. Elle ne s'était pas plainte et elle n'était pas devenue hystérique, comme beaucoup de femmes dans la même situation auraient pu l'être. Cela ne signifiait pas qu'elle n'avait pas eu peur. Elle avait serré sa poche avec tant de force que cela communiquait très clairement son incertitude et sa crainte. Elle s'était accrochée à lui comme si sa vie en dépendait. Et c'était le cas.

Gray avait sauvé des centaines de vies, mais aucune ne l'avait affecté comme Allye.

Le silence au téléphone était devenu bien trop long, mais Gray savait que Rex s'en moquait. Il restait éternellement au bout de la ligne s'il avait l'impression que c'était nécessaire.

— Si tu trouves des informations sur elle, peux-tu me le faire savoir ? demanda enfin Gray. Du genre, si elle est à nouveau ciblée ?

— Oui, je peux faire ça, lui dit Rex.

Gray n'obtiendrait pas plus pour l'instant, et il le savait.

— Merci. J'apprécie. Faut que j'y aille. J'ai un bilan à faire pour un de mes clients. Je devais le rendre hier, mais j'inventerai quelque chose pour le retard.

— Tu es quelqu'un de bien, dit Rex d'une voix grave. Tu as bien travaillé. Tu as obtenu autant d'informations que possible et tu as sauvé une vie en même temps. Je suis fier de t'avoir dans mon équipe.

Et sur ces mots, Rex raccrocha.

Gray secoua la tête. Rex était excentrique, c'était certain. D'après ce qu'il savait, aucun membre de l'équipe n'avait jamais rencontré cet homme mystérieux. Il semblait toujours savoir ce qu'ils faisaient et quand, mais il ne confirmait jamais comment il avait obtenu ces informations.

Lui et les autres avaient été recrutés plusieurs années auparavant. Gray s'en souvenait comme si c'était hier. Il avait quitté la Navy et il avait reçu un appel de Rex au sujet d'un travail. Il ne lui avait pas dit grand-chose, mis à part que l'entretien d'embauche avait lieu dans une salle de billard minable à Colorado Springs qui s'appelait The Pit.

Quand il était arrivé, Meat, Arrow, Ball, Black, Ryder, et Ro était également là pour leurs entretiens supposés. Ils avaient discuté en attendant que Rex fasse son apparition, et trois heures plus tard — après avoir décidé d'emmerder le travail et d'emmerder Rex, et qu'ils étaient complètement ivres — ils avaient chacun reçu un appel téléphonique leur disant qu'ils avaient obtenu le travail.

Apparemment, cela avait été un test. Un test pour voir s'ils arrivaient à s'entendre tous les sept. Et c'était le cas. Extrêmement bien. Gray savait que les autres hommes avaient leurs propres raisons de rejoindre les Mercenaires Rebelles, mais ils n'en parlaient jamais sauf pour dire qu'ils étaient ravis que leurs talents uniques servent à débarrasser le monde d'humains qui ne méritaient pas de s'y promener, et à sauver des femmes et des enfants de tous horizons.

Lorsque Gray afficha la base de données nécessaire pour travailler sur les charges et produits de son client, il essaya de chasser de son esprit la femme intrépide mais vulnérable qu'il venait de sauver. Ils n'étaient pas destinés l'un pour l'autre.

* * *

Une semaine et demie plus tard, Allye ferma la porte de son appartement derrière elle... avec force.

La semaine avait plutôt bien commencé. Tout le monde au travail avait été ravi de la voir, particulièrement après avoir appris ce qu'elle avait traversé. Du moins, les grandes lignes. Allye avait omis la majorité des détails. Elle avait appelé la police et signalé son enlèvement, mais encore une fois, elle avait omis beaucoup d'éléments. Elle avait dit aux policiers qu'elle avait peur que la personne l'ayant kidnappée recommence. Mais sans aucune description ni aucune information le concernant, ils ne pouvaient pas faire grand-chose. Ils lui avaient simplement donné les mêmes conseils que Gray. Ce qui n'était pas vraiment réconfortant.

Elle était rapidement retombée dans sa routine au cours du reste de la semaine. Elle se réveillait tôt et prenait le petit-déjeuner. Elle regardait le journal télévisé à la recherche d'une information concernant son enlèvement ou le démantèlement d'un réseau de prostitution, en vain. Puis elle partait répéter au théâtre.

Aujourd'hui était le jour où la photographe devait faire les portraits pour le programme du spectacle à venir. Robin insistait pour que chaque danseur ait de nouvelles photos à chaque spectacle. Elle ne voulait pas que le public se lasse des programmes, d'autant plus que les danseurs étaient souvent les mêmes avec des rôles différents.

Pendant un mois, cela pouvait être de la danse moderne, le mois suivant du jazz. Robin était fière de la qualité de ses spectacles et de ses danseurs. Elle ne lésinait pas sur les programmes, les produisant sur du papier glacé de bonne qualité en espérant que les clients les gardent en souvenir.

La première fois que la photographe actuelle était venue prendre des photos de la distribution, elle avait été surprise de voir les yeux de couleurs différentes d'Allye et elle avait fait de son mieux pour les faire ressortir dans les portraits. Allye en avait plus qu'assez, mais elle avait appris à ne pas se plaindre. Entre ses yeux et la mèche de cheveux blancs, elle savait être une curiosité, et les photographes aimaient souligner ces deux traits.

Après les photos d'aujourd'hui, pendant lesquelles elle avait encore reçu beaucoup d'attention de la part de la photographe, l'après-midi avait commencé à se dégrader. Jessie, l'adolescente qui voulait le premier rôle du spectacle, mais qui ne l'eut pas parce qu'Allye était revenue, avait été grognon et peu coopérative, allant jusqu'à bouder lorsque Robin dut intervenir et lui dire de rentrer chez elle pour le reste de la journée.

Après les répétitions, Allye s'était arrêtée pour acheter un nouveau téléphone portable, puisque le sien avait disparu quand elle avait été enlevée. Le téléphone était bien plus cher que ce à quoi elle s'attendait, mais se disant qu'elle n'avait pas le choix, Allye paya son prix.

Puis, en rentrant chez elle, elle avait commencé à se sentir... paranoïaque. Comme si quelqu'un la suivait. Pourtant, chaque fois qu'elle regardait derrière elle, il n'y avait personne.

Ce sentiment persista jusqu'à chez elle. Allye fit même un détour sur son chemin habituel, et il lui fallut vingt minutes de plus pour arriver à son immeuble.

Les cheveux de sa nuque étaient hérissés lorsqu'Allye claqua enfin sa porte et verrouilla toutes les serrures, s'enfermant en sécurité. Elle laissa tomber son sac à côté de la porte d'entrée et elle s'affala sur le canapé.

Les deux semaines qui venaient de s'écouler avaient été extrêmement étranges. Elle ne voulait plus jamais faire une expérience pareille. Elle était passée de la normalité à la terreur extrême avant de revenir à la normalité. Et maintenant, la paranoïa. C'était presque surréaliste.

Allye ne sut pas combien de temps elle resta assise là. Tout ce qu'elle savait, c'est que même si elle était enfermée dans son appartement, elle ne se sentait toujours pas en sécurité. Il ne devait pas être si difficile d'enfoncer sa porte. Et si c'était le cas, on pouvait la maîtriser comme l'avait fait la brute qui l'avait enlevée dans la rue. Personne n'avait levé le petit doigt pour l'aider et elle savait que ce serait pareil dans son immeuble. Elle ne connaissait pas ses voisins et comme la majorité des gens vivant en ville, elle avait tendance à ignorer les différents cris et les bruits étranges qui venaient des appartements autour d'elle.

Allye croisa les bras en frissonnant. Que faire ? Elle devait se rendre tous les jours à son travail. Elle avait une vie. Mais Gray avait raison : l'homme qui avait à l'origine payé pour elle était toujours quelque part, attendant le moment de pouvoir employer quelqu'un d'autre pour la récupérer. Était-il en train de la surveiller en ce moment même ?

Allye déglutit et secoua la tête. Elle préférait mourir que vivre cela une nouvelle fois. Elle avait été morte de peur et n'avait eu aucun espoir que l'on vienne la sauver.

Elle repensa au moment dans le bateau quand Black les avait récupérés, quand le patron de Gray, Rex, avait appelé.

En fermant les yeux, Allye se concentra. Elle se pencha avec les yeux toujours fermés, et elle attrapa le bloc-notes posé sur la table basse devant elle. Elle fouilla à la recherche d'un stylo et elle nota rapidement les nombres qu'elle voyait dans sa tête.

En clignant des paupières, elle ouvrit les yeux et elle fixa le bloc-notes. Elle hocha la tête. Oui, c'était le numéro avec lequel Rex avait appelé.

Allye se leva et commença à faire les cent pas. Elle n'aurait pas dû envisager ce qu'elle était sur le point de faire. Mais elle se sentait obligée. Elle savait que l'enfoiré qui la voulait était toujours là, quelque part. Même si elle hallucinait et que personne ne la suivait en ce moment, on la surveillait.

Il y avait encore des femmes qui n'avaient pas été sauvées.

Avec chaque jour qui passait, la clé USB avec laquelle elle s'était enfuie la narguait un peu plus. Et si elle contenait l'information nécessaire pour sauver quelqu'un d'autre ? Pour mettre fin à toute cette opération horrible ? Et si elle avait le pouvoir d'empêcher les connards d'abuser des femmes et des enfants... et qu'elle ne faisait rien ? Qu'est-ce que cela faisait d'elle ? Une sorte de complice ?

Dans son agitation, Allye serra plus fort les bras autour de son buste. Elle devait donner la clé USB à quelqu'un qui pouvait découvrir le mot de passe et les aider à faire tomber toute l'opération. Tuer le capitaine du bateau et l'homme envoyé pour l'escorter jusqu'à son nouveau propriétaire était une chose, mais celui qui l'avait enlevée était toujours libre. Il devait y avoir beaucoup d'autres personnes impliquées, des gens qui rendaient service à ce Nightingale en enlevant et en transférant les femmes. Mais aucun d'entre eux ne l'avait aidée, et ils en avaient tous eu l'occasion. Le kidnappeur, le capitaine du bateau, l'escorte... comment savoir combien d'autres personnes étaient au courant de ce qu'il se passait ? Ils devaient tous être arrêtés et il était possible qu'elle possède l'unique preuve le permettant.

Elle marcha lentement jusqu'à la cuisine, ouvrit le tiroir et fixa la clé USB noire innocente avec haine. En refermant le tiroir, elle inspira profondément et elle repartit dans l'autre pièce.

Attrapant son téléphone portable tout neuf, Allye composa le numéro qu'elle n'avait vu qu'une seule fois, mais qu'elle avait réussi à mémoriser.

— Qui est-ce ? Comment avez-vous eu ce numéro ?

La voix semblait altérée, mais à ce moment-là, Allye s'en moquait. Cet homme ne semblait pas du tout heureux de son appel, et Allye voulut raccrocher immédiatement, mais elle se força à dire :

— Je m'appelle Allye Martin. Je cherche à joindre Rex.

— Comment avez-vous eu ce numéro ?

— Est-ce Rex ? insista-t-elle.

Elle ne voulait surtout pas révéler ce qu'elle avait en sa possession à quelqu'un qui n'était pas Rex.

— Oui. C'est moi. Maintenant, *comment* avez-vous eu ce numéro ?

— Je l'ai vu à l'écran quand vous avez appelé Gray la semaine dernière. Je suis la femme qu'il a sauvée du bateau du trafiquant sexuel.

Il y eut un long silence à l'autre bout de la ligne, et Allye finit par demander :

— Êtes-vous toujours là ?

— Je suis là. Vous avez vu mon numéro une seule fois, il y a plus d'une semaine, et vous vous en êtes souvenue ?

— Oui. Je ne me souviens pas très bien des noms ou des visages, mais les nombres sont faciles pour moi.

— Tiens. Intéressant. Que se passe-t-il ?

— Eh bien, il ne se passe pas vraiment quelque chose, mais je pense avoir un objet qui vous aiderait.

— Quoi ?

— Eh bien... quand j'étais sur le bateau, l'homme qui m'escortait jusqu'à mon acheteur s'est assis dans la chambre avec moi, après m'avoir menottée au lit...

Allye marqua une pause en se souvenant des choses horribles qu'il avait dites.

— Et ? demanda Rex avec impatience.

Allye leva les yeux au ciel, mais elle continua.

— Il faisait défiler un document sur son ordinateur portable. De temps en temps, il s'arrêtait et il murmurait le nom d'une femme, puis il me racontait ce qui lui était arrivé. C'était comme s'il les cherchait sur un document à l'écran, trouvant les cas les plus horribles pour me torturer.

— Alors, quoi... avez-vous obtenu l'ordinateur qu'il utilisait ?

— Bien sûr que non. Je ne pouvais pas traîner un ordinateur portable dans l'océan. Mais j'ai récupéré la clé USB qu'il a insérée dans l'ordinateur en venant dans la pièce.

Rex resta silencieux pendant une autre seconde avant de laisser tomber tout semblant de politesse en demandant :

— Tu te fous de moi ?

— Non, je l'ai. J'allais la donner à Gray, mais j'ai oublié. Je me suis dit qu'elle ne fonctionnerait pas de toute façon, mais en rentrant chez moi, j'ai cherché sur Internet comment la sécher et j'ai suivi tous les conseils. Et quand je l'ai branchée, elle a fonctionné.

— Bon sang de bonsoir. Qu'y avait-il dessus ? demanda Rex, l'air encore plus impatient maintenant.

— C'est le problème, je ne sais pas. Elle est protégée par mot de passe, et je ne sais pas du tout comment entrer dans le fichier.

— Quelqu'un d'autre sait-il que tu la possèdes ?

Allye haussa les épaules, oubliant que Rex ne pouvait pas la voir.

— Je n'en ai aucune idée. Je veux dire, je ne crois pas. Je ne vois pas comment. Je n'en ai parlé à personne. Mais...

Elle se tut.

— Mais quoi ?

— C'est bête.

— Mais *quoi* ? répéta Rex avec plus de force.

— Récemment, j'ai eu l'impression d'être suivie. C'est de la folie. Je veux dire, c'est sûrement parce que je suis paranoïaque après ce qui est arrivé. Mais Gray m'a dit de faire attention et de rester vigilante. Quoi qu'il en soit... je me suis dit qu'il y avait peut-être quelque chose sur la clé qui puisse conduire à la personne qui m'a enlevée, et peut-être à certaines des autres femmes ayant disparu. Et si je ne la donne à personne, que je suis enlevée à nouveau, ces autres femmes n'auront jamais la chance d'être sauvées.

Allye entendit des touches de clavier et elle attendit que Rex dise quelque chose. Cela prit quelques secondes, mais il finit par expliquer :

— Je viens de t'acheter un ticket pour Colorado Springs. Tu pars dans deux heures et demie.

— Quoi ? Pourquoi ?

— Comment vas-tu me faire parvenir cette clé USB, sinon ?

— Eh bien, je pensais pouvoir l'envoyer par la poste.

— Tu es *folle* ? demanda-t-il, horrifié. Et si elle était perdue ? Es-tu prête à risquer cela ?

Allye soupira. Bon sang, c'était logique.

— Pourquoi ne peux-tu pas venir ici ? demanda-t-elle. J'ai du travail. Des choses à faire.

— On est vendredi. Si tu décides de rentrer, tu peux être de retour chez toi dimanche soir.

Que voulait-il dire par « *si* elle décidait de rentrer » ?

Mais il ne lui laissa pas le temps de poser la question.

— Prépare tes bagages. Un seul sac en cabine. J'appelle quelqu'un pour venir te chercher. Ne quitte pas ton appartement avant que je te rappelle pour te dire que ton chauffeur est arrivé. Ne parle à personne. Ne fais rien d'autre qu'aller tout droit à l'aéroport et à la porte d'embarquement. Je t'enverrais bien le jet privé, mais il est hors service à cause d'un putain de pneu crevé. Tu vas devoir prendre un vol commercial pour Denver, puis tu prendras le dernier vol vers les Springs. Ne le rate pas.

Allye leva les yeux au ciel. Elle n'était pas un bébé. Elle savait prendre l'avion.

— Autre chose ? demanda-t-elle avec ironie.

— Oui. Je m'organise pour que quelqu'un passe te chercher à l'aéroport de Colorado Springs. Le chauffeur te conduira au Broadmoor. Tu y passeras la nuit, puis le même chauffeur reviendra samedi après-midi et il te conduira jusqu'à moi pour que nous puissions nous rencontrer. Compris ?

— Le Broadmoor ? N'est-ce pas un hôtel de luxe ? Pourquoi pas un motel ?

— Laisse-moi m'inquiéter du prix, d'accord, Allye ? Contente-toi de faire en sorte qu'il n'arrive rien à la clé USB et ramène tes fesses à l'aéroport. Si quoi que ce soit te semble louche ou bizarre, fuis et appelle-moi dès que possible. Je te ferai venir ici d'une façon ou d'une autre.

Allye soupira. Elle supposa qu'elle devait se sentir reconnaissante de l'inquiétude que Rex avait pour elle, mais ce n'était pas vraiment qu'il s'inquiétait pour *elle*. Il voulait la clé USB.

— Compris ? aboya-t-il.

— Oui, monsieur, dit Allye instinctivement. Compris.

— Reste en sécurité, ordonna Rex. Et je sais que tu le penses, alors je dois le dire : *tu* es plus importante que ce qu'il peut y avoir sur la clé USB que tu détiens. Je n'aime pas que tu sois vulnérable là-bas sans que quelqu'un veille sur toi, particulièrement maintenant que tu as l'impression d'être surveillée. Reste vigilante. Je te parle bientôt.

Et là-dessus, il raccrocha.

Un sentiment chaleureux gonfla dans la poitrine d'Allye. Elle ne connaissait pas ce Rex, mais si Gray lui faisait confiance, elle aussi.

Rex n'avait rien dit au sujet de Gray, mais l'idée d'être dans la même ville que lui tourna dans la tête. Peut-être demanderait-elle à Rex s'il pouvait appeler Gray afin qu'ils puissent se dire bonjour.

Elle resta au milieu de son salon pendant un instant, essayant d'imaginer des retrouvailles avec Gray, avant de se secouer et de regarder sa montre. Il fallait qu'elle se dépêche. Elle avait un avion à prendre.

* * *

Gage Nightingale raccrocha le téléphone, satisfait de savoir que son futur petit animal de compagnie était rentré en sécurité chez elle pour la nuit. Il se gratta la tête couverte de cheveux bruns négligés d'un air absent en repoussant sa chaise du bureau. Il posa les mains sur son ventre rebondi et il repensa à ce qui avait pu se produire lors du transfert de sa propriété la semaine précédente. Manifestement, quelque chose avait très mal tourné. Il n'arrivait pas à joindre l'homme qu'il avait généreusement payé pour accompagner sa nouvelle acquisition et il souhaitait savoir comment celui-ci avait merdé.

Quoi qu'il en soit, elle s'était échappée.

Peu importe. Elle serait à lui, un jour ou l'autre.

Allyson Mystic. Il se souvenait de la première fois qu'il l'avait vue. Il était sorti un soir dans un nouveau théâtre, où il n'était encore jamais allé. Dès qu'il avait vu le programme, il avait été intrigué. La photo d'elle avait attiré son attention et il n'arrivait pas à s'en détacher. Il n'avait jamais été si amouraché d'une simple photo.

Ses yeux semblaient l'appeler. Un bleu et un marron. Avec la mèche blanche dans ses cheveux, tout cela lui donnait envie de revenir. De la voir davantage.

Puis il l'avait vue à l'extérieur du théâtre. Il l'avait immédiatement reconnue. Elle était avec une autre danseuse, mais l'autre femme ne l'avait pas du tout intéressé. Il n'y avait qu'Allyson. Il l'avait observée ce soir-là. Il avait vu comment elle rejetait tous les autres hommes, comme si elle se préservait juste pour lui. Il avait été intrigué et fasciné.

À la fin de la soirée, il avait déjà commencé un plan pour la faire sienne.

Il était collectionneur de l'inhabituel. Dans le complexe spécialement conçu sur sa propriété de cinquante hectares à l'extérieur de San Francisco, il avait des animaux en voie d'extinction, des fossiles de dinosaures, des reliques du Moyen-Orient... et quelques acquisitions très spéciales.

Il avait une femme qui, lorsqu'il l'avait achetée, avait des tatouages qui couvraient soixante-quinze pour cent de son corps. Il travaillait à en faire cent pour cent.

Il avait également une petite personne, des jumelles identiques et, le mois dernier, il avait trouvé et acheté une femme albinos. Tous les cheveux sur son corps étaient magnifiquement blancs.

Nightingale gardait ses trésors dans des pièces spéciales derrière une porte secrète afin qu'elles ne soient pas découvertes accidentellement par les nombreux employés et les visiteurs qu'il avait sur sa propriété. Il allait les voir quand il avait envie d'être amusé. Oh, il prenait soin de leur faire savoir qu'il était leur maître, mais le sexe n'était pas tout ce qu'il désirait de leur part. Il trouvait très amusante la façon qu'elles avaient de le supplier pour de l'eau et de la nourriture chaque fois qu'il passait, tambourinant contre le verre insonorisé.

Et bien sûr, il les gardait nues, comme devaient l'être les animaux sauvages.

Mais Mystic était pour son usage personnel seulement. Elle était son porte-bonheur. Depuis le soir où il l'avait vue danser, il avait été chanceux. Ses actions en bourse lui avaient rapporté plus d'argent depuis ce soir-là que toute l'année précédente. Il avait pu acheter la paire d'oiseaux rares et en voie de disparition qu'il convoitait.

Et surtout, sa libido était revenue.

Pendant un moment, il avait craint de ne plus pouvoir avoir d'érection, mais après un seul regard posé sur les yeux de Mystic dans le programme, il avait bandé. Assis là, à sa place dans le théâtre. Sa queue s'était allongée et elle était restée dure pendant toute sa performance.

Oui, Mystic serait son animal de compagnie. Sa bête très spéciale. Il lui ferait le don de son sperme et elle transmettrait génétiquement ses yeux magnifiques et ses cheveux à sa descendance. Elle obéirait à tous ses ordres et elle apprendrait avec le temps à connaître ce qu'il aimait et n'aimait pas. De plus, elle danserait pour lui. *Seulement* pour lui. Il faisait construire une scène spéciale, qui punirait Mystic d'avoir osé lui échapper la première fois, et où il pourrait la voir quand il en avait envie.

Oui, il aurait de la chance pendant le restant de sa vie avec elle dans une cage à côté de son lit.

Mais d'abord, il devait la capturer. Elle était aussi rusée que n'importe quel animal sauvage, et elle valait tout le temps et les efforts qu'il mettait à la capturer.

L'homme qu'il avait engagé pour veiller sur elle avait signalé que son emploi du temps était revenu à la normale depuis qu'elle était rentrée chez elle. Son animal de compagnie aurait vraiment dû apprendre à changer un peu plus souvent de trajet entre le travail et la maison. Mais si elle l'avait fait, il n'aurait pas eu autant d'occasions de l'enlever.

— Bientôt, ma bête précieuse, murmura Nightingale en se frottant l'entrejambe. Bientôt.

7

Allye se tenait devant un bâtiment minable qu'elle fixait, incrédule. Était-ce *ici* qu'elle était censée rencontrer le mystérieux Rex ? Elle se tourna pour demander au chauffeur s'il était certain d'avoir la bonne adresse, mais elle ne vit que les feux arrière de la voiture s'engager sur la route avant de disparaître complètement.

Elle soupira et elle se retourna vers le bâtiment.

Elle était arrivée de justesse à l'aéroport. Le vol pour Denver avait été calme et heureusement, à l'heure, et elle avait eu vingt minutes pour courir et attraper son avion en direction de Colorado Springs. Elle était arrivée tard le soir, et le petit aéroport était presque désert quand elle avait atterri.

Un homme l'attendait avec son nom sur un panneau et il l'avait conduite à l'hôtel Broadmoor. Il était aussi beau qu'elle l'avait entendu dire, mais parce qu'elle avait été épuisée, elle n'avait pas vraiment eu le temps de l'apprécier. Elle avait fait la grasse matinée et avait été réveillée par le téléphone qui sonnait sur la table de nuit à côté d'elle.

C'était le concierge qui lui faisait savoir que le déjeuner

allait être apporté dans quelques instants et que son chauffeur l'attendrait aux alentours de quinze heures.

Et la voilà, maintenant. Devant un bar dilapidé nommé *The Pit*.

En soupirant, Allye remonta son sac à dos sur l'épaule et tendit la main vers la poignée de porte. Elle cligna des paupières plusieurs fois lorsqu'elle fut à l'intérieur, essayant de laisser à ses yeux le temps de s'adapter. L'intérieur était étonnamment... agréable. Particulièrement quand on le comparait avec l'extérieur. Un grand bar en bois se trouvait à sa droite, occupant presque tout le mur. Il y avait des tables et des chaises disséminées dans le reste de la pièce, avec une petite piste de danse en bois et un juke-box sur le côté gauche.

Une grande arche se trouvait au fond de la pièce en haut de quelques marches, et Allye vit des tables de billard dans une autre salle au-delà. Il était tôt, alors il n'y avait pas grand monde.

Elle marcha jusqu'au bar, sans savoir si l'un des clients était Rex ou pas, mais elle se dit qu'il viendrait à elle. Elle posa son sac à dos sur le sol à ses pieds et elle sauta sur un grand tabouret de bar.

Elle posa les coudes sur le comptoir en bois devant elle et elle attendit.

Au bout d'un instant, un grand homme un peu effrayant émergea d'une pièce derrière le bar. Il s'essuyait les mains sur un torchon, et son regard transperça le sien dès qu'il passa la porte.

Il faisait quinze centimètres de plus qu'Allye, et ses cheveux bruns étaient coupés très court. Une barbe hirsute couvrait la plus grande partie de son visage, et elle était parsemée de poils gris. Elle vit une cicatrice qui descendait le long de son cou et disparaissait sous le col du tee-shirt bleu qu'il portait. Il avait le teint sombre et des tatouages noirs recouvraient ses deux bras. Allye savait que si elle avait croisé cet homme dans les rues de San Francisco, elle aurait fait un détour afin de l'éviter.

— Salut, dit-il d'une voix grave, et son accent du sud fut facile à entendre, même dans cet unique mot.

— Bonjour, répondit Allye.

— Que puis-je vous servir ?

— Juste un verre d'eau, s'il vous plaît.

Le barman la dévisagea longuement, puis il posa le torchon qu'il utilisait et il tendit une main énorme.

— Dave. Je suis le barman ici.

Allye tendit la main en hésitant.

— Allye. Comme Baba, mais avec un *y* et un *e*.

Il gloussa et il lui serra la main, sans la lui écraser, avant de la lâcher au bout d'un temps approprié.

— Je ne t'ai jamais vue par ici. Tu es nouvelle ou tu ne fais que passer ?

— Je suis censée rencontrer quelqu'un ici, dit-elle au barman en se détendant.

Il n'avait pas l'air effrayant et le léger sourire sur son visage la poussa à baisser encore plus sa garde.

Dave passa la main sous le comptoir et sortit une bouteille d'eau. Il la montra et demanda :

— Veux-tu que je te l'ouvre ?

Allye fronça les sourcils.

— En bouteille ? demanda-t-elle. L'eau du robinet, ça me convient. Je n'ai pas beaucoup d'argent sur moi.

— Dans mon bar, une dame ne reçoit jamais de verre d'eau sauf si elle le demande spécifiquement. C'est plus difficile de verser quelque chose dans une bouteille fermée que dans un verre ouvert. Et l'eau dans mon bar est toujours gratuite.

— Oh, c'est bien, dit Allye. Merci.

— Alors... veux-tu que je l'ouvre pour toi, ou veux-tu faire le service ?

— Tu peux le faire.

Dave déboucha la bouteille, la posa sur une serviette en papier et la poussa devant elle.

— Si tu veux quoi que ce soit d'autre, il suffit de m'appeler. Je suis dans les parages.

— Merci.

— Avec plaisir.

Allye but une gorgée d'eau et elle observa Dave qui se mit à nettoyer le comptoir du bar de l'autre côté. Elle pivota et elle examina le reste de l'endroit. Il y avait un homme et une femme assis à une table dans un coin du fond, et le bruit des boules de billard qui s'entrechoquaient lui parvenait de la salle à l'arrière.

Au bout d'une vingtaine de minutes, elle commença à s'agiter. Personne n'était venu la voir en lui demandant si elle était Allye, et la clé USB dans sa poche semblait de plus en plus lourde à mesure qu'elle attendait. Et si quelqu'un avait découvert qu'elle avait des informations et qu'elle allait les donner à Rex ? Et s'il avait eu un accident en venant au bar ?

Décidant qu'elle ne pouvait plus simplement rester assise là, Allye se tourna vers le barman.

— Hé, Dave ?

— Oui, ma belle ? demanda-t-il en venant près d'elle.

— Puis-je laisser mon sac à dos ici pendant que je fais le tour ?

— Bien sûr. La personne que tu dois rencontrer n'est pas encore arrivée ?

Elle secoua la tête.

— Tu l'as appelée ?

— Oui, j'ai essayé il y a dix minutes et il n'a pas répondu.

— Pas cool.

— Oui.

Dave tendit la main.

— Donne-moi ton sac. Je vais le mettre derrière le bar afin que personne n'y touche. Même si personne n'oserait dans *mon* bar.

Elle gloussa et elle leva les yeux au ciel. Ça, elle voulait bien le croire.

— Tu ne vas pas faire tomber de la bière dessus, n'est-ce pas ? le taquina-t-elle.

Dave fronça les sourcils.

— Je sais que tu ne me connais pas, mais je suis le meilleur barman de la ville. Je ne renverse jamais rien. Jamais.

Allye rit. Il semblait si vexé qu'elle ne put s'en empêcher. Elle leva les mains en signe de capitulation.

— Pardon ! Je ne le savais pas.

Dave lui sourit.

— Maintenant, tu le sais. Passe-moi ça, ordonna-t-il en agitant les doigts.

Allye ramassa son sac et le tendit à Dave par-dessus le bar. Il le rangea quelque part derrière.

— Vas-y, explore. Et tu dois savoir que tu es en sécurité ici. Je sais que ça a l'air mal famé, mais je peux me porter garant pour chaque homme et chaque femme ici. Ce sont des gens bien.

— Merci, lui dit Allye en se sentant soulagée, alors qu'elle n'avait même pas remarqué qu'elle était tendue.

Elle sauta du tabouret et elle se tourna pour aller voir la salle à l'arrière.

— Allye ? appela Dave.

Elle se retourna.

— Oui ?

— Chouettes yeux.

Elle sourit. Il y avait déjà eu des gens qui s'émerveillaient de ses yeux de façon embarrassante. Ils avaient posé des questions sur la mèche dans ses cheveux et voulu savoir si elle portait des lentilles de contact. Parfois, ils n'arrêtaient plus et cela devenait extrêmement gênant. Le compliment de Dave était simple, amical et pas du tout intrusif.

— Merci.

Dave lui fit un signe du menton et elle sourit à nouveau avant de partir se promener dans la salle. Elle avait peut-être passé trop de temps à San Francisco, mais ce coup de menton de mâle alpha lui fit quelque chose. Elle ne s'en était pas vraiment aperçue avant, mais lorsqu'elle avait vu Gray faire le même signe de menton à son ami Black, elle avait décidé que ça lui plaisait. Beaucoup.

Allye s'avança jusqu'au juke-box et elle parcourut la sélection de chansons. C'était un mélange éclectique de pop, de country et de rock'n'roll. Le couple dans le coin ne leva même pas la tête lorsqu'elle passa devant eux. Elle se dirigea vers la salle à l'arrière, curieuse de voir l'apparence de cette salle de billard. Elle s'arrêta dans l'embrasure de la porte et elle regarda autour d'elle.

C'était une salle immense, avec environ une douzaine de tables de billard disposées de sorte qu'aucun des joueurs n'ait besoin de s'inquiéter de frapper quelqu'un en jouant. Deux tables étaient utilisées, et d'après les visages des joueurs, les parties étaient intenses.

Quelques petites tables circulaires étaient disséminées au hasard dans la salle. Certaines étaient basses, afin que les gens puissent s'asseoir et boire et discuter, alors que d'autres étaient à hauteur de bar pour laisser les joueurs de billard poser leurs verres quand c'était leur tour. Les seules lampes étaient accrochées au-dessus de chaque table de billard, plongeant la salle dans une lumière tamisée.

Allye tourna vers la droite et observa le groupe d'hommes assis à la seule table carrée de la salle. Elle se figea subitement.

Sa respiration accéléra et son instinct de fuite ou combat prit le relais. Les hommes ne l'avaient pas encore remarquée.

Allye fit un pas en arrière vers la salle qu'elle venait de quitter. Mais c'était trop tard.

— Qu'est-ce que ?

Cette exclamation venait de Black. L'homme qu'elle avait rencontré un peu plus d'une semaine auparavant lors d'une mission qu'elle savait être secrète.

Cinq autres têtes tournèrent pour regarder dans sa direction, et Allye ne put rien faire d'autre que les observer. C'était comme si elle pouvait soudain sentir l'augmentation de la testostérone dans la salle.

Les six hommes assis à table étaient grands. Et beaux. Et ils la regardaient comme s'ils n'avaient jamais vu de femme.

Mais elle avait le regard rivé sur Grayson Rogers.

Sans un mot, il se leva d'un mouvement fluide aussi gracieux que celui de n'importe quel danseur de sa troupe, et il marcha vers elle.

— Chaton, que fais-tu ici ? Comment m'as-tu retrouvé ?

Elle adorait le son de son surnom dans sa bouche, mais sa deuxième question ressemblait davantage à une accusation qu'à l'affirmation « Waouh, je suis content de te revoir ».

— Je... je ne savais pas que tu serais ici, bafouilla-t-elle. Je ne te cherchais pas.

Il resta perplexe.

— J'ai appelé Rex, et il doit me rencontrer ici. Mais il

n'est pas encore arrivé. J'étais assise là-bas — elle montra la porte — et je parlais au barman, Dave, et j'en ai eu assez d'attendre. Je ne savais pas que tu serais ici, répéta-t-elle.

— Putain de Rex, grommela-t-il avant de tendre la main. Quelle que soit la raison, je suis content de te voir. Comment vas-tu ?

Allye aimait ce Gray plus doux. Elle hocha la tête et elle posa sa main sur celle qu'il tendait. À la seconde où elle toucha sa paume, il referma les doigts autour d'elle. La chaleur de son corps sembla entrer en elle. Elle ne s'était même pas rendu compte qu'elle avait froid jusqu'à ce qu'elle sente la chaleur de la peau de Gray.

— Ça va, dit-elle doucement.

— Personne ne t'a suivie ? demanda Gray.

Allye haussa les épaules.

— Je ne crois pas. Je me suis sentie mal à l'aise dernière-ment, mais c'est sans doute juste à cause de ce qui m'est arrivé avant.

Gray fronça les sourcils et serra les doigts autour de sa main.

— Peut-être, peut-être pas. Viens, je veux que tu rencontres mes amis.

Il se tourna et il l'aurait entraînée jusqu'à la table pleine d'hommes hyper masculins, mais elle l'en empêcha.

— Je ne suis pas certaine que ce soit une bonne idée.

Il leva les sourcils.

— Pourquoi pas ?

— Parce que... eh bien... après tous ces événements, tu n'étais pas censé être là... je suis un peu un rappel en chair et en os que ce qui « n'est pas arrivé »... est arrivé.

Il la fixa pendant une seconde, puis il sourit et secoua la tête.

— Viens, chaton. Viens rencontrer mes amis et mes co-équipiers.

Elle le laissa la guider jusqu'à la table. La présenter à ses amis n'inquiétait pas Gray, alors elle supposait qu'elle n'avait pas à s'en inquiéter non plus.

Il s'arrêta devant la table et il passa le bras autour de sa taille. Leurs hanches étaient écrasées l'une contre l'autre et elle sentit chaque doigt lorsqu'il serra l'os de sa hanche opposée.

— Les gars, j'aimerais que vous rencontriez Allye Martin. Allye, voici les autres. Meat, Arrow, Ball, Ro, et tu connais Black.

— Salut, dit-elle avec gêne. Je suis contente de tous vous rencontrer.

Les hommes la saluèrent à leur tour et elle ne put s'empêcher d'être mal à l'aise sous leurs regards insistants. L'homme que Gray appelait Meat se leva, attrapa une chaise d'une autre table et la plaça à côté de la chaise vide. Elle s'assit lorsque Gray lui fit signe. Elle ne s'installa pas confortablement, mais elle resta bien droite en se demandant ce qui pouvait bien se passer.

— Alors... tu es la femme que Gray a sauvée l'autre fois, hein ? demanda Arrow.

Allye déglutit avant de hocher la tête.

— Ce que je vais te raconter, chaton, n'est pas connu de tout le monde. Mais après ce que tu as traversé, et étant donné que tu dois rencontrer Rex ici, et qu'il te fait donc manifestement confiance, ça ne me gêne pas de te le dire. Ces hommes et moi faisons partie d'un groupe appelé les Mercenaires Rebelles, dit doucement Gray. Rex est en quelque sorte notre chef. Il nous contacte quand il a des sauvetages à nous faire faire, impliquant essentiellement des femmes et des enfants maltraités ou enlevés. Et avant

que tu poses la question, nous sommes hautement qualifiés. Nous sommes tous d'anciens militaires, dans des
domaines différents, et nous avons fait des entraînements
intensifs.

Allye l'examina pendant une seconde, puis elle regarda
les autres hommes autour de la table. Elle fut surprise qu'il
explique autant de choses, mais elle n'avait pas de mal à
croire que ces hommes avaient les capacités et la force d'accomplir des missions de sauvetage.

Puis elle comprit quelque chose que Gray venait de dire.

— Des mercenaires ?

Il hocha la tête.

Allye était perplexe.

— Vous avez un nom ? Puis-je vous chercher en ligne ?
Vous engager ?

— Non.

— Alors, pourquoi avoir un nom ?

Allye devina que celui qui répondit était Ball :

— Parce que Rex a décidé, à raison, que nous deviendrions plus connus si nous étions associés à ce nom. Il
voulait que les sales types craignent les Mercenaires
Rebelles. Et ça a fonctionné. Nous avons eu une situation il
y a peu, où un salaud cherchait désespérément à ce que Rex
et ses Mercenaires Rebelles ne viennent pas mettre leur nez
dans ses affaires. Il était suffisamment désespéré pour tuer
son propre fils quand il n'a plus réussi à le contrôler.

Allye ne savait pas si elle voulait vraiment connaître ce
genre de détails. Mais elle était toujours un peu étonnée.

— Mais les mercenaires sont des combattants qui
travaillent pour l'argent. Du genre, ils vont là où ils sont
payés et ils se moquent du bien et/ou du mal. Cela concerne
uniquement l'argent. N'êtes-vous pas plutôt des justiciers ?
Vous contournez la loi pour faire le bien ?

Gray la fixait toujours, mais les autres hommes autour de la table se mirent à glousser.

Enfin, Gray sourit.

— Je savais que tu étais trop intelligente pour ton bien, dit-il. Tu as raison, mais quand Rex a formé notre petit groupe, il s'est dit que les Mercenaires Rebelles, c'était plus effrayant que les justiciers.

Allye leva les yeux au ciel.

— Oui, je suppose que les Vétérans Vengeurs, ça ne sonne pas aussi bien, n'est-ce pas ?

Et là-dessus, les autres hommes éclatèrent de rire.

Allye ne parvint pas à décider s'ils riaient d'elle ou avec elle, jusqu'à ce que Gray se contrôle suffisamment pour dire :

— Il me tarde de la raconter à Rex. Les Vétérans Vengeurs. Énorme.

Puis il redevint sérieux.

— Ce que nous faisons est techniquement interdit par la loi. La plupart des départements de police n'aimeraient pas nous voir prendre part à ce genre de situation et faire la justice nous-mêmes. Mais dans la majorité des cas, le temps est compté. Nous ne pouvons pas vraiment attendre que la police récolte toutes les données, puis décide si la menace est réelle avant d'agir.

Allye hocha la tête.

— Si vous aviez fait cela dans mon cas, j'aurais disparu depuis longtemps.

Exactement, lui dit Gray en couvrant sa main avec la sienne.

— Et ce n'est pas comme si nous étions en train de sauver le monde chaque minute de chaque jour, intervint Ro. Nous avons tous un autre travail régulier. Enfin... plus ou moins régulier. Nos emplois du temps sont flexibles afin de pouvoir partir d'un instant à l'autre, si nécessaire.

— Que faites-vous tous ? demanda Allye en les dévisageant. En dehors de sauver des gens comme moi. Enfin, si j'ai le droit de poser la question ? Gray m'a dit qu'il était comptable, ce que j'ai encore du mal à croire.

— Je fabrique des meubles, dit Meat.

— De A à Z ? demanda Allye.

— Oui.

— Et il a une longue liste d'attente de gens qui veulent lui faire faire des tables de cuisine et des meubles extérieurs, ajouta Arrow. Je suis électricien. En général, je suis engagé par des gens qui retapent des maisons, afin de travailler sur la nouvelle installation électrique de leur propriété.

— Je suis créateur de sites web, ajouta Ball.

— Et moi, mécanicien, dit Ro, dont l'accent britannique était sexy même dans ces trois mots.

— Et tu sais que je possède mon propre stand de tir, ajouta Black. As-tu déjà tiré avec une arme, Allye ?

Elle secoua la tête.

— Non. Et avant que tu le proposes, je suis très bien comme ça.

Il la dévisagea longuement avant de hausser les épaules.

— Si tu changes d'avis, il te suffit de me le demander.

Elle hocha la tête, puis elle se mordit la lèvre et reporta son regard sur Gray.

— Euh alors... Rex va-t-il vous rejoindre ? Est-ce pour cela qu'il m'a envoyée ici ?

— Nous n'avons jamais rencontré Rex, lui dit Gray.

— Quoi ? Comment est-ce possible ?

Il haussa les épaules.

— C'est ainsi. Il gère les missions depuis les coulisses. Il nous obtient les informations et il nous envoie où nous devons aller.

— Mais... il m'a dit qu'il me rencontrerait ici. J'ai la...

Elle se tut.

— Tu as quoi ? demanda Gray, lorsqu'elle ne poursuivit pas.

Il fronça les sourcils en la scrutant.

Allye réfléchit longuement à ce qu'elle pouvait lui dire. Ce n'était pas comme si elle ne lui faisait pas confiance. Elle voulait lui donner la clé USB avant qu'il quitte la Californie de toute façon, mais Rex semblait vraiment intéressé, et elle ne voulait pas le mettre en colère. Pas après tout l'argent qu'il avait dépensé pour la faire venir à Colorado Springs.

— J'attends. Quoi ? Tu n'as jamais dit pourquoi tu étais ici, si ce n'est pour voir Rex. Comment as-tu trouvé The Pit ? Et pendant qu'on y est... comment es-tu entrée en contact avec Rex ?

— Pouvons-nous parler en privé ? demanda-t-elle, consciente que les autres hommes écoutaient attentivement leur conversation.

— Non, répondit-il simplement. J'ai totalement confiance en eux, je leur confie ma vie sans problème. Et surtout, je leur confierais *ta* vie. Si je n'étais pas là, je m'attendrais à ce qu'ils fassent tout leur possible pour que tu sois en sécurité, tout comme je le ferai pour eux dans la même situation. Maintenant, crache le morceau.

Allye voulut rejeter les paroles de Gray. Lui dire qu'elle n'avait pas assez confiance en lui pour lui révéler tous ses secrets, mais c'était un mensonge. Elle lui avait parlé de son enfance. De sa mère horrible. Il avait littéralement sauvé sa vie plusieurs fois. Elle n'avait aucune raison de ne pas lui faire confiance. Et s'il faisait confiance aux autres hommes, alors elle le devait également.

— Te souviens-tu d'avoir défait mes menottes, puis que nous avons quitté la chambre du bateau, mais que je suis repartie en arrière ?

— Bien sûr. Je pensais que c'était stupide, et je le pense toujours.

— Tu ne m'as jamais demandé pourquoi j'y étais retournée.

Le regard de Gray resta plongé dans le sien.

— Qu'est-ce qui était si important pour que tu risques ta vie en allant le chercher ? demanda-t-il doucement.

Allye passa la main dans la poche de son jean et elle en sortit la clé USB. Elle la posa sur la table devant elle.

— Ça.

Gray jeta un coup d'œil au petit appareil avant de regarder son visage.

— Qu'y a-t-il dessus ?

Elle haussa les épaules.

— Je ne sais pas. J'allais te le donner avant que tu partes, mais j'ai oublié. Ensuite, je ne savais pas si les données avaient survécu au trajet dans l'océan. Mais j'ai fait ce que j'ai pu, et quand je l'ai branchée sur mon ordinateur portable, ça a fonctionné. Il n'y a qu'un seul fichier dessus. Mais il est protégé par mot de passe.

— Laisse, Meat, ordonna Gray sans même quitter Allye des yeux.

Allye cligna des paupières et tourna la tête pour voir la main de Meat à quelques centimètres de la clé USB. Il ressemblait à un petit enfant pris sur le fait en train de voler des gâteaux.

— Allez, Gray. Tu sais que je suis celui qu'il faut pour ce travail, gémit Meat. Rex l'a sans doute envoyée ici afin que je puisse mettre la main sur la clé.

Gray leva les yeux au ciel et Allye voulut rire.

— On récolte d'abord toutes les informations avant que tu partes dans ta grotte de geek pour la pirater, lui dit Gray avant de se tourner vers Allye. Il fait peut-être des meubles pour vivre, mais Meat est notre génie informatique. Il sait pirater à peu près tout. Il a un don pour tout ce qui est électronique. Maintenant, revenons-en à Rex. Comment est-il impliqué dans tout ceci ? Est-ce qu'il t'a appelée ?

Allye secoua la tête.

— Non. C'est moi qui l'ai appelé.

— Comment as-tu eu son numéro ?

Elle regarda ses doigts posés sur ses genoux.

— Je me suis souvenue de son numéro, quand nous étions sur le bateau après que Black nous a récupérés. Je t'ai fait passer le téléphone et son numéro était affiché à l'écran.

— Et tu t'en es souvenu en ne le voyant qu'une seule fois ? demanda Black.

— Oui. J'ai une bonne mémoire des nombres.

— Alors, tu as appelé Rex et tu l'as eu au téléphone, murmura Gray. J'imagine qu'il était surpris.

— Il n'était pas vraiment ravi au début, admit Allye. Mais quand je lui ai dit pourquoi je le contactais, il a vite été intéressé.

— Tu m'étonnes, dit Ro de l'autre côté de la table.

— Ce n'est peut-être rien, dit Allye. Mais sur le bateau, ce type, il cliquait sur quelque chose à l'ordinateur portable et il parlait des autres femmes, me racontant des détails de ce qui leur était arrivé, comme s'il lisait leurs informations à l'écran. Il voulait me faire peur, et ça a fonctionné, mais quand nous sommes partis, je me suis dit que ce qui était sur cette clé USB pouvait aider à les retrouver. À les sauver.

— Si tu ne la veux pas, moi oui, intervint Arrow d'une voix traînante.

— Va te faire, dit Gray à son ami en lui jetant un regard

noir avant de se retourner vers Allye. Alors tu as dit à Rex que tu l'avais, et il t'a fait venir ici afin que tu puisses lui donner ?

Elle hocha la tête.

— Et il t'a dit de venir ici ?

— Pas exactement. Il a envoyé un type à mon hôtel, et c'est ici qu'il m'a déposée.

— Tu ne savais vraiment rien au sujet de ce bar avant de venir ici ? demanda Gray.

— Non. C'est bizarre que vous soyez ici en même temps que moi, hein ?

— Non, dit Ro. Nous nous rejoignons ici une fois par semaine. Même heure, même endroit. Rex le sait aussi bien que les habitants d'ici.

— Rex n'avait pas l'intention de me rencontrer, n'est-ce pas ? demanda Allye.

— Non, chaton. Il t'a envoyée à nous, lui dit doucement Gray. Tu te souviens quand je t'ai raconté qu'il avait fait venir mes amis et moi ici pour un entretien d'embauche et qu'il n'est jamais venu ?

Elle se souvint soudain d'éléments de la conversation qu'ils avaient eue dans l'océan.

— Ah. D'accord. Bon… je suppose que je dois découvrir comment retourner en Californie, maintenant. Je pensais donner les informations à Rex, et puis qu'il me renseignerait sur mon vol de retour.

— Reste. Un petit peu, dit Gray.

— Je ne peux pas.

— Au moins jusqu'à ce que Meat parvienne à entrer dans la clé USB et voie ce qu'il en est.

Allye se mordit la lèvre et détourna le regard de Gray. Elle avait envie de rester. Vraiment.

— Mais je travaille la semaine prochaine. Nous

commençons un nouveau numéro et je dois être là pour les répétitions.

— Les répétitions ? demanda Ball.

— Je suis danseuse, expliqua-t-elle.

— Je parie que tu es vraiment souple, n'est-ce pas ? demanda Arrow.

Elle fronça les sourcils.

— Oui, je le suis.

— Tu as toujours les meilleures, dit Arrow à Gray, se penchant en arrière sur sa chaise et croisant les bras en imitant une moue.

Gray jeta un autre regard noir à son ami avant de se tourner vers Allye.

— Reste, répéta-t-il. Au moins ce soir. Nous verrons ce que Meat a découvert, et si nécessaire, je m'organiserai pour que tu repartes dimanche soir.

Allye réfléchit. Ce n'était pas comme si elle avait prévu quelque chose ce week-end. Tant qu'elle était rentrée avant la répétition du lundi, personne ne s'apercevrait qu'elle était partie.

— Où logerai-je ?

— Avec moi, dit immédiatement Gray.

Allye n'était pas stupide. Elle avait bien conscience des sentiments qu'elle éprouvait pour Gray, mais elle n'était pas certaine de ce qu'il pensait d'*elle*. Lui demanderait-il de loger chez lui si elle ne lui plaisait pas au moins un petit peu ? Et s'il se sentait simplement responsable ? Du genre : comme il lui avait sauvé la vie une fois, il voulait s'assurer qu'elle soit en sécurité maintenant ? Ce n'était pas comme si elle avait beaucoup de possibilités. Elle pouvait rester à l'hôtel, mais elle n'avait pas beaucoup d'argent. Vivre à San Francisco coûtait cher. La majorité de son salaire passait dans le loyer et la nourriture.

Gray n'insista pas. Il n'argumenta pas, attendant simplement qu'elle prenne une décision. Ce qui rendait les choses encore plus difficiles. S'il avait insisté, elle aurait pu céder avec grâce.

Abandonnant toute précaution, Allye prit sa décision.

— D'accord. Mais seulement jusqu'à demain. Il faut vraiment que je rentre.

Meat sortit alors brusquement la main et attrapa la clé USB sur la table comme un pickpocket expérimenté. Il avançait déjà vers la porte avant qu'Allye puisse protester ou même bouger.

— Je vous contacte, appela Meat en disparaissant dans l'autre partie du bar.

Allye regarda Gray avec une pointe d'inquiétude.

— Il en prendra soin, la rassura-t-il. Il transmettra l'information à Rex, et Rex fera son truc. Tu as pris la bonne décision en nous l'apportant.

— Je ne voulais pas vous l'apporter, grommela Allye. Je *pensais* que je l'apportais à Rex.

— Rex, c'est nous, et nous sommes Rex, dit Ball, philosophe.

Allye leva les yeux au ciel. Quand elle eut terminé, Gray la regarda en souriant.

— Quoi ?

— Je n'arrive pas à croire que je te dis ça, mais je pense que te voir lever les yeux au ciel m'a manqué, lui dit-il avant de se lever, ne lui laissant pas l'occasion de répondre.

— Tu nous feras savoir ce qu'il se passe, n'est-ce pas ? demanda Black en se levant également.

— Bien sûr, répondit Gray.

— Devons-nous prévoir de nous rejoindre ici demain ? demanda Ro.

— On improvise. Rex pourrait nous contacter avec des

plans différents en recevant les informations qu'il y a sur cette clé, lui dit Gray.

— Je vous vois bientôt, dit Ro. Je paierai la note à Dave en sortant.

— Merci, c'est gentil, dit Gray.

Les autres partirent, et puis Allye et Gray furent les deux seuls assis à la table.

— Tu as faim ? lui demanda Gray.

— Un peu, avoua Allye.

— Allez, viens. Je m'arrêterai au magasin et je nous achèterai des steaks sur le trajet.

— Je ne mange pas de viande, lui dit-elle lorsqu'ils se dirigèrent vers la sortie.

Gray s'arrêta brusquement.

— Ah bon ?

— Non. Mais je n'ai rien contre des légumes grillés par exemple.

Ce fut au tour de Gray de lever les yeux au ciel, mais il lui prit la main et il continua vers la porte.

— Comme tu veux.

Allye gloussa. Ils s'arrêtèrent au bar pour dire au revoir à Dave et pour récupérer son sac à dos, puis ils sortirent et se dirigèrent vers la voiture noire à deux portes de Gray.

— Quelle est cette voiture ? demanda-t-elle lorsqu'il lui ouvrit la portière du côté passager.

— Une Audi S5.

Il fit le tour du véhicule et il s'assit au volant. Il semblait encore plus massif assis à côté d'elle dans le petit espace.

— Je n'en ai jamais entendu parler, mais c'est sympa.

Il lui sourit.

— Oui. Et surtout, elle a de la puissance.

Allye leva les yeux au ciel lorsqu'il démarra le moteur et

sortit du parking, se dirigeant probablement vers le magasin.

* * *

— Comment ça, elle n'est pas là ? souffla Nightingale dans le téléphone. C'était ton boulot de la surveiller et de savoir où elle était à tout moment.

— Je suis désolé, monsieur. Après vous avoir parlé au téléphone hier soir, j'ai cru qu'elle était rentrée pour la nuit, et je suis parti chercher quelque chose à manger. Quand je suis revenu, les lumières étaient encore allumées dans son appartement et je me suis dit qu'elle était toujours là. Quand elle n'a pas quitté son appartement pour aller au magasin, comme elle le fait tous les samedis matin, j'ai fait semblant d'être quelqu'un qui cherchait une amie afin de pouvoir jeter un coup d'œil sur elle. Elle n'était pas là.

Nightingale grinça des dents.

— Trouve-la, espèce de crétin ! Je veux savoir où elle est et avec qui. Compris ?

— Oui, monsieur. Je vous tiens au courant.

Nightingale raccrocha le téléphone et fit les cent pas. Allyson Mystic était à *lui*. Elle n'avait pas le droit de se déplacer sans qu'il en ait connaissance. Plus vite elle serait sous son contrôle, mieux ça vaudrait.

Il essaya de se calmer en pensant aux choses qu'il allait lui faire et en l'imaginant avec son collier de laisse et sous son contrôle, mais ça ne l'aida pas beaucoup.

— Comment ose-t-elle, maugréa-t-il.

Alors que les heures passaient et que son employé ne donnait pas de nouvelles de la localisation de Mystic, Nightingale devint de plus en plus furieux. Jusqu'à ce qu'il se rende enfin compte qu'il ne lui restait qu'une seule option.

— C'est toi qui m'y as poussé, Mystic. C'est de *ta* faute ! marmonna-t-il. Si tu t'étais bien comportée, je n'aurais pas eu besoin d'avoir recours à cela.

Nightingale prit le téléphone et appela un de ses meilleurs hommes.

— J'ai un travail pour toi. Il me faut une fille.

— N'importe laquelle ? demanda-t-il.

— Non, pas cette fois. Une spécifique. Elle s'appelle Jessie Callahan. C'est une danseuse au théâtre de danse de San Francisco. Apporte-la-moi. En vie.

— Oui, monsieur, dit l'homme avant de raccrocher.

Nightingale hocha la tête. Ouais, Mystic allait revenir en courant chez elle en l'apprenant. Elle y était obligée. Il comptait dessus. Et alors, Nightingale la ferait conduire à lui.

Ne tenant pas compte du fait qu'il ne prenait aucune précaution et que ses collections auxquelles il tenait tant pouvaient être en danger, Nightingale sourit. Il avait besoin de Mystic et de ses beaux yeux différents. Elle serait à lui, quoi qu'il arrive.

8
____

Allye était assise dans le salon de Gray. Elle avait manifeste-ment été surprise par sa maison, car les yeux écarquillés et son exclamation étaient révélateurs. La maison était énorme. Quatre chambres et de grands espaces ouverts, l'un au rez-de-chaussée et l'autre au sous-sol. Il avait également une cuisine de gourmet avec tout ce qu'il fallait. Gray eut l'impression qu'elle s'était attendue à un appartement ou à une garçonnière. Pas à cette énorme maison de style familial.

La maison était perchée sur une colline et il y avait deux énormes fenêtres à l'étage principal faisant face à Pikes Peak. La vue était à couper le souffle et elle n'arrivait pas à y arracher son regard.

— C'est pour cette raison que j'ai acheté la maison, dit Gray en appréciant l'intensité avec laquelle elle avait examiné sa maison. Je sais qu'elle est bien trop grande pour moi, mais dès l'instant où j'ai vu ce paysage, je savais qu'il me la fallait.

— C'est extraordinaire, dit-elle, toujours émerveillée. Je comprends pourquoi tu la voulais.

— Après avoir quitté la Navy et rejoint l'équipe de Rex, j'étais perturbé. Instable. Je n'aimais pas être entouré de monde et je voulais mon propre espace. Cette maison a satisfait ce besoin en moi. Ça me calme de regarder la montagne et de penser à toutes les personnes qui sont venues avant moi et qui ont observé exactement le même tas de pierres.

— Je n'y ai encore jamais pensé de cette façon, dit doucement Allye. Je veux dire, j'ai regardé le pont du Golden Gate et Alcatraz, mais je n'ai jamais vraiment pensé aux gens qui les ont construits ou qui étaient là quand la prison était utilisée.

Ils furent silencieux pendant un instant, perdus dans leurs propres pensées.

— Comment vas-tu vraiment ? demanda Gray au bout d'un moment en observant Allye.

Elle était assise juste en face de lui, les jambes remontées. Elle avait les bras autour des genoux et elle semblait un peu perdue.

— Je vais bien.

Gray ricana.

— Ne me donne pas ta réponse officielle, chaton. Dis-moi comment tu vas vraiment. As-tu peur ? As-tu vu des personnes suspectes ? Dors-tu la nuit ? Comment est ton appétit ? Parle-moi.

Elle soupira et elle posa le menton sur ses genoux en le regardant de l'autre côté de la table basse.

— Je vais bien. Ça peut paraître fou, mais je pense que mon passé m'a aidé à relativiser ce qui m'est arrivé.

— Comment ça ?

— Eh bien, ce n'est pas la première fois que j'ai des problèmes. Bien sûr, je n'ai pas fini au milieu de l'océan dans le passé, mais être abandonnée au centre commercial n'était pas exactement une partie de plaisir. Puis, découvrir que ma mère m'avait littéralement abandonnée, c'était plutôt dur. J'ai eu tellement de mauvaises expériences que je pense m'y être presque habituée.

— Ne t'habitue pas à ça, dit Gray avec plus de force que la conversation ne l'exigeait. Ce n'est pas parce qu'un enfoiré a décidé qu'il te veut pour lui-même que d'autres choses désagréables vont continuer à t'arriver.

Allye leva les yeux au ciel à ces paroles, ce qui donna envie de sourire à Gray, mais il était trop irrité pour le faire à ce moment-là.

— C'est juste... que je vais bien. Ce qui me fait presque me sentir plus mal. Je veux dire, je *devrais* avoir des cauchemars. Je *devrais* avoir du mal à dormir et à manger. Mais ce n'est pas le cas. C'est comme si ces deux jours n'avaient jamais eu lieu.

— Puis-je être franc ? demanda Gray.

Allye sourit.

— Parce que tu ne l'étais pas jusqu'ici ?

Il ne retourna pas son sourire.

— Ça va te frapper d'un seul coup. Quand tu t'y attendras le moins. Tu passeras ta journée tranquille et boum, tu verras quelque chose qui te le rappelle et tu auras une réaction. Ou bien tu t'éveilleras au milieu de la nuit et tu t'en souviendras. Et ce n'est pas grave. Si j'ai appris quelque chose dans ma vie, c'est bien que ce n'est pas un problème de paniquer ou d'avoir une mauvaise réaction à cause de quelque chose qui est arrivé.

— Que t'est-il arrivé ? demanda Allye avec une perspicacité presque effrayante.

Gray soupira. Il devait prendre une décision. S'ouvrir et laisser Allye entrer dans son intimité, ou continuer à rester fermé aux autres.

Le problème était que s'il s'ouvrait et qu'il lui parlait des squelettes dans son placard, il aurait envie de la garder pour toujours.

Il se connaissait… il la désirait déjà. Si elle entendait son histoire, et qu'elle l'acceptait, ce serait presque impossible de la laisser repartir. Mais s'il inventait des conneries, il admettait à lui-même qu'il ne pensait pas qu'elle soit pour lui.

Il avait clairement mis trop longtemps à prendre sa décision, car Allye tourna la tête et posa encore une fois la joue sur ses genoux, rompant le contact visuel.

— Pardon, c'était impoli. Oublie ma question.

Gray bougea, son corps prenant la décision pour lui. Il se leva et s'approcha de l'autre canapé. Il s'assit à côté d'Allye et il osa la prendre dans ses bras. Elle se laissa faire sans protester, s'installant contre lui et se déplaçant jusqu'à être confortable. Il avait le bras autour de ses épaules, et les genoux d'Allye étaient maintenant posés contre sa cuisse. Elle avait la tête posée sur ses pectoraux, et elle tripotait les boutons de sa chemise avec sa main.

C'était une étreinte intime pour deux personnes qui ne s'étaient jamais vraiment touchées jusqu'ici. Pourtant, cela semblait adapté.

— J'étais un très bon SEAL à une époque. J'allais là où on m'envoyait et je ne remettais jamais les ordres en question. Je pensais améliorer le monde.

Il marqua une pause en se rendant compte que lui raconter cette histoire allait être bien plus difficile qu'il ne l'avait cru.

La main d'Allye lui tapota le ventre, comme pour le rassurer. Il se força à continuer. Si elle ne prenait pas ça bien, il valait mieux le savoir maintenant et non pas une fois qu'il serait tombé amoureux d'elle.

Interrompant toutes les pensées sur l'amour avant qu'elles puissent s'enraciner dans son cerveau, Gray continua à parler :

— Nous étions à Kandahar, en Afghanistan. On a dit à mon équipe que des insurgés se rassemblaient dans un bâtiment spécifique dans un quartier de la ville connu pour être un vivier d'activités terroristes. Nous y sommes entrés et tout s'est déchaîné. C'était un piège, et deux de mes amis ont immédiatement été tués d'une balle dans la tête. Deux autres ont été mortellement blessés, et quand nous avons essayé de les faire sortir, ils sont morts dans nos bras.

— Les trois autres membres de l'équipe et moi, nous nous sommes préparés à tenir bon et à nous battre pour sortir de cette situation, mais en vain. Ils nous ont tous capturés. Jones et Blue ont été immédiatement tués, parce qu'ils étaient afro-américains. Les enfoirés qui nous avaient capturés étaient horriblement racistes. Puis, ils ont torturé Hick et moi. Quand cela ne leur a donné aucune information, même si ce qu'ils demandaient n'était pas vraiment top secret, ils ont...

Gray se tut. Il n'aimait pas se souvenir de ce qui était arrivé ensuite, alors en parler...

— Ce n'est pas grave, chuchota Allye. Tu n'es pas obligé de me le dire.

Et c'était exactement pour cette raison qu'il le voulait. Elle n'exigeait pas de réponse. Elle n'insistait pas pour qu'il lui dise tout ce qu'il avait en tête. Il se souvenait avoir pensé quand il flottait dans l'océan que c'était une personne avec qui il se sentait en paix. Il aimait le son de sa voix. Elle était apaisante. Même si ce qu'elle disait n'était pas paisible, son ton l'était.

— Ils ont décidé d'arrêter de nous torturer... et de commencer avec des civils innocents. D'abord, ils ont apporté une femme assez âgée pour être ma grand-mère. Pendant qu'ils la frappaient, elle nous crachait dessus comme si c'était nous qui lui brisions les doigts un par un, et pas ses propres compatriotes. Quand nous avons continué à refuser de leur donner les quantités de bombes et de munitions que les États-Unis avaient stockées dans leur pays — des quantités qui n'avaient aucune importance, puisqu'elles changeaient tous les jours —, ils ont fait venir des femmes de plus en plus jeunes pour essayer de nous convaincre de parler. J'ai fini par céder lorsqu'ils ont traîné la dixième femme à l'intérieur et qu'ils ont commencé à l'attraper et... à la violer. En riant. Je leur ai dit ce qu'ils voulaient savoir. Mais ils ont quand même abusé de cette femme. Et ils ont ri pendant qu'elle et moi hurlions en même temps.

Allye bougea alors. Elle jeta une jambe par-dessus les siennes et elle s'assit sur ses genoux.

Surpris, Gray resta immobile et il la laissa s'installer sur lui. Elle posa sa tête au creux de son cou et elle fit passer les bras autour de lui. Elle ne dit pas un mot et ce moment ne fut pas du tout sexuel.

Gray se sentit immédiatement réconforté. Et moins seul. Il posa lentement les bras autour d'elle et elle se rapprocha de lui. Ils finirent torse contre torse, les jambes d'Allye serrant ses cuisses. Il sentit sa respiration chaude dans son cou, mais elle ne le poussa pas à continuer à parler. Elle s'accrocha simplement à lui, lui offrant son soutien de la seule façon qu'elle pouvait.

— Mon ami Hick a réussi à se dégager des cordes qui l'attachaient à un pilier au milieu de la pièce. Il s'est précipité sur l'homme qui abusait de la femme. Il a pris une balle à l'arrière de la tête. J'ai tout vu. Incapable d'aider mon pote ou ces femmes. À la fin, les hommes ont simplement ricané et ils sont partis en traînant la femme qui saignait avec eux, mais en laissant Hick mort sur le sol. J'ai passé les trois jours suivants à cet endroit. Avec Hick qui me fixait de son regard vide. J'aurais aimé être celui qui parvenait à se libérer afin de ne pas avoir à rester là tout ce temps.

— Comment t'es-tu libéré ? demanda Allye sans lever la tête.

— Une deuxième équipe de SEAL m'a trouvé après le troisième jour. Les insurgés avaient quitté la zone et m'y avaient laissé mourir. Il s'avère que les gradés qui ont envoyé mon équipe dans la zone savaient qu'elle était instable, et ils savaient qu'il y avait un danger particulier pour le personnel des États-Unis. Ils m'ont dit qu'ils auraient envoyé une équipe pour nous libérer plus tôt, sauf que l'Air Force faisait une opération de l'autre côté de la ville, et qu'ils ne pouvaient pas prendre le risque de faire échouer cette mission, alors ils n'ont pas envoyé d'autres SEAL pour nous récupérer avant la fin de cette autre mission.

Allye leva alors la tête.

— Je suis désolée, Gray. C'est horrible.

— Oui. C'est horrible, acquiesça Gray. Je suis devenu un peu fou après ça. J'ai tué beaucoup de gens. Je ne peux même pas dire que c'étaient tous des terroristes. Je m'en moquais. En ce qui me concernait, ils étaient tous des ennemis.

— C'est pour cela que tu es parti ?

— Oui. La Navy m'a renvoyé aux États-Unis pour des soins psychologiques intensifs. Mais je ne voulais pas que leurs putain de psys m'embrouillent la tête. Le gouvernement m'avait déjà assez perturbé. J'ai donc donné ma démission et ils l'ont acceptée avec joie.

— Et puis Rex t'a contacté, dit Allye.

— Oui. Lui non plus, je ne lui ai pas fait confiance pendant très longtemps, lui dit Gray en regardant le magnifique sommet de la montagne au loin, à travers la vitre. Mais je faisais confiance aux autres types. Ils ont traversé l'enfer, tout comme moi. Le lien que nous avons était très profond. Ce sont mes frères dans tous les sens du mot, en dehors du sang.

— Je suis contente que tu les aies dans ta vie, dit doucement Allye.

— Moi aussi.

Il regarda la femme assise sur ses genoux.

— Ce que je veux dire c'est... que je pensais avoir digéré ce qui était arrivé. J'avais fait des dizaines de missions pour Rex. Tué des gens. Des pourritures qui ne méritaient pas de vivre. Mais aujourd'hui, j'étais en train d'aider un bus d'enfants à s'échapper d'un baron de la drogue mexicain qui les avait kidnappés, lorsqu'un de ces enfoirés a saisi une petite fille. Elle avait les cheveux bruns et d'immenses yeux marron, et elle me regardait exactement comme la dernière femme l'avait fait en Afghanistan. Elle me suppliait en silence de l'aider. Et d'un seul coup — il claqua des doigts —, je suis revenu là-bas.

— Qu'est-il arrivé ? chuchota Allye.

— Ro. Il est arrivé derrière le bâtard et il lui a tiré dans la tête avant qu'il puisse tirer le premier. Il a sans doute traumatisé cette petite à vie, mais au moins elle est encore en vie et elle n'a pas été blessée. Il m'a fallu trois jours pour sortir de l'état hébété dans lequel le flash-back m'avait plongé. Je dis juste que les merdes qui t'arrivent peuvent revenir te hanter d'un seul coup.

— D'accord, Gray. Je ferai attention.

— N'aie pas honte si cela arrive.

— As-tu honte ? demanda-t-elle.

Gray réfléchit un instant à sa question avant de dire :

— *Honte*, ce n'est pas vraiment le mot. Triste. Frustré, peut-être. Et impuissant.

Allye hocha la tête.

— Si tu as besoin d'aide pour digérer tout ça, fais-le-moi savoir. Je serai là pour toi.

— D'accord, chuchota-t-elle.

Il fixa ses yeux inhabituels pendant un long moment avant de lâcher :

— Est-ce que le fait que j'ai déjà tué des gens et que je recommencerai te contrarie ?

— Non.

Sa réponse fut immédiate et sincère, et Gray dut déglutir pour avaler les sentiments que cet unique mot évoquait en lui. Il ne savait pas avec certitude s'il la croyait, toutefois. Son acceptation ne pouvait pas être si facile.

— Je suis comptable, mais si Rex rappelle avec une mission, je m'en vais.

— Très bien.

Il eut envie de la secouer. De s'assurer qu'elle comprenait.

— Je pourrais être envoyé en Inde pour aider à lutter contre les gens qui forcent les enfants à épouser des hommes de quatre fois leur âge, ou à l'autre bout du monde pour aider à sauver une barque de réfugiés.

— Ou peut-être même sur la côte de San Francisco pour aider une femme solitaire qui a été kidnappée et qui est sur le point de devenir une esclave sexuelle à s'échapper et à reprendre le cours de sa vie.

— Exactement.

Allye redressa alors le dos et elle posa les mains de chaque côté du visage de Gray.

— Le monde a besoin de plus d'hommes comme toi et tes amis. J'aimerais qu'il y ait plus de gens prêts à se battre pour ce qui est bien que de pourritures comme les deux que tu as tués sur ce bateau. Je ne me sens pas mal pour eux, parce qu'ils ont fait leurs propres choix, et ils sont morts en conséquence.

Elle jeta un coup d'œil à ses lèvres avant de revenir vers ses yeux... et Gray n'eut pas besoin de plus d'encouragements. Il serra ses hanches avec assez de force pour penser qu'il laisserait sans doute des bleus sur sa peau délicate, mais il ne la lâcha pas. Lentement, afin de lui laisser la possibilité de s'écarter, Gray baissa la tête.

Mais elle ne s'écarta pas. Il commençait à apprendre que c'était typique de la part d'Allye : elle prenait ce qu'elle voulait, levant le menton et le rencontrant à plus de mi-chemin.

Leurs lèvres se touchèrent et Gray sursauta comme s'il venait d'être électrocuté. Puis il inclina la tête et il prit le contrôle. En tout cas, il essaya. Allye ne le laissa pas faire. Elle était aussi volontaire que lui. Les légers bruits qui venaient du fond de sa gorge l'encouragèrent, le poussèrent à prendre plus, à lui donner plus de lui-même.

Leurs langues se battirent en duel et dansèrent ensemble comme s'ils s'étaient déjà embrassés des milliers de fois. Gray sentit le goût du bonbon à la menthe qu'elle avait mangé une heure auparavant. Pour la première fois, sa position sur ses genoux devint sexuelle. La chaleur entre les cuisses d'Allye le brûla. Sa verge durcit, elle s'allongea rapidement, prête à entrer en elle. Pendant une seconde, il contempla la meilleure façon d'arracher son short afin de pouvoir la prendre tout de suite, dans cette position.

Mais lorsqu'elle s'écarta en haletant et que Gray vit qu'elle rougissait de la poitrine jusqu'à ses joues, il se retint. Il n'allait pas la baiser ainsi. En tout cas, pas cette fois. Elle méritait plus et pour la première fois de sa vie, il se souciait de ce que méritait la femme avec qui il était.

Dans le passé — le passé très lointain, car cela faisait plus d'un an qu'il n'avait pas été avec une femme —, il ne s'était pas vraiment intéressé à autre chose qu'à son propre plaisir... et il choisissait des femmes comme lui.

Mais Allye était différente. Il le savait tout au fond de lui. Quand elle humecta ses lèvres et puis qu'elle en mordilla une d'un air incertain, Gray se précipita pour la rassurer.

— Merci.

Elle sembla perdue.

— Pour quoi ?

— Pour avoir écouté. Et ne pas m'avoir jugé. Pour m'avoir accepté tel que je suis.

— Bien sûr, fut sa réponse.

Et Gray se rendit compte que pour elle, écouter et ne pas juger était une façon de vivre. C'était simplement qui elle était. La façon dont elle avait été élevée, avec une mère qui ne s'intéressait pas du tout à elle et puis des allers-retours de maison d'accueil en maison d'accueil, faisait que sa capacité à avoir de la compassion et être terre-à-terre était simplement miraculeuse.

Soudain, l'idée que quelqu'un puisse mettre la main sur elle et abuser d'elle, changer qui elle était en tant que personne, devint totalement répugnante aux yeux de Gray.

Il ouvrit la bouche pour lui dire qu'il ferait en sorte qu'elle soit en sécurité dans sa vie, où qu'elle soit et quoi qu'elle veuille, lorsque son portable sonna.

Allye lui fit un sourire timide et commença à descendre de ses genoux.

Gray la serra plus fort. Il ne voulait pas la perdre.

— Tu dois décrocher. C'est peut-être Meat qui appelle pour nous dire ce qu'il a découvert.

Gray savait qu'elle avait raison, mais il ne pouvait pas dire qu'il appréciait l'interruption.

Il se pencha vers elle et il l'embrassa sur le front avant de l'aider à descendre. Avec la queue toujours à moitié dure, Gray se leva et marcha jusqu'au canapé où il avait laissé son téléphone.

— C'est Gray.

— Regarde la huitième chaîne.

Gray chercha immédiatement la télécommande de la télévision pour faire ce que Rex ordonnait. Il ne demanda pas pourquoi, allumant simplement la télévision et cherchant la bonne chaîne.

Ils virent la fin d'une histoire au sujet d'une autre femme ayant été kidnappée à San Francisco cet après-midi. Apparemment, elle avait été enlevée dans la rue alors qu'elle criait en donnant des coups de pied, et il y avait plusieurs témoins et même une vidéo floue de l'incident filmé par téléphone portable. Quand ce fut le moment de la météo, Gray demanda prudemment :

— Pourquoi dois-je voir cela ?

— Pose la question à Allye.

Gray ne fut pas surpris que Rex sache qu'elle était là. Il semblait tout savoir. L'estomac noué, il se tourna vers Allye. Comme il l'avait craint, elle était assise au bord du canapé, une main sur la bouche, les yeux écarquillés d'horreur.

— Chaton, dit-il doucement.

— C'est Jessie, marmonna-t-elle derrière sa main.

— Qui ?

— Jessica Callahan, répondit Rex au téléphone. Dix-neuf ans. Un mètre soixante-dix-huit, cinquante-quatre kilos. C'est une danseuse dans la même compagnie qu'Allye.

— Merde, jura Gray avant d'éteindre la télévision et de

s'avancer vers l'endroit où Allye était toujours assise, en état de choc.

— Nightingale ? demanda-t-il à Rex.

— Je n'ai pas encore tous les détails, mais je le suppose, oui.

— Quel est le plan ?

— Aucun plan, dit Rex immédiatement.

Cela ne convenait pas à Gray. Il dit ce que Rex savait évidemment déjà :

— Allye la connaît. On ne peut pas ne rien faire.

— S'il s'agit bien de Nightingale, il l'a fait volontairement. Nous n'aurons pas de meilleure preuve qu'il est derrière l'enlèvement d'Allye. Il ne l'a pas prise pour quelqu'un d'autre. Il la voulait pour lui-même. Et maintenant, il est furieux qu'elle ait disparu. Il a enlevé cette nouvelle femme pour envoyer un message. Il réagit, il ne réfléchit pas. Cela peut être une bonne chose pour nous.

Gray grinça des dents. Il savait exactement comment Allye allait réagir au fait que lui et son équipe ne faisaient rien pour retrouver l'autre femme. Bon sang, il venait juste de lui expliquer que la même chose lui était arrivée à lui, et comment il avait réagi quand les terroristes avaient torturé des gens pour le faire réagir.

— Meat a-t-il découvert ce qui se trouve sur la clé USB ? demanda-t-il à son chef.

— Non, mais il dit qu'il n'est pas loin.

— Appelle-moi quand il aura l'information, ordonna Gray.

— Bien sûr. Prends soin d'Allye, dit Rex avant de raccrocher.

Gray soupira en raccrochant son téléphone. Il s'assit à côté d'Allye et il posa une main sur son genou.

— Que sais-tu d'elle ?

Elle fixait encore l'écran de télévision, même si celui-ci était éteint.

— Jessie est bien plus jeune que moi. Elle a rejoint la troupe il y a environ quatre mois. C'est une très bonne danseuse, mais jalouse. Elle veut être une star et n'aime pas le fait de devoir travailler pour monter.

— Êtes-vous amies ? demanda Gray.

Allye secoua la tête.

— Pas vraiment. Je veux dire, nous sommes courtoises l'une avec l'autre, mais c'est tout.

Elle tourna ses grands yeux expressifs vers lui.

— Est-ce le même type qui m'a enlevée ?

Gray eut envie de mentir. Il eut terriblement envie de mentir, putain, mais il ne le pouvait pas. Pas à elle.

— Probablement.

— C'est parce que je suis partie, n'est-ce pas ?

Gray hocha la tête. Il la laissa réfléchir à la situation pendant une minute, puis il demanda :

— Ça va ?

Allye regarda ses genoux avant de répondre.

— Si je dis oui, je suis une personne horrible parce que je suis contente que ce soit elle et pas moi. Si je dis non, alors je suis hypocrite, car je ne l'apprécie pas tellement.

Gray leva les mains et la tourna vers lui. Il posa les paumes sur ses joues, comme elle le lui avait fait auparavant.

— Ceci n'est pas de ta faute, lui dit-il avec force.

Elle secoua la tête.

— Techniquement, si.

— Non, c'est de la faute de l'homme qui l'a enlevée. Un point c'est tout.

— Que penses-tu qu'il lui arrive en ce moment ?

— N'y pense pas, dit-il.

— Comment ne pas le faire ? rétorqua-t-elle avec angoisse.

Ses yeux se remplirent de larmes, mais elle chassa les mains de Gray de son visage et elle appuya son pouce et son index sur ses paupières fermées afin de retenir les larmes.

Gray se pencha contre elle et dit d'un ton urgent :

— Ne lui donne pas ce pouvoir sur toi. Les terroristes qui m'ont détenu avec Billy ont fait la même chose, et je suis tombé dans leur piège. Ce qu'il fait, c'est de sa faute, pas de la tienne. Même si tu reprenais un vol pour la Californie à cette seconde même et que tu te rendais à cet enfoiré de Nightingale, ça ne changerait pas ce qu'il a prévu pour elle. Souviens-toi de ça.

Il vit Allye respirer profondément, puis elle ouvrit les yeux et elle le fixa.

— Que puis-je faire, alors ? Comment arrêter tout ça ? Serais-je un jour en sécurité ? Ou bien va-t-il lentement kidnapper et torturer toutes les personnes que je connais ? Que dois-je *faire*, Gray ?

Cette question fut si déchirante qu'elle faillit lui briser le cœur.

Il bougea lentement afin de ne pas l'effrayer, et il passa les bras autour de ses épaules.

Ne sachant pas quelle serait sa réaction à cette tentative de la réconforter, il fut stupéfait lorsqu'elle fondit contre lui comme si cela faisait des années qu'ils étaient en couple.

— Fais-moi confiance, dit-il. C'est ça que tu dois faire. Ais confiance en moi, Rex et les autres pour régler ça.

Elle ne répondit pas verbalement, mais le petit hochement de tête qu'il sentit contre son torse suffit. En fait, il était crucial.

Allye Martin était peut-être une inconnue une semaine et demie auparavant, mais maintenant, il avait l'impression qu'elle venait de devenir la personne la plus importante dans sa vie. Plus encore que son équipe. Plus encore que sa mère et son frère.

C'était un sentiment étrange de savoir qu'il allait faire tout son possible pour protéger une personne. C'était plus que ce qu'il ressentait lors de ses missions, où il faisait de son mieux pour apporter la justice aux innombrables femmes et enfants qu'il devait sauver. Ceci était un sentiment profond de justice qu'il n'arrivait pas à chasser. Qu'il ne *voulait* pas chasser.

9
____

Allye était allongée dans le lit double de la chambre d'amis de Gray cette nuit-là, incapable de dormir. Pour la première fois depuis très longtemps, elle avait des difficultés à savoir quoi faire ensuite.

Juste après le lycée, quand elle avait eu l'âge de sortir du système de placement familial, elle avait erré, sans savoir ce qu'elle voulait faire pour gagner sa vie. La fac était exclue. Elle n'avait pas les notes, le désir ou l'argent pour y aller. Mais elle ne pouvait pas non plus obtenir de boulot décent avec son seul diplôme de lycée, alors elle avait utilisé le peu d'argent qu'elle avait et elle avait fui à l'ouest. Elle avait atterri à San Francisco et heureusement, elle s'était liée d'amitié avec des gens sympathiques qui l'avaient laissée vivre avec eux dans une petite maison, et à partir de là, elle avait fini par trouver le théâtre.

Elle avait toujours aimé danser, et Robin avait eu pitié d'elle, lui donnant un travail pendant qu'elle continuait à suivre les cours de danse. Elle avait nettoyé le théâtre pendant un an avant que Robin la laisse enfin rejoindre la troupe avec des contrats d'un mois. Elle avait travaillé avec acharnement, prouvant à Robin et à elle-même qu'elle voulait vraiment devenir danseuse. Ce n'était que deux ans auparavant qu'elle avait enfin obtenu le rôle principal dans quelques spectacles. Il lui avait fallu presque huit ans, mais elle avait réussi.

Elle ne serait jamais millionnaire, mais cela lui suffisait pour vivre.

Mais maintenant... elle ne savait pas quoi faire. Retourner en Californie impliquait sûrement que la personne qui était là-bas allait continuer à essayer de l'enlever. Mais que faire si elle n'y retournait pas ? Où aller ? Où vivre ? Comment gagner sa vie ?

Elle parvint enfin à s'endormir d'un sommeil agité une heure plus tard... pour se réveiller en hurlant peu de temps après.

La porte s'ouvrit brusquement et Allye hurla encore lorsqu'elle vit la silhouette d'un très grand homme au-dessus d'elle.

— Bon sang, c'est moi, chaton.

Elle reconnut immédiatement la voix de Gray et elle ouvrit les bras.

Gray la serra contre lui, et ce ne fut que lorsqu'elle eut le visage collé contre son cou qu'elle se rendit compte qu'elle haletait.

— Chut. Tout va bien. Je sais que j'ai dit qu'il n'y avait pas de mal à se souvenir et à avoir de mauvaises réactions, mais tu n'étais pas obligée de faire du zèle dès ta première nuit ici.

Allye ricana contre lui, mais elle ne s'écarta pas. La caresse douce qu'il lui faisait dans le dos était apaisante et non pas étouffante ou condescendante. Il ne dit rien d'autre, se balançant simplement un peu avec elle dans ses bras.

Lorsqu'elle eut l'impression d'être plus calme, elle s'écarta et elle se passa la main sur le visage.

— Veux-tu en parler ?

Elle soupira, mais elle n'hésita pas. Il y avait simplement quelque chose chez Gray qui la poussait à se livrer à lui.

— Il y avait un type. Il avait Jessie et il lui faisait du mal. Il me disait que si je le suivais, il la laissait repartir. Tu étais là aussi, mais tu ne pouvais pas m'atteindre. Tu étais derrière une vitre. Tu tapais dessus en me criant quelque chose, en secouant la tête, mais je ne pouvais pas t'entendre. Quand j'ai à nouveau regardé le type sans visage — littéralement, il n'avait pas de visage —, il a pris un couteau et il a coupé la gorge de Jessie d'une oreille à l'autre. C'est alors que je me suis réveillée.

— Bon sang, chaton. C'est un rêve affreux.

— Oui.

Maintenant qu'Allye n'était pas morte de peur et que son cœur avait ralenti jusqu'à son rythme naturel, elle était épuisée.

— Tu es fatiguée ? demanda Gray.

— Oui, marmonna-t-elle.

— Veux-tu pouvoir te rendormir ?

Elle le fixa un instant avant de lâcher :

— Puis-je dormir dans ta chambre ?

Gray ne répondit pas, se contentant de la fixer d'un air indéchiffrable.

— Peu importe, dit Allye en faisant marche arrière et en s'extirpant de ses bras. C'était bête. Je vais bien. Je suis sûre que je vais m'endormir tout de suite et...

— Regarde-moi, chaton, ordonna Gray.

Elle leva les yeux et elle attendit qu'il lui dise qu'elle était bête. Qu'elle était une adulte et que si elle se détendait, elle dormirait très bien.

— Je te veux dans mon lit. Mais d'abord, j'ai besoin que tu répondes à une question.

Il marqua une pause comme s'il attendait qu'elle réponde.

— D'accord.

— Veux-tu y dormir seulement parce que tu as peur et que tu es inquiète au sujet de Jessie ? Ou bien y a-t-il une autre raison ?

Allye déglutit. Avait-elle le courage d'admettre que Gray lui plaisait ? Que lorsqu'elle était avec lui, elle ne se sentait pas tout à fait aussi seule au monde ? Elle réfléchit longuement à sa réponse. Il resta silencieux, la laissant réfléchir et répondre quand elle était prête.

— J'ai vingt-neuf ans, dit-elle doucement. Je suis assez mûre pour être franche sur ce que je veux. Je n'ai jamais eu peur de dire directement à un homme qu'il m'attire ou que je suis intéressée. Mais avec toi, je suis morte de peur parce que je crains que tu ne me voies que comme quelqu'un que tu as sauvé. Que tu me considères avec pitié si j'avoue ce que je ressens réellement. Et surtout, j'ai peur que ce ne soit pas réciproque.

— Dis-le-moi, dit Gray sous la forme d'un ordre qui était aussi une supplique.

Ayant l'impression de se tenir au bord d'un précipice, elle regarda Gray au fond des yeux et elle dit :

— Je suis attirée par toi. Je ne sais pas si cela peut mener à autre chose, car j'ai l'impression que des millions de facteurs nous en empêchent. Tout ce que je sais, c'est que quand je suis avec toi, je me sens en sécurité. Comme si rien ni personne ne pourrait jamais me faire du mal. Mais je me sens aussi pleine d'énergie. Enthousiaste. Mon ventre est tout bizarre et quand je pense au fait de partir demain et de ne plus jamais te revoir, ça me donne envie de pleurer. Et je te l'ai déjà dit, je ne pleure jamais. Je veux dormir dans ton lit parce que j'ai peur, oui. Et que je me sens en sécurité avec toi. Mais c'est plus que cela. Bien plus.

Gray avait un visage intense qu'Allye ne put pas déchiffrer. Il se leva, et elle eut momentanément peur d'avoir dit tout ce qu'il ne fallait pas et qu'il partait. Mais lorsqu'il se pencha et qu'il la souleva comme si elle ne pesait pas plus qu'une enfant, elle se détendit, passant les bras autour de son cou et posant sa tête sur son épaule.

Il traversa le couloir jusqu'à la chambre à coucher principale et il la porta jusqu'à son lit. Il la posa et la suivit sur le matelas. Allye se décala afin de lui laisser la place. Elle se tourna sur le côté, face à lui, et elle poussa un soupir de contentement lorsqu'il la tira contre son torse nu et qu'il les couvrit avec le duvet.

Juste au moment où elle crut qu'il ne dirait plus rien, il ouvrit la bouche. Ses mots grondèrent dans sa gorge, se frayant un chemin jusqu'à elle.

— Te laisser toute seule dans cette chambre d'amis tout à l'heure, ça a failli me tuer. Mais je ne voulais pas aller trop vite. Je n'ai pas réussi à m'empêcher de penser à toi depuis que j'ai quitté San Francisco. Je n'ai jamais pensé aux autres femmes que j'ai sauvées, une fois qu'elles étaient en sécurité. Mais je n'arrivais pas à te sortir de ma tête. Chaque fois que le téléphone sonnait, je pensais que c'était Rex qui m'appelait pour me dire que tu avais à nouveau disparu. Et ça me faisait affreusement peur.

Allye leva la tête et le regarda en clignant des yeux.

— Vraiment ?

— Vraiment. Et je vais te dire autre chose.

— Quoi ?

— Rien n'aurait pu m'empêcher de revenir te sauver.

Elle sentit monter la pression derrière ses yeux, et elle baissa la tête contre son torse pour ne pas pleurer. Que lui arrivait-il ? Elle ne pleurait jamais, et pourtant elle devait retenir ses larmes à cause de quelque chose qu'il avait dit... encore une fois.

Elle sentit les lèvres de Gray sur le haut de sa tête.

— Et pour que ce soit bien clair, moi aussi je te désire. Mais pas ce soir. Dors maintenant, chaton. Tu es en sécurité ici. Pas besoin de faire des cauchemars.

Elle sourit contre lui.

— Je ne crois pas pouvoir le contrôler.

— Bien sûr que si. Il te suffit de savoir que tu es ici avec moi, et cela éloignera les cauchemars.

C'était une affirmation arrogante, mais Allye eut l'impression qu'il avait raison. Au bout d'un moment, elle chuchota :

— Veux-tu...

Elle lui avait dit ne jamais avoir de problème pour demander ce qu'elle voulait, mais pour une raison qu'elle ignorait, elle ne parvint pas à demander franchement si Gray voulait coucher avec elle.

Il sembla savoir ce qu'elle voulait sans qu'elle ait besoin de le dire.

— Oui, chaton, j'en ai envie. Mais pas maintenant. Je suis fatigué et mou. Je veux simplement te tenir contre moi.

— D'accord. Mais plus tard ?

Il gloussa.

— Oui, Allye. Plus tard, bien sûr.

En souriant, et en se sentant plus heureuse et plus satisfaite qu'elle ne l'avait été depuis longtemps, Allye s'endormit dans les bras de Gray. Et elle ne se rappela pas le moindre rêve.

* * *

Gray ne se souvint pas de s'être endormi. Il savait avoir profité du fait de tenir Allye dans ses bras, et l'instant d'après... plus rien.

Il se réveilla soudain lorsqu'il sentit quelqu'un bouger à côté de lui. Pendant une fraction de seconde, il fut perdu, car cela faisait vraiment longtemps qu'il n'y avait eu personne d'autre dans son lit, mais tout lui revint alors en tête : Allye.

Il était allongé sur le dos et elle était contre lui. Elle caressait lentement son torse. Il ne portait qu'un pantalon de jogging et elle l'avait excité dans son sommeil. Le coton était serré autour de son entrejambe. Elle avait baissé le duvet et il vit que les caresses paresseuses s'approchaient de plus en plus de sa verge grandissante.

— Que fais-tu ? demanda-t-il d'une voix endormie, pris d'une langueur qu'il n'avait pas ressentie depuis longtemps.

— Que penses-tu que je fais ? rétorqua-t-elle en baissant un peu plus son jogging chaque fois qu'elle passait.

Il saisit son poignet lorsqu'il sentit ses doigts frôler sa queue. Elle le regarda d'un air à la fois innocent et charnel. Ses yeux dépareillés scintillaient et ses cheveux étaient tout emmêlés. La mèche blanche lui sembla encore plus adorable maintenant qu'elle était toute ébouriffée. Mais ce fut le sourire espiègle sur son visage qui fit tressaillir sa queue capricieuse. Il aimait la voir ainsi. Énormément.

— On dirait que tu es sur le point d'avoir des problèmes.

Elle leva les sourcils comme pour dire « Qui, moi ? » Elle joua avec son téton et il le sentit durcir dans l'air frais précédant le lever du soleil.

— Si tu veux quelque chose, il te suffit de le demander, lui dit Gray avec sérieux.

Sans attendre, elle chuchota :

— C'est toi que je veux.

Avant que le dernier mot ait quitté ses lèvres, Gray l'embrassa. Il ne pensait pas à l'heure qu'il était, ne s'inquiéta pas de savoir s'il devait se doucher avant d'être avec elle. Il ne pouvait penser qu'à son envie de la faire sienne.

Elle s'ouvrit immédiatement à lui et il plongea avidement la langue dans sa bouche. Tout en l'embrassant longuement et avec force, il parcourait son corps avec la main. Elle portait un tee-shirt trop grand et un short de pyjama, mais elle aurait pu aussi bien être nue. Le plaisir qu'il prenait à la toucher librement où et comme il le voulait était immense.

Il glissa la main sous son tee-shirt et il la sentit rentrer le ventre lorsqu'il fit remonter ses doigts le long de son corps, mais il ne s'arrêta pas. Il se focalisa sur son sein, sa grande main le couvrant facilement. Il sentit son téton dur dans sa paume pendant qu'il massait et tripotait son sein. Il sentit ses hanches se déplacer et Gray se tourna de sorte qu'elle se trouve sur le dos, à côté de lui.

Gray se lécha les lèvres en levant la tête et il savoura le goût d'Allye.

— C'est maintenant ou jamais, si tu changes d'avis, dit-il d'une voix rauque.

— Je ne vais pas changer d'avis, répondit Allye en cambrant le dos afin de s'approcher de lui.

— Je suis massif, lui dit Gray avec sérieux. Et je ne suis pas certain de savoir être doux.

Il voulait l'avertir sans l'effrayer. Il avait des préférences au lit. Ce qu'il aimait, c'était être aux commandes. Prendre ce qu'il voulait. Il s'assurait que sa partenaire soit satisfaite, mais rien ne le faisait jouir plus vite que le sexe brutal.

— Je peux le supporter. Je peux te supporter.

— Je l'espère vraiment, murmura-t-il. Si je vais trop vite, ou si tu n'aimes pas quelque chose que je fais, dis-le-moi. Je ne veux surtout pas te faire mal ou te pousser à faire quelque chose que tu ne veux pas.

Gray la regarda dans les yeux en serrant une nouvelle fois son sein, mais un peu plus fort. Au lieu de voir le doute ou la douleur dans ses yeux, il les vit briller d'excitation.

Elle roula sur elle-même, prenant Gray par surprise, et elle finit sur lui. Elle enjamba ses hanches et elle frotta sa vulve contre sa queue dure.

— J'ai envie de toi, Grayson Rogers. De la façon que tu veux.

Sans un mot, Gray fit passer le tee-shirt d'Allye par-dessus sa tête, ne lui laissant plus que son short. Ses petits seins étaient surmontés de grandes aréoles roses et de longs tétons durs qui semblaient le supplier de les toucher.

Il s'assit et il s'accrocha à un de ses tétons avec la bouche. Il suça. Fort. Allye cambra le dos et il sentit qu'elle enfonçait ses ongles dans sa tête, l'encourageant à continuer au lieu de l'écarter d'elle.

Déchaînant le désir qu'elle avait volontairement fait naître avec ses caresses pas si innocentes, Gray se laissa aller. Il la dévora avec sa bouche, mordit et suça ses seins. Elle gigotait en continu sur lui, et il eut l'impression que sa queue allait exploser d'une seconde à l'autre. Elle paraissait toute petite sur lui. Elle *était* petite par rapport à lui. Il faisait presque trente centimètres de plus qu'elle et il avait l'impression d'être encore plus aux commandes de cette façon. Et cela alimentait son désir.

Il la retourna sans difficulté et elle atterrit à nouveau sur le dos à côté de lui, mais il ne lâcha pas son sein avec la bouche. Gray descendit son short et elle coopéra en soulevant les hanches et en se servant d'une main pour le descendre jusqu'à ses genoux et le retirer. Il posa la main sur sa vulve, ravi de sentir l'excitation d'Allye mouiller ses lèvres extérieures et la paume de sa main.

Il la regarda dans les yeux en plongeant un doigt dans sa chaleur. Elle était étroite, son doigt se frayant difficilement un chemin entre ses muscles internes en allant et venant en elle.

— Tu es tellement serrée, dit-il. Tu vas étrangler ma queue quand elle entrera en toi.

Il avait toujours aimé les mots cochons, et apparemment, elle aussi.

Allye écarta les genoux, lui laissant plus de place, et elle leva légèrement les hanches pendant qu'il jouait avec elle.

— Ça fait un moment, lui dit-elle, les yeux presque fermés en se léchant les lèvres.

— Combien de temps ? demanda-t-il.

Il fit entrer un autre doigt en elle, et elle gémit. Lorsqu'elle ne répondit pas, il immobilisa ses doigts et il répéta :

— Combien de temps, chaton ? Depuis quand n'as-tu pas eu de queue dans ce beau corps ?

— Depuis trois ans environ, souffla-t-elle. S'il te plaît, Gray. Encore.

Trois ans. Putain. Décidant de la taquiner plus longtemps, simplement parce que c'était amusant, il demanda :

— Pourquoi ?

— Pourquoi quoi ? haleta-t-elle.

Gray posa l'autre main sur son bas-ventre afin de la maintenir contre le matelas pendant qu'il l'étirait lentement avec les doigts. Elle était fougueuse, gigotant et s'agitant sous lui. Son corps exigeait qu'il lui donne ce qu'elle voulait. Mais il s'amusait en la faisant attendre.

— Pourquoi si longtemps ? demanda-t-il.

— Parce que j'ai été occupée au théâtre. Je n'avais pas le temps. Et je ne désirais personne.

Elle parlait de façon hachée, en staccato.

— Mais moi, tu me désires.

Elle leva les yeux au ciel ce qui fit encore plus bander Gray. Putain, il adorait ça. C'était insensé, mais ce petit acte de défi le poussait à la désirer encore plus.

— Oui, Gray. Je te désire. Je pense que c'est évident. *S'il te plaît.*

Et Gray avait fini d'attendre. Elle était trempée. Il avait les doigts couverts de son essence. Même s'il était imposant et qu'elle était serrée, il savait qu'il glisserait en elle comme si c'était sa place.

Sans un mot, il se leva rapidement et il baissa son pantalon, sa verge s'accrochant à l'élastique avant de bondir vers le haut une fois qu'elle fut relâchée. Il vit une goutte de liquide pré-séminal sur le gland presque violet. Il ouvrit le tiroir à côté de son lit et il fouilla dans la boîte de préservatifs. Il les avait achetés la semaine précédente. Il avait été troublé après avoir laissé Allye en Californie. Il avait eu besoin de quelque chose. Avait voulu quelque chose. Il s'était dit qu'il pouvait se lancer à nouveau dans des rendez-vous et il avait acheté les préservatifs au cas où.

Mais ce dont il avait besoin, c'était Allye. Pas n'importe quel coup d'un soir... *elle.*

Gray déroula le préservatif sur sa verge sans attendre et il remonta dans le lit. Allye l'avait observé, les doigts de sa main droite frottant légèrement son clitoris, et les doigts de sa main gauche pinçant un téton.

Sans un mot, Gray la saisit et la retourna sur le ventre. Il décolla ensuite ses hanches et elle plia les genoux. Une main en haut de son dos, Gray sourit lorsqu'elle se baissa immédiatement jusqu'à être en appui sur ses coudes.

Elle avait les fesses en l'air, et il n'avait jamais rien vu de si beau et délicieux de toute sa vie. Son plan était de la prendre immédiatement, mais à la seconde où il avait vu sa vulve briller, il avait su qu'il devait d'abord la goûter.

En s'asseyant sur les talons, Gray baissa la bouche et il la lécha depuis le clitoris jusqu'à l'anus.

Elle grogna, cambra le dos et écarta encore les genoux, lui laissant plus de place pour agir.

Sans l'avertir, il se mit à la manger comme si elle était son dernier repas. Elle poussa un petit cri lorsque sa barbe naissante irrita l'intérieur de ses cuisses, et elle gémit quand il lécha son clitoris vite et fort. S'il n'avait pas été aussi costaud, il n'aurait pas réussi à la maintenir immobile pendant qu'elle se trémoussait et ondulait sous sa bouche.

Souhaitant la voir jouir, Gray posa les mains sur l'intérieur de ses cuisses et il la souleva jusqu'à ses lèvres, s'offrant un meilleur accès à son clitoris. Elle était suspendue en l'air, se tenant sur les coudes, et il savait qu'il n'aurait pas pu la mettre dans cette position si elle n'était pas une danseuse. Elle était souple et en forme, et il n'avait encore jamais été aussi excité.

Sans pitié, Gray s'acharna sur sa petite perle jusqu'à ce que tous les muscles du bas de son corps se raidissent et qu'elle commence à jouir.

Mon Dieu, ce qu'elle avait bon goût. Gray aurait pu rester là toute la nuit, à boire l'excitation d'Allye pendant qu'il lui donnait du plaisir, encore et encore, mais il lui en fallait plus. Sa queue était si dure qu'elle en était douloureuse, et il ne se souvenait pas d'avoir un jour autant désiré une femme.

Il reposa Allye, toujours au milieu de son orgasme, et il écarta ses jambes. Il la pénétra d'un seul mouvement. Elle poussa encore un petit cri et elle essaya de s'écarter de lui, mais il lui saisit les hanches et il l'attira plus près.

La sensation des muscles internes qui se contractaient encore autour de sa verge était délicieuse. Gray resta immobile, profitant avec elle du déclin de son orgasme. Lorsqu'elle s'arrêta enfin, il se pencha sur son dos.

Sa masse enveloppait le corps d'Allye comme un cocon, lui donnant l'impression d'être plus masculin et puissant que jamais. Il écarta les hanches de quelques millimètres, puis il entra à nouveau en elle. Elle avait le haut du corps appuyé contre le matelas, les fesses en l'air, acceptant tout ce qu'il lui donnait.

Même s'il prenait ce qu'il voulait dans le domaine du sexe, il n'aurait jamais essayé de lui faire mal.

— Est-ce que ça va ? murmura-t-il dans son oreille avant de prendre le lobe entre ses dents et de mordre sans trop de douceur.

— Oui. Oh, oui.

— Je vais te prendre maintenant, chaton. Tu es prête ?

Elle hocha frénétiquement la tête.

— Certaine ?

Encore une fois, elle hocha la tête à l'endroit où elle était posée sur le lit.

Gray redressa le torse, s'appuyant des deux mains sur le matelas, et il commença à bouger. Il savait que ça ne durerait pas longtemps, il était trop proche de la jouissance. Voir son plaisir, l'avoir sous lui, c'était trop excitant. Trop bon.

Il bougea les hanches jusqu'à ce que seul son gland se trouve en elle, puis il s'enfonça jusqu'au bout. Il recommença plusieurs fois. Il martela son corps comme si c'était la dernière fois qu'ils faisaient l'amour. Chaque fois qu'il arrivait au fond, Gray grognait à cause de l'effort.

Mon Dieu, elle était tellement agréable. C'était différent de tout ce qu'il avait vécu jusqu'alors.

Puis Allye bougea sous son corps. Elle s'appuya sur les coudes et il la sentit pousser contre lui à chaque va-et-vient. Elle ne prenait pas seulement ce qu'il lui donnait, elle était une participante volontaire et enthousiaste.

Ses seins se balançaient à chaque mouvement, et le côté charnel de leurs ébats le rendit encore plus excité. Il passa la main sous elle et trouva son clitoris, le manipulant brutalement pendant qu'il continuait à entrer et sortir. Les bruits sensuels de leurs corps ne firent qu'augmenter son plaisir.

— Gray, putain... oh, mon Dieu, Gray !

Il sourit en entendant ces mots, sachant qu'elle était aussi perdue dans son plaisir que lui.

L'orgasme le prit par surprise. Il profitait des sensations de l'avoir sous lui, et d'un seul coup, sans avertissement, il se mit à jouir. Il s'enfonça en elle aussi loin que possible et il sentit le sperme monter de ses bourses pour gicler par son gland. La chaleur remplit le préservatif et il grogna, avec l'impression que le plaisir ne s'arrêterait jamais.

Quand il eut terminé, il se rendit compte qu'Allye gigotait encore sous lui. Elle n'avait pas eu de nouvel orgasme et elle était manifestement très près. Sans un mot et sans se retirer, il renouvela l'assaut sur son clitoris. Il le frotta sans merci, aussi vite et aussi durement que possible.

— C'est trop, grogna Allye en essayant de s'écarter de son contact.

Mais il ne la laissa pas faire. La maintenant en place, avec la verge toujours en elle et ses doigts continuant à travailler, il se pencha et il mordit encore une fois le lobe de son oreille.

— Jouis encore pour moi, chaton. Jouis sur ma queue. Serre-moi, montre-moi comme tu aimes me toucher.

Et sur ces mots, elle se mit à jouir. De nouveau, la sensation des spasmes de ses muscles internes autour de sa verge à moitié dure fut indescriptible. Elle trembla, tous ses muscles se serrant et se détendant dans son plaisir.

Dès qu'elle commença à se détendre, Gray se retira, souriant en entendant le gémissement de protestation qui s'échappa des lèvres d'Allye. Elle étira les jambes et elle s'allongea à plat sur le matelas. Gray savait qu'il devait aller s'occuper du préservatif, mais il n'arriva pas à arracher son regard à cette scène.

Elle était rouge et gonflée et il voyait les preuves de sa satisfaction entre ses jambes. C'était terriblement sexy, et elle était toute à lui. Il n'allait pas la laisser partir maintenant. Pas alors qu'elle venait de lui donner tout ce qu'il voulait chez une partenaire, et même plus.

Gray savait que ça ne serait pas facile. Elle allait devoir quitter tout ce qu'elle avait construit à San Francisco, car il ne pouvait pas faire partie des Mercenaires Rebelles depuis la Californie. Il allait faire tout ce qui était en son pouvoir pour s'assurer qu'elle ne regrette jamais son déménagement à Colorado Springs pour être avec lui.

Il tendit la main et il fit courir un pouce entre ses lèvres gonflées, récoltant son suc. Il porta la main à la bouche et suça son doigt. Il sentit le goût d'Allye exploser sur sa langue.

Il chercha son visage du regard. Comme il s'attendait à voir ses yeux fermés après le plaisir du coït, il fut surpris de voir qu'elle l'observait.

— C'est bon ? demanda-t-elle.

Gray sourit et il ne put qu'acquiescer.

Allye tendit la main et saisit la sienne, passant la langue autour de son doigt qu'elle traita comme s'il s'agissait de sa verge.

Elle mordilla la pulpe de son pouce avant de lever les yeux vers lui avec un sourire.

— Bon sang, grogna Gray. Je dois aller me laver. Ne bouge pas.

Allye se recoucha et elle posa les mains sous sa joue. Ses jambes étaient légèrement écartées, et elle continuait à le fixer du regard.

Gray se détourna du lit et se dirigea vers la salle de bains. Il jeta le préservatif et il utilisa un gant pour se laver. Puis il se rinça et retourna nu dans sa chambre.

Il vit le plaisir dans les yeux d'Allye lorsqu'elle le regarda. Il n'avait jamais été modeste, mais il y avait quelque chose dans son regard — comme s'il était un cornet de glace et qu'elle était affamée — qui lui donnait envie d'être tout le temps nu avec elle.

Il s'assit au bord du matelas et il posa le gant chaud entre ses jambes. Elle sourit et gémit un peu, ouvrant davantage les jambes, lui faisant de la place.

— T'ai-je fait mal ? demanda-t-il. J'ai été un peu brutal.

— J'ai adoré. Et non, tu ne m'as pas fait mal de la façon que tu veux dire. C'était une douleur agréable, je ne sais pas si tu comprends.

Il comprenait. Encore une nouvelle preuve qu'elle était faite pour lui. Essuyant les restes de leurs ébats, Gray jeta le gant en direction de la salle de bains, se moquant de rater le carrelage de plusieurs dizaines de centimètres. Il prit Allye dans ses bras et il remonta le duvet, qui se trouvait au fond du lit, afin de les couvrir tous les deux.

— Quelle heure est-il ? demanda Allye après avoir jeté un bras autour de son torse et une jambe sur ses cuisses.

— Il est environ 3 h 30. Pas encore l'heure de se lever.

— Bien.

Elle s'endormit presque immédiatement, son corps se détendant à côté du sien.

Gray resta longtemps éveillé, mémorisant la façon dont elle s'emboîtait avec lui. Il adorait le fait qu'elle semble le posséder dans son sommeil, le serrant contre elle. Il était difficile de croire qu'il ne la connaissait même pas deux semaines auparavant. Car il ne s'imaginait déjà pas vivre sans elle.

La semaine suivante passa en un éclair pour Allye. Gray parvint à la convaincre de ne pas retourner à San Francisco alors que Jessie était toujours portée disparue. Après son cauchemar, et après avoir vraiment réfléchi, elle décida que sa sécurité était plus importante que n'importe quel travail.

Elle avait appelé Robin et elle lui avait expliqué ce qu'il se passait. Heureusement, la propriétaire du théâtre était d'accord avec elle, pensant qu'il valait mieux qu'elle reste loin pour l'instant. Elles parlèrent longuement du spectacle et Allye rassura sa patronne et amie en expliquant qu'elle répétait les chorégraphies même si elle n'était pas en Californie. Elle promit également de l'appeler si elle avait besoin de quoi que ce soit.

Elle avait raccroché avec une bonne impression sur son amitié avec la femme plus âgée et sur la sécurité de son travail. Allye ne savait pas ce qu'il se passerait dans l'avenir, mais pour le moment, elle prenait les choses au jour le jour.

Vivre avec Gray était incroyable. Il n'avait pas menti : il n'était pas doux en ce qui concernait le sexe, mais comme elle aimait tout ce qu'il lui faisait, et qu'il s'assurait toujours qu'elle soit satisfaite — s'assurant même souvent qu'elle jouisse plusieurs fois — ce n'était pas exactement une épreuve. Elle adorait qu'il la soulève et qu'il la déplace là où il voulait la prendre.

Une après-midi, lorsqu'il était rentré à la maison après une réunion avec le reste de l'équipe et qu'il l'avait vu préparer le dîner dans la cuisine, il n'avait pas dit un mot et il l'avait entraînée près de la table de la cuisine, l'avait posée dessus, descendu son pantalon jusqu'à ses chevilles, et l'avait baisée jusqu'à ce qu'elle se liquéfie. Ensuite, il l'avait soulevée, l'avait portée jusqu'au canapé et recouverte d'une couverture. Il avait déposé un baiser sur sa tête et il lui avait dit de faire la sieste pendant qu'il terminait le dîner.

Puis il y eut cette fois où elle était sous la douche et qu'il l'avait rejointe sans lui demander. Il avait poussé Allye sur ses genoux et il avait tenu sa tête pendant qu'il baisait sa bouche. Cela aurait dû être humiliant, mais il ne la forçait jamais à prendre plus que ce qu'elle pouvait prendre confortablement. Il avait caressé ses cheveux pendant tout le temps qu'elle le suçait, et ensuite, il l'avait tenue dans ses bras pendant qu'elle se masturbait jusqu'à l'orgasme sous son regard, puis il avait lavé ses cheveux.

Il était une véritable dichotomie entre le brutal et le doux, et plus Allye passait du temps avec lui, plus elle le comprenait. Il n'aimait pas entendre des conneries et il disait ce qu'il pensait. Mais il n'essayait jamais de la manipuler afin qu'elle prenne une décision qu'il pensait qu'elle devait prendre, et elle lui en était reconnaissante. Il avait également conscience qu'elle était plus petite et plus faible que lui, et il ne franchissait jamais la limite entre le brutal et le douloureux quand il faisait l'amour.

Cependant, elle ne savait pas du tout si tout cela allait durer. Oui, Gray aimait qu'elle vive avec lui. Quel type n'aimerait pas ça ? Il avait accès à du sexe sans inhibitions quand il voulait, et elle avait plus ou moins pris le contrôle de sa cuisine afin de s'occuper. Elle adorait préparer des plats végétariens pour lui. Des repas qu'il n'aurait jamais préparés pour lui-même, mais qu'il adorait manifestement.

Au fond d'elle, Allye voulait croire qu'elle était plus importante pour lui que simplement une partenaire sexuelle pratique. Et quand elle demandait s'il avait d'autres informations au sujet de Jessie ou si elle avait été retrouvée, il fronçait les sourcils en lui demandant d'essayer de ne pas s'inquiéter.

Néanmoins, elle ne pouvait pas continuer à vivre dans l'incertitude. Son travail et sa vie étaient en Californie. Elle ne pouvait pas se cacher avec lui pour toujours, bien que cette idée lui plaise.

Elle préparait le déjeuner lorsqu'elle entendit la porte d'entrée s'ouvrir. Elle se tourna avec un sourire pour l'accueillir, mais son sourire disparut immédiatement lorsqu'elle vit le regard de Gray.

— Qu'est-il arrivé ? demanda-t-elle immédiatement.

Gray s'avança vers elle et il retira le couteau de sa main. Il le posa sur le comptoir, puis il la conduisit dans l'autre pièce, jusqu'au canapé. Il la fit asseoir et il tira la table basse jusqu'à la placer devant elle. Il s'assit dessus, serrant les jambes d'Allye entre les siennes, et il s'approcha en tenant ses deux mains.

Allye inspira profondément. La nouvelle devait être terrible. Vraiment terrible.

— Jessie a été retrouvée.

Allye poussa un soupir de soulagement.

— Oh, Dieu merci. Elle va bien ?

Gray secoua lentement la tête.

— Non, chaton. Elle est morte.

Allye cligna des paupières. Elle ne devait pas avoir bien entendu.

— Quoi ?

— Elle est morte, répéta-t-il. Un touriste a trouvé son corps dans le parc du Golden Gate. Elle a été torturée.

Allye tira sur ses mains, ayant besoin d'espace pour marcher. Pour faire n'importe quoi. Mais Gray ne voulut pas la lâcher.

Il poursuivit :

— Elle avait des marques de ligature aux poignets et aux chevilles, et on dirait qu'elle a été affamée. Il ne lui a sans doute rien donné à manger pendant tout le temps qu'il la détenait.

— Oh mon Dieu. Pauvre Jessie ! Je veux dire, nous n'étions pas vraiment amies, mais c'est affreux !

Gray la fixa sans sourciller.

— Quoi ? Il y a autre chose ?

— Il y a autre chose, confirma-t-il. Ses cheveux avaient été colorés en brun avec une mèche blanche, et elle portait une paire de lentilles quand elle a été trouvée.

— Une bleue et une marron, chuchota Allye.

Gray hocha la tête et il serra ses mains avec plus de force.

— Il y avait également un message gravé sur son corps.

Allye ferma les yeux. Elle ne pouvait pas supporter d'en entendre davantage. Mais Gray continua à parler.

— Il a utilisé un couteau et il a découpé le mot *reviens* sur son ventre. Les enquêteurs pensent que cela a été fait pendant qu'elle était encore en vie.

— Non ! cria Allye en arrachant les mains de la prise de Gray et en se levant brusquement. Non, c'est un mensonge ! Tu dis seulement ça pour me faire peur !

Elle courut vers la porte d'entrée, sans savoir où elle

allait ou ce qu'elle faisait, mais Gray la rattrapa. Il passa les deux bras autour d'elle et il la serra contre lui.

Allye se débattit. Elle lutta pour échapper à cette réalité. Elle lutta pour s'éloigner des mots qu'elle ne voulait pas entendre.

Son agitation ne sembla pas déstabiliser Gray. Il la souleva afin que ses pieds ne touchent plus le sol et il la porta jusqu'au canapé pendant qu'elle gigotait en agitant les jambes. Il la reposa, puis il la poussa sur le côté jusqu'à ce qu'elle se trouve sur le dos. Il s'accroupit au-dessus d'elle.

Allye frappa son torse avec les poings sans grande efficacité, essayant de le faire descendre.

— Mon Dieu, Gray... s'il te plaît, dis-moi qu'il ne lui a pas vraiment fait subir ça !

— Calme-toi, chaton, dit-il en saisissant ses mains et en les poussant jusqu'au coussin au-dessus de sa tête.

Toute sa combativité la quitta brutalement. Allye devint molle et elle le regarda avec tristesse.

— Il l'a torturée parce qu'il me veut.

Gray ne répondit pas, c'était inutile. Son regard et son expression de visage suffisaient.

— A-t-elle été violée ?

Gray hésita avant d'admettre :

— Étant donné les dégâts causés au bas de son corps, cela ne peut pas être déterminé pour l'instant.

Allye ferma les yeux. Elle ne voulait pas savoir quel genre de torture subie par Jessie pouvait être si terrible que le médecin légiste ne voie pas si elle avait été violée.

— Et maintenant ?

— Tu restes ici afin que nous puissions te garder en sécurité. Rex enquête.

Elle ouvrit les yeux.

— Pendant combien de temps ?

— Il va continuer à chercher jusqu'à ce qu'il localise Nightingale.

— Non, je voulais dire, combien de temps vais-je devoir rester ici ?

Son visage changea alors. Allye ne parvint pas à le déchiffrer.

— Aussi longtemps qu'il le faudra.

Ce n'était pas exactement la réponse qu'elle attendait. Elle avait commencé à penser qu'elle aurait adoré rester ici avec Gray. Pour toujours. Mais pas parce qu'il devait la protéger... parce qu'il voulait qu'elle soit là, avec lui.

Elle hocha la tête.

— Ça va, maintenant. Tu peux me lâcher.

Gray la relâcha avec précaution et il s'assit. Elle retira les cheveux de son visage et elle le laissa la redresser.

— Rex et Meat ont-ils découvert ce que signifiait la feuille de calcul ?

Ils avaient trouvé le mot de passe le soir où elle avait donné la clé USB à Meat, mais tout le fichier était en code, et ils avaient eu des difficultés à le comprendre. Apparemment, l'homme envoyé pour l'accompagner n'était pas vraiment stupide.

— En partie. Il y a eu quelques lieux et quelques noms, mais ils sont assez vagues pour que Rex ne puisse pas nous envoyer à des endroits concrets.

Allye poussa un soupir de frustration.

— Alors, ça ne sert à rien. J'ai risqué nos vies en vain.

— Je n'ai pas dit ça, précisa Gray en se penchant et en l'embrassant sur le front. Rex a obtenu la confirmation au sujet de plusieurs hommes qu'il pensait impliqués dans l'esclavage sexuel, mais il n'avait pas pu le prouver. Leurs noms figuraient sur le fichier. Il a également...

Gray continua à parler, mais Allye ne l'écoutait plus. Elle

ne pouvait penser qu'à Jessie. Cette femme n'avait pas été sympathique, et franchement, elle avait plutôt cassé les pieds d'Allye, mais elle n'aurait jamais souhaité sa mort. Particulièrement pas de cette façon.

— Tu m'écoutes ?

Elle sursauta lorsque Gray posa une main sur sa jambe. Elle leva les yeux vers lui et elle secoua la tête d'un air contrit.

— J'ai dit, j'ai une surprise pour toi aujourd'hui.

— Ah bon ?

— Oui. Je sais que tu as été stressée, et la nouvelle d'aujourd'hui, même si on s'y attendait un peu, n'était pas bonne. Je sais également que tu as été coincée ici. Colorado Springs n'a pas exactement le genre de transports publics auquel tu es habituée, et tu as dit ne pas être à l'aise en conduisant ma voiture. J'ai donc pris un rendez-vous pour toi aujourd'hui.

Allye grimaça mentalement. Elle n'avait jamais été le genre de femme qui aimait se rendre au spa. Cela lui semblait simplement être une perte d'argent. D'autant qu'elle n'en avait pas beaucoup. Elle ne voyait pas quel autre genre de rendez-vous Gray aurait pu prendre pour elle.

— Super, dit-elle en essayant de montrer un peu d'enthousiasme.

Elle n'était pas sûre de vouloir faire quoi que ce soit après avoir appris pour Jessie et l'affreux message qui avait été laissé sur son corps. Mais Gray faisait de son mieux pour être gentil avec elle, alors elle devait se retenir et faire comme si elle avait envie être dorlotée pendant une après-midi.

Ils savaient tous les deux que le message sur le corps de Jessie s'adressait à elle. Ils savaient que l'homme qui l'avait kidnappée voulait qu'elle revienne en ville afin de pouvoir l'enlever encore.

— Je sais que lorsque je fais du sport, ça m'aide vraiment à me reconcentrer et à me débarrasser du stress. Je me suis dit que la même chose vaudrait pour toi. Allez viens, dit-il en se levant et en lui tendant la main.

Allye soupira et elle plaça la main dans la sienne. Il ne la conduisait donc pas au spa. C'était déjà ça. Elle n'était pas non plus d'humeur à faire du sport, mais elle en avait besoin. Elle avait essayé de répéter les pas des danses qu'elle allait faire en Californie, lorsqu'elle rentrerait là-bas, mais c'était difficile de les répéter toute seule et pas dans un studio de danse avec les autres danseurs. La paresse n'était pas une façon de garder son rôle principal au théâtre. Elle devait se remettre à répéter. À fond. Gray lui avait aussi acheté des vêtements, mais ses propres affaires de sport lui manquaient, ses propres tee-shirts et joggings. Franchement, beaucoup de choses de la Californie et de sa vie là-bas lui manquaient.

Gray la conduisit jusqu'à la porte du garage, puis il se tourna.

— Reste ici une seconde, d'accord ?

— Pourquoi ?

— Parce que, rétorqua-t-il.

Allye leva les yeux au ciel.

Il sourit et il posa un baiser sur ses lèvres avant de repartir en courant dans la maison.

Allye se mordit l'ongle du pouce en attendant le retour de Gray. Elle s'inquiétait de ce qu'il se passait au théâtre. Elle se demandait ce que Robin pensait vraiment de son avenir avec la troupe. Les autres danseurs savaient-ils que Jessie avait été enlevée et torturée à cause d'elle ? Elle craignait également ce que son kidnappeur allait faire ensuite.

Tout ça, c'était trop difficile, et Allye n'avait jamais été aussi proche des larmes.

Juste au moment où elle avait décidé d'aller voir ce que faisait Gray et ce qui lui prenait si longtemps, il revint. Il portait un de ses sacs de sport et il souriait. Cependant, lorsqu'il la regarda, le sourire s'estompa.

— Putain, chaton, ne fais pas ça.

— Pas quoi ?

— N'aie pas l'air si triste. Nous allons traverser ça.

Allye se pencha vers lui et elle posa le front contre son torse. Elle s'accrocha à son tee-shirt au niveau de la taille et elle lui demanda :

— Le penses-tu vraiment ?

— Je le sais. Je t'ai retrouvée, ce n'est pas pour que l'on t'enlève à nouveau à moi.

C'était gentil à dire, mais ça ne fit que stresser Allye. Toute leur relation était impossible. Le fait qu'il dise des choses aussi gentilles lui donnait envie de rester encore plus, alors qu'elle savait qu'il y avait peu de chances pour que cela fonctionne. Et si elle déménageait ici et qu'ils se séparaient un jour ? Elle aurait tout abandonné et il pourrait continuer sa vie comme si elle n'avait jamais rien sacrifié pour lui.

— Arrête de réfléchir autant, dit-il doucement. C'est terrible pour moi.

— Je ne peux pas m'en empêcher, marmonna-t-elle contre son torse.

— Allez viens, chaton. Je pense que ce que j'ai prévu est exactement ce dont tu as besoin.

Comme d'habitude, il ouvrit la portière du côté passager de son Audi et il attendit qu'elle soit assise et bien installée avant de la refermer. Il fit le tour et il posa le sac qu'il portait sur le siège arrière. Puis il monta, démarra la voiture, et ils partirent.

Ils bavardèrent pendant qu'il les conduisait au centre-ville de Colorado Springs. Allye aimait vraiment la petite ville. Elle était assez grande pour avoir presque tout ce dont elle avait besoin, mais c'était bien plus petit que San Francisco. La ville donnait une sensation douillette.

Elle écarquilla les yeux lorsque Gray coupa le moteur. Il sortit, attrapa le sac de sport, puis fit le tour jusqu'à son côté. Une fois debout, elle ne put s'empêcher de fixer avec surprise le bâtiment devant eux.

— Gray ?

— Oui ?

— Est-ce...

Il gloussa.

— Oui, chaton. C'est un studio de danse. Je sais que ça doit te manquer, et j'imagine que danser te permet de déstresser.

Allye poussa un soupir d'extase. Gray la comprenait. Vraiment.

— J'ai fait des recherches et j'ai pris rendez-vous avec la propriétaire, Barbara Ellis. Elle a dit que tu es la bienvenue pour t'entraîner ici autant que tu le veux. Il y a des cours la plupart des après-midi, mais les matinées sont généralement libres. Elle m'a dit qu'il y avait un studio libre qu'aujourd'hui, car une des classes est partie faire une compétition.

Allye garda les yeux rivés sur Gray. Elle avait cru qu'il la conduisait à un cours d'aérobic. Elle aurait dû savoir que ce n'était pas le cas. Ceci était bien plus agréable.

Il lui tendit le sac.

— J'ai préparé quelques affaires à toi. Je ne savais pas

trop ce que tu portais en général aux répétitions, alors j'y ai mis plein d'affaires, au cas où.

Cesserait-il un jour de la surprendre ? Allye se jeta à son cou et elle savoura le fait qu'il la serre immédiatement dans ses bras.

Il passa doucement une main sur sa tête, caressant sa mèche de cheveux blancs en parlant.

— Je m'inquiète pour toi. Je sais qu'il y a beaucoup de choses qui tournent là-dedans — il tapota sa tempe — et je fais de mon mieux pour que tu puisses te sentir libre et en sécurité.

Elle remarqua qu'il n'ajouta pas *afin que tu puisses rentrer chez toi.*

— Deux heures suffiront-elles ? Si c'est trop, fais-le-moi savoir, dit-il.

— C'est parfait.

— Je vais aller rejoindre les autres pendant que tu danses. Si tu as besoin de moi, il te suffit d'appeler. Nous serons au Pit, qui n'est pas très loin. D'accord ?

— D'accord. Merci, Gray. C'est merveilleux.

Il la surprit alors davantage :

— J'ai fait autant de recherches que possible sur les studios de danse ici à Colorado Springs. Malheureusement, ils ne donnent que des cours. Mais j'ai parlé à Cleo Parker Robinson. Elle a une troupe de danseurs professionnels à Denver qui fait des spectacles toute l'année. Je lui ai dit ton nom, et elle n'avait pas entendu parler de toi, mais lorsque je lui ai dit que tu dansais au théâtre de danse de San Francisco, je l'ai entendue tapoter au clavier, elle devait faire des recherches sur toi. Elle m'a informé que ton nom de scène est Allyson Mystic.

Il fit un grand sourire avant de poursuivre :

— Elle a été impressionnée par ce qu'elle a vu en ligne,

et elle m'a dit qu'elle t'accueillerait les bras ouverts. Elle aime le fait que tu saches pratiquer un grand nombre de genres de danse.

— Elle a dit ça ? demanda-t-elle, les yeux écarquillés.

— Oui, chaton. Je sais que ce n'est pas juste de ma part de m'attendre à ce que tu fasses tous les sacrifices. Mais je ferais n'importe quoi pour que cette relation fonctionne. Je dois rester ici à Colorado Springs, ce qui n'est pas vraiment juste pour toi. Mais si le fait que tu restes ici signifie que je dois appeler tous les studios de danse à cent kilomètres à la ronde et me vanter de toi et de ton talent afin de t'obtenir le travail que tu aimes, je le ferai. Ce n'est pas idéal d'avoir la compagnie à Denver, mais Cleo a dit que tu pourrais répéter ici la plupart du temps, et il te suffirait de monter à Denver une ou deux fois par semaine.

Allye sourit à l'immense homme devant elle. Elle n'aurait jamais au grand jamais deviné qu'il pouvait être si sensible. Il semblait inflexible et carrément effrayant parfois. Mais elle avait vu son côté vulnérable et tendre.

— Tu es incroyable, dit-elle doucement.

Puis, en s'assurant qu'ils étaient seuls, elle se leva sur la pointe des pieds et elle lui mordilla le menton.

— Tu auras ta récompense ce soir.

Il sourit et posa les mains sur ses fesses, la tirant vers lui. Elle sentit sa verge dure contre son ventre.

— Tu auras peut-être des courbatures après deux heures de danse.

— Tu pourras me faire couler un bain, dit-elle d'un ton coquin. Puis tu m'y rejoindras.

— Nous avons baisé à peu près partout dans la maison sauf là, songea Gray avec un éclat de désir dans les yeux.

— Merci, dit Allye avec toute la gratitude qu'elle put faire entendre dans sa voix. Pas seulement parce que tu es incroyable, mais pour ça — elle indiqua le studio de danse avec la tête — et parce que tu me fais me sentir en sécurité. Et parce que tu es toi-même.

— Va danser, ordonna Gray. Essaie de ne pas t'inquiéter. Je reviens dans deux heures.

Il pencha la tête et il l'embrassa. Un long baiser plein de désir et de sentiments qui étaient inappropriés pour un trottoir public. Mais Allye s'en moquait. Lorsque quelqu'un siffla par la vitre d'une voiture qui passait avant de crier « Il y a des chambres pour ça ! », Gray s'écarta enfin. Allye leva les yeux au ciel.

— Amuse-toi, dit-il en reculant vers sa voiture.

— Promis. Tu me diras ce dont vous avez parlé plus tard ?

— Bien sûr. Vas-y.

Allye lui sourit, puis elle se tourna pour entrer dans le studio de danse. Elle aurait dû penser à Jessie, à San Francisco et à ce qu'allait faire le fou qui la voulait pour esclave sexuelle. Mais elle ne pensa à rien d'autre qu'à se perdre dans la musique. Cela avait toujours été sa bulle de sécurité et de bonheur.

* * *

— Alors, c'est une liste de femmes, des hommes qui les ont achetées, et de ce qu'ils ont payé ? demanda Gray à Meat.

Les six Mercenaires Rebelles étaient assis autour de leur table habituelle dans le Pit. Meat avait fait des progrès avec le code et il avait fini par le craquer.

— Oui. Cela énumère les volontés des acheteurs, comme celui qui voulait une vierge blonde aux yeux bleus, un autre qui voulait une femme de moins d'un mètre soixante, et encore un autre qui exigeait une Afro-Américaine voluptueuse. Ensuite, les noms des femmes sont complétés lorsqu'elles ont été repérées pour une acquisition.

Arrow parcourut la liste en sifflant.

— Ces femmes ne sont pas données.

— Non, acquiesça Meat. La moins chère coûtait soixante-quinze mille. Les jumelles ? Deux cent mille.

— Les acheteurs ne sont nommés que par leurs initiales, ce qui ne nous aide pas du tout, ajouta Black.

— Merde, jura Ro en claquant la main sur la table.

Le bruit résonna dans la salle de billard.

— C'est comme la Rolls-Royce des ventes d'esclaves sexuelles.

— C'est exactement pour cela que nous devons mettre fin à cette merde, grogna Ball. Nightingale est-il le cerveau ?

Meat haussa les épaules.

— Il n'y a aucune indication sur le fichier. L'escorte que Gray a envoyée au fond du Pacifique n'a pris aucune note concernant Nightingale : ce crétin semble simplement avoir noté les commandes dans le document. Il se branlait sûrement en le relisant le soir.

— C'est Nightingale. C'est obligé, dit Gray d'une voix basse et menaçante.

— Rex le pense également, acquiesça Meat. Mais il n'y a aucune preuve. Pas sur ce fichier, en tout cas.

Gray fixa la ligne comportant les informations d'Allye.

ALLYSON MYSTIC, DANSEUSE, 1m70, MÈCHE BLANCHE DS CHEVEUX, 100K, SAN FRAN., T. B.

— Qui est T.B. ? demanda-t-il.

Tout indiquait que Nightingale était l'acheteur. S'il avait un pseudonyme connu, ils pouvaient peut-être le coincer.

— Aucune idée. Rex est aux aguets, mais il ne connaît personne avec ces initiales dans le métier. Cela peut être n'importe qui d'assez riche pour dépenser cent mille dollars sur une femme. Un homme d'affaires ayant décidé qu'il voulait un petit bonus. Un patron de la mafia qui veut entrer dans le trafic d'esclaves. Aucun moyen de le savoir.

Gray serra si fort les dents qu'il risquait de casser une molaire.

— Comment pouvons-nous le découvrir ? Cet enfoiré a proposé une grosse somme à quelqu'un pour enlever Allye. Il ne va pas simplement s'arrêter là.

— Évidemment, dit Meat en continuant à scruter la liste.

Gray ne put pas retenir sa frustration plus longtemps. Il se leva si vite que sa chaise frappa bruyamment le sol derrière lui et il se jeta sur Meat de l'autre côté de la table. Il saisit son tee-shirt et il y entortilla la main, forçant Meat à se lever ou à être étranglé.

— Nous ne parlons pas de n'importe quelle femme inconnue. Il s'agit de la mienne. Il tue les gens qu'elle connaît enfin de la perturber et de la forcer à revenir en Californie pour qu'il puisse l'enlever à nouveau. Arrête de traiter tout ça avec nonchalance !

Meat fronça les sourcils et jeta un regard noir à Gray. Il ne se débattit pas, attendant simplement que son ami se calme.

— Lâche-le, ordonna Arrow. Casser la figure de Meat ne résoudra rien.

Gray hésita pendant une fraction de seconde, puis il lâcha brusquement le tee-shirt de Meat. Il fit les cent pas à côté de la table.

— Il a dû l'avoir déjà vue. Elle ne porte le nom d'Allyson Mystic que quand elle danse. Il s'est peut-être rendu à un de ses spectacles. Pouvons-nous vérifier toutes les personnes qui ont payé un billet pour son spectacle par carte de crédit ?

— Eh bien, oui, mais ce sera une quantité énorme de personnes, dit Meat qui ne semblait pas en vouloir à Gray pour son emportement. Je serais surpris si le kidnappeur a été assez stupide pour acheter un ticket avec une carte de crédit à son nom, mais je vais me renseigner et je vous tiens au courant si je trouve quelque chose.

— En tout cas, cette personne semble obsédée par ton Allye, commenta Ro. En forçant Jessie à porter ses lentilles de contact et en colorant ses cheveux en brun et blanc, il a recréé l'objet de son fantasme.

— Ou alors, il voulait simplement torturer Allye, intervint Black.

— Nous pourrions essayer de voir qui s'est rendu à plusieurs spectacles pour affiner nos recherches, termina Ro.

— Assieds-toi, Gray, dit Ball. Tu me donnes le tournis.

Gray souffla et il s'assit.

— En parlant de ça, où est Allye ? demanda Black.

— Je l'ai déposée à un studio de danse au centre-ville, pour se défouler un peu, dit Gray à ses amis.

— C'est vraiment sérieux avec elle, hein ? demanda Ro.

— Oui. Vraiment. Elle est... je ne peux pas vraiment la décrire.

— Forte, compatissante, drôle, jolie et agréable à vivre, dit Black.

Gray regarda son ami en fronçant les sourcils.

Black leva les mains en signe de capitulation.

— Tout doux. Je n'ai passé qu'un peu de temps avec elle, et je comprends son attrait. Elle est différente de beaucoup de femmes. Bon sang, la plupart des filles que je connais auraient paniqué en se retrouvant au milieu de l'océan. Mais pas elle. D'après ce que j'ai vu et ce que tu as dit, elle s'est simplement adaptée aux épreuves. On ne voit pas ça très souvent.

Gray hocha la tête.

— C'est vrai. Même quand je lui ai dit que le rivage était très loin, elle n'a pas paniqué. Elle s'est allongée et elle m'a fait confiance pour la ramener en sécurité.

Il regarda ses amis tour à tour.

— Je veux qu'elle reste, mais je veux qu'elle ait envie de rester. Pas parce qu'elle n'a pas d'autre choix. Aidez-moi à découvrir comment l'aider.

— C'est ce qu'on essaie, Gray, dit Meat.

— Ce type va recommencer, fit remarquer Arrow. Quand son premier message ne fonctionnera pas, il montera d'un cran jusqu'à ce qu'il obtienne ce qu'il veut. C'est-à-dire, Allye.

— Ça n'arrivera pas, dit Gray en serrant les poings.

— Ton boulot est de rester près d'Allye, précisa Black. Nous ferons ce que nous pouvons pour enquêter. Je vais voir si Rex approuve que quelques-uns d'entre nous se rendent à San Francisco pour fouiller un peu. Nous parlerons aux autres danseurs au travail d'Allye, afin de savoir s'ils ont vu quelque chose, ou s'ils savent quelque chose sur la disparition de Jessie. Il est furieux qu'elle se soit échappée, et il devient désespéré. Nous allons le trouver, Gray. Je le sais.

— Je l'espère, dit doucement Gray. Je l'espère vraiment.

Il serra la main de tous ses amis puis il quitta le Pit en hochant la tête en direction de Dave avant de sortir. Cela faisait une heure et demie qu'il avait quitté Allye, mais après avoir parlé des femmes disparues et de ce qui pouvait leur arriver, Gray avait besoin de la voir. De s'assurer qu'elle allait bien. Même s'il y avait peu de chances pour que Nightingale sache où elle était, il aurait dû mettre un garde devant le studio de danse. Ou veiller sur elle lui-même.

Il fit le trajet jusqu'à la petite école de danse en roulant plus vite qu'il ne l'aurait dû et il se gara. Lorsqu'il entra, une sonnette retentit au-dessus de sa tête en annonçant son arrivée. Un groupe de jeunes filles se tourna et le fixa. Une dame plus âgée, ayant sans doute la soixantaine, le salua. Ce n'était pas Barbara, car il avait déjà rencontré la propriétaire. Il supposa que c'était un autre professeur.

— Laissez-moi deviner, vous êtes ici pour Allyson Mystic ?

Gray écarquilla les yeux. Comment connaissait-elle le nom de scène d'Allye ? Il supposa que les nouvelles allaient vite.

— Oui.

— Elle a fait sensation ici aujourd'hui. Elle n'est peut-être pas connue nationalement, mais quand Barbara est impressionnée, nous sommes *toutes* impressionnées. La nouvelle s'est répandue parmi les élèves et tout le monde est surexcité. Les élèves ont chacun leur tour eu la chance d'observer une danseuse professionnelle. Si vous voulez jeter un coup d'œil, vous pouvez utiliser la fenêtre d'observation dans le couloir, sur votre gauche.

Gray hocha la tête pour la remercier et il se rendit à l'endroit qu'elle avait indiqué.

Il sut exactement de quelle fenêtre elle parlait, car il y avait quatre filles rassemblées autour, observant avec de grands yeux Allye qui dansait.

Gray s'arrêta derrière elles et il y resta sans dire un mot, les yeux rivés sur la femme qui dansait de l'autre côté de la vitre.

Elle était incroyable.

Il ne l'avait jamais vue répéter chez lui. Elle lui avait dit se sentir gênée quand il la regardait, alors il l'avait laissée tranquille quand elle descendait répéter. Gray savait qu'elle devait être douée pour avoir un travail de danseuse à plein temps, mais ce qu'il avait cru savoir sur les danseurs passa par la fenêtre lorsqu'il regarda Allye.

Elle avait attaché ses cheveux en queue de cheval sur le haut de sa tête, la mèche blanche apparaissant quand elle bougeait. Il n'entendait pas la musique de là où il se trouvait, mais c'était inutile. Elle était gracieuse en se penchant et se balançant. Ses bras semblaient être attachés à son corps par des ficelles, vu la façon dont ils s'agitaient et ondulaient en rythme. Les muscles de ses jambes fléchissaient à chaque pli et cambrure. Elle portait un pantalon moulant, les pieds nus en dehors d'une bande collante autour de chaque plante de pied, lui donnant de l'adhérence. Elle portait un débardeur qui collait à ses courbes.

La musique avait dû accélérer, car ses mouvements devinrent plus rapides, plus énergiques. Elle entama une série de tours, les bras tendus, les genoux pliés, tout son poids sur un pied. Sa tête restait au centre pendant qu'elle tournait, ne ralentissant jamais, ne faisant jamais de faux pas. C'était beau et impressionnant à la fois.

Les jeunes danseuses qui regardaient durent le penser également, car elles murmuraient entre elles, remarquant à quel point « Miss Mystic » était incroyable, et comme elles espéraient être un jour aussi douées.

Allye s'arrêta soudain de tourner et tomba sur le sol. Elle ne tomba pas vraiment, elle s'était effondrée dans le cadre de sa chorégraphie. Les paumes sur le sol, un pied à plat sur les planches en bois sous elle, l'autre étiré derrière, les orteils pointés.

Gray vit sa poitrine monter et descendre à cause de sa respiration haletante, mais c'était la sérénité de son visage qui le frappa le plus. C'était l'endroit où elle était heureuse.

Il ne s'en était pas rendu compte, mais elle avait été

extrêmement stressée au cours de la semaine passée, et elle le lui avait efficacement caché. Elle était très douée pour cacher *toutes* ses émotions, à lui et à tout le monde.

Il se souvint qu'elle avait dit ne jamais pleurer. Elle avait besoin de ceci. Elle avait besoin de danser autant qu'il avait besoin d'air frais tous les jours. Elle en avait besoin pour se sentir entière.

Ce fut à ce moment-là, en regardant Allye dans son élément, que Gray se rendit compte qu'il l'aimait.

Il était prêt à faire n'importe quoi pour s'assurer qu'elle ait toujours la danse dans sa vie. Si cela signifiait qu'il fallait déménager à Denver afin d'être plus près du Théâtre Cleo Parker Robinson, alors c'était ce qu'il ferait. Il voulait toujours voir le sentiment paisible qu'elle avait sur son visage en ce moment.

Elle se leva et elle sourit à quelqu'un de l'autre côté de la salle. Essuyant les mains sur son pantalon, Gray se dirigea vers la porte. Il l'ouvrit lentement et il fut ravi lorsqu'Allye se tourna vers lui et lui fit un grand sourire.

— Cela fait déjà deux heures ?

— Presque. Si tu veux rester plus longtemps, ce n'est pas un problème.

Son sourire sembla s'élargir.

— Non, ça va. Comme tu l'as dit, je vais déjà avoir assez de courbatures comme ça. Mais je pense que tu m'as promis un bain.

Gray faillit tout révéler à ce moment-là. Peu importe la femme qui s'occupait de la musique. Il faillit dire à Allye qu'il l'aimait. Mais il réussit à se retenir. Tout juste.

— C'est ce que j'ai promis, chaton.

Il resta près de la porte, n'ayant pas confiance en sa propre réaction pendant qu'elle rassemblait ses affaires. Elle enfila un tee-shirt par-dessus son débardeur et Gray fut à la fois contrarié de ne plus pouvoir mater sa poitrine et content qu'elle se soit couverte afin que personne d'autre ne puisse la reluquer.

Elle ramassa son sac et Gray le lui prit dès qu'elle s'approcha de lui. Elle passa le bras autour de son coude et elle resta à côté de lui lorsqu'ils sortirent de la pièce en se dirigeant vers la porte d'entrée. Ils furent arrêtés une demi-douzaine de fois par des petites filles qui voulaient dire bonjour à Miss Mystic, puis encore une fois par la propriétaire de l'école de danse.

— C'était merveilleux de t'avoir ici, Allyson, dit-elle. Tu es toujours la bienvenue ici.

— Merci, Madame Ellis. Et s'il vous plaît, appelez-moi Allye.

Elle leva la tête vers Gray.

— Est-ce que ça te convient de me conduire ici le matin ? Barbara a dit que le premier cours ne commençait pas avant dix heures, et elle veut bien me laisser entrer vers huit heures pour travailler.

— Bien sûr, dit Gray immédiatement. Tout ce que tu veux.

Elle lui fit un sourire avant de se tourner vers la propriétaire.

— J'apprécie beaucoup. Et je serai heureuse de passer du temps avec certaines des classes en retour.

L'autre femme sembla sur le point d'exploser de bonheur.

— Ce serait merveilleux ! Simplement merveilleux, s'enthousiasma-t-elle. Je vais m'assurer que tout le monde sache que tu feras de petits passages dans les différentes classes. Tout le monde sera ravi de savoir que tu es ici.

Allye sourit et salua quelques autres élèves avant de

sortir enfin du petit studio de danse et de s'engager sur le chemin du retour.

— Ils semblent savoir qui tu es, observa Gray, une fois qu'ils furent dans la voiture.

Il avait attrapé sa main après avoir démarré la voiture, et elle avait passé ses doigts entre les siens.

— Oui, eh bien, la communauté de danseurs est en vérité plus petite que tu ne le penserais. Et cela fait un moment que je danse en tant que professionnelle. Je suppose que les nouvelles font le tour.

Elle haussa les épaules.

— Comment s'est passée votre discussion ?

Il n'avait pas du tout envie de parler de Nightingale, des femmes disparues, ou du fichier qu'elle avait récupéré sur le bateau qui coulait.

— Pouvons-nous en parler plus tard ? demanda-t-il.

— C'est si terrible que ça ? dit-elle, le sourire disparaissant de son visage.

Gray leva la main jusqu'à son visage et caressa sa joue encore rouge du dos de la main.

— C'est juste que je ne peux pas supporter de te voir perdre cet air satisfait et détendu pour l'instant, lui dit-il franchement.

— D'accord, répondit-elle en inclinant la tête et en frottant sa joue contre sa main.

— Je te fais courir un bain quand nous serons à la maison. Ensuite, je nous préparerai quelque chose à manger. D'accord ?

— Merveilleux. Je ne crois pas que quelqu'un ait déjà fait couler un bain pour moi auparavant. Pas même quand j'étais enfant. J'ai commencé à me doucher quand j'avais quatre ans, car ma mère disait que les bains gaspillaient trop d'eau.

Gray serra les dents. Il le faisait souvent ces derniers temps. Mais au lieu de dire quelque chose de méprisant au sujet de sa mère et de son éducation, il se contenta de répondre :

— Alors, je suis ravi d'être le premier.

* * *

Une heure plus tard, Allye était allongée sur Gray, complètement molle. Il venait de faire ce qu'il avait dit. Il lui avait fait couler un bain. Après l'avoir aidée à y entrer, elle avait tenu sa main et elle avait tiré dessus en disant :

— Peux-tu me rejoindre ?

Elle ne l'avait encore jamais vu se déshabiller si vite. Il fut dans la baignoire avec elle en moins de cinq secondes. Les choses avaient failli dégénérer, et il l'avait entièrement pénétrée avant de jurer en se retirant. Il avait sauté hors de la baignoire et il était parti en courant jusqu'à la chambre. Allye n'avait pu s'arrêter de rire en voyant comme il se dépêchait, tout trempé, faisant dégouliner de l'eau partout sur le sol.

Quand il était revenu, il portait un préservatif et il était remonté dans la baignoire avant de s'enfoncer en elle avec une telle énergie qu'elle ne put rien faire d'autre que gémir de plaisir.

Maintenant, elle était assise à cheval sur lui, le visage posé dans l'espace entre son cou et son épaule, profitant de la façon dont il caressait son dos avec de longs mouvements calmes. Il avait retiré le préservatif et elle sentait sa queue à moitié dure entre leurs corps, mais pour l'instant au moins, ils étaient tous les deux comblés.

— Merci de m'avoir laissée danser aujourd'hui, dit-elle doucement.

— Je t'ai regardée un peu à la fin, lui dit-il. Tu es incroyable.

Elle haussa les épaules.

— Je ne suis pas trop mal. Il y a beaucoup de gens meilleurs que moi.

— Ne fais pas ça, la gronda-t-il. Tu es douée. Vraiment douée. Je ne crois pas que Robin t'aurait donné le rôle principal si ce n'était pas le cas. Sans parler de toutes ces petites filles aujourd'hui qui avaient des étoiles dans les yeux lorsque tu leur parlais, que tu les complimentais sur leurs tenues.

— C'était agréable, lui dit-elle. J'avais oublié à quel point j'aimais passer du temps avec les enfants.

— As-tu déjà enseigné ?

Elle hocha la tête contre lui. La vapeur s'élevait encore de la baignoire et elle sentait les perles de sueur sur son front à la fois à cause de la température de l'eau et de leurs efforts précédents.

— Oui. À mi-temps, quand je suis entrée au théâtre. Je ne recevais pas le même salaire que maintenant, et cela aidait à compléter mon revenu. Il y a quelque chose de libérateur lorsque l'on enseigne aux enfants. La majorité n'a pas appris à être critique envers leur corps ou les autres. Même les enfants en surpoids ne semblent pas le remarquer ou s'en soucier. Et il y avait ce cours dans lequel était inscrite une petite fille atteinte de trisomie vingt et un. Elle commençait toujours le cours en faisant de gros câlins à tout le monde, et ce petit acte de joie se répercutait dans tout le cours. Tout le monde semblait plus heureux et s'amusait davantage que dans les autres cours. Personne ne se souciait du fait que la petite Rory était différente des autres. Peu importe qu'elle ne parle pas beaucoup. Son enthousiasme et sa joie quand elle sautait et qu'elle dansait étaient contagieux. Il y avait plus de rires pendant cette heure de classe que n'importe quelle autre. J'aimerais beaucoup enseigner à nouveau. Peut-être avoir un cours mêlant les enfants ayant des besoins spécifiques aux autres. Je crois que cela ferait du bien à tout le monde.

— Je le pense aussi, dit Gray en l'embrassant sur le front.

Ils restèrent ainsi, leurs corps collés, profitant de l'intimité de ce moment.

— Vas-tu me parler de votre réunion ? demanda finalement Allye.

Elle sentit Gray se raidir sous elle, mais il ne tourna pas autour du pot. Il lui parla du fichier et de ce que Meat avait appris. Il lui dit ce que le mystérieux T. B. avait payé pour qu'elle lui soit apportée. Il lui dit même qu'une partie de l'équipe allait partir à San Francisco afin de parler à ses amis et à ses collègues au théâtre dansant.

Quand il eut terminé, Allye demanda doucement :

— Je ne serai pas en sécurité tant que vous n'aurez pas découvert qui est ce T. B. et que vous ne l'aurez pas arrêté, n'est-ce pas ?

— Je vais te garder en sécurité, jura Gray en se penchant afin d'attraper un gant de toilette qu'il savonna avant de commencer à lui laver tendrement le dos.

Allye soupira. Ce n'était pas exactement une réponse. Décidant qu'elle ne pouvait pas digérer plus d'informations pour l'instant, elle s'assit. Elle frissonna, l'air étant bien plus frais que l'eau et le corps de Gray.

— Promets-moi de me tenir au courant. Ne me cache rien sur le sujet. S'il te plaît ?

Elle vit qu'il n'était pas ravi, mais sa confiance en lui grandit lorsqu'il hocha la tête.

— Je te le promets.

— Merci.

— Que dirais-tu de finir de nous laver, de sortir et que je te fasse manger ? Je parie que tu as brûlé quelques calories aujourd'hui. Je me suis acheté un steak hier soir, et je te ferai quelques brochettes de légumes, si tu veux.

Elle sourit.

— Super. Et puisque tu me conduiras à la danse tous les matins pendant un moment, il faudra aussi que j'aille me coucher très tôt, hein ?

Il lui sourit en retour.

— Je viendrai te border.

Elle leva les yeux au ciel.

— Je compte dessus.

Elle lui sourit et ils finirent vite de se savonner et de se laver. Quand ce fut fait, Gray posa une main derrière sa nuque et il l'attira vers lui. Il l'embrassa comme si c'était la dernière fois.

D'un autre côté, chaque fois qu'ils s'embrassaient, c'était aussi intense que si c'était la dernière fois. Elle aimait beaucoup cela chez lui.

Allye se figea. Elle *aimait* ça. Était-elle tombée complètement amoureuse de Gray ?

Lorsqu'elle recula en lui laissant la place de se lever, elle fixa son corps musclé et elle hocha la tête intérieurement. Oui, elle aimait cet homme. Il utilisait sa force pour combattre le mal dans le monde. Il pouvait être absolument mortel, pourtant il avait été protecteur et doux avec elle. Enfin, *doux* n'était pas le meilleur mot pour décrire leurs ébats. Ils étaient plutôt *intenses*.

Il tendit une serviette et il passa les bras autour d'elle en l'enveloppant dedans, coinçant ses bras sur les côtés. Il embrassa son cou, sa barbe grattant sa peau sensible et rougie par la chaleur.

— Tu sens bon, dit-il en inspirant profondément.

— Toi aussi, lui dit-elle en penchant la tête et en sentant l'odeur de son bras.

— Comme nous étions dans la même baignoire, je dirais que nous sentons l'un comme l'autre.

Elle tourna dans ses bras et elle lui sourit.

— Ça me plaît.

— Moi aussi, acquiesça-t-il.

Ensuite il recula, la retourna et mit une claque sur ses fesses.

— Maintenant, va t'habiller, femme. Arrête de me distraire.

Allye fit ce qu'il ordonnait en riant et elle partit chercher des vêtements dans la chambre.

* * *

Gage Nightingale, autrement connu sous le nom du « Patron » par ceux qui travaillaient pour lui, fronça les sourcils en se tenant dans un couloir devant une immense fenêtre, derrière laquelle se trouvaient deux de ses femmes.

Une porte secrète menait au long passage. Des fenêtres similaires étaient disposées tout au long du couloir, lui permettant de regarder dans les pièces où vivaient ces animaux de compagnie.

Il joignit ses mains dans le dos en fixant les jumelles allongées avec apathie sur le sol de leur cage, ne le regardant même pas quand il faisait sonner la cloche accrochée dans leur enclos. Quand elles entendaient la cloche, elles étaient censées se lever et se tourner vers lui, lui permettant ainsi de les observer. Parfois il entrait dans la salle et il les violait, d'autres fois, il les forçait à avoir des rapports ensemble, mais aujourd'hui, elles refusèrent de bouger.

Prenant note de les discipliner plus tard, Nightingale passa à la fenêtre suivante.

La petite femme qu'il avait achetée faisait ce qu'elle avait appris, s'accroupissant en écartant les jambes, fixant le sol. Elle n'avait pas encore été nourrie. Il vit que ses bols d'eau et de nourriture étaient vides et il allait devoir faire des réprimandes au gardien de zoo qui la faisait attendre alors qu'elle était si sage. Retarder la distribution de nourriture n'était que pour les animaux pas sages, pas ceux qui obéissaient.

La femme tatouée n'était pas dans sa cage, mais Nightingale savait que c'était parce qu'elle recevait d'autres tatouages aujourd'hui. Elle avait dû être endormie, car ils travaillaient sur son visage maintenant. La dernière fois qu'il l'avait amenée se faire tatouer, elle avait été combative et pleurnicharde. Il n'y avait rien que Nightingale détestait plus qu'une femme qui sanglotait et qui gémissait.

Une fois le visage tatoué, elle serait complète à quatre-vingt-quinze pour cent. Il ne manquait alors plus que le dessous de ses pieds et ses paumes de main, et elle serait la première femme à être couverte à cent pour cent de tatouages. Même l'intérieur des lèvres génitales et buccales avait été tatoué. Et il la possédait. C'était un sentiment enivrant. Il allait envoyer des photos pour le *Guinness Book des records* dès qu'elle était prête.

Son albinos se trouvait dans la cage suivante. Nightingale appuya sur un interrupteur en dehors de son enclos, ce qui illumina la zone où elle était enchaînée, et il sourit. Elle avait été assez sauvage. Elle avait refusé ses tentatives de la dresser jusqu'à ce qu'il utilise la boîte pour sa tête.

Par hasard, un de ses entraîneurs avait découvert sa faiblesse quand elle avait paniqué à cause d'un papillon de nuit qui était rentré dans sa chambre le soir et qui avait tourné autour de l'ampoule au plafond.

Ainsi, lorsqu'elle avait à nouveau refusé de faire ce qu'il voulait — c'est-à-dire, ne pas se battre quand il était entré dans sa cage — il l'avait fait enchaîner et ils avaient glissé la boîte sur sa tête. Elle était remplie de papillons de nuit. La façon dont elle avait tremblé et crié alors que les créatures tourbillonnaient autour de son visage, frôlant ses joues, se coinçant dans ses cheveux et grimpant même dans ses oreilles l'avait fait rire comme un hystérique.

Il gardait la boîte de créatures inoffensives dans sa cage, afin de décourager ses comportements inappropriés. Jusqu'ici, cela fonctionnait. Nightingale la préférait soumise et docile, voire terrifiée, plutôt qu'incontrôlable. Cela facilitait le fait de l'attacher au lit pour la prendre comme il le voulait. Il n'avait encore jamais été avec une albinos. Sa peau devenait joliment rose quand il la frappait, et les bleus qu'il laissait sur elle étaient de couleurs très vives, bien plus faciles à voir que sur les autres femmes... Il aimait cela.

Nightingale sourit. Il adorait posséder des choses uniques.

Cela le conduisit à repenser à sa Mystic. Il avait été tellement certain qu'elle reviendrait en ville après avoir appris l'avertissement qu'il avait laissé pour elle, afin d'empêcher d'autres amies à elle d'être tuées. Oui, il était convaincu maintenant qu'elle avait fui San Francisco, peut-être même l'état. Il aurait enfin pu l'ajouter à sa collection. Il avait une cage près de son lit pour elle quand elle ne serait pas dans la salle vide au bout du long couloir. Tout était prêt, y compris sa scène spéciale.

Il lui tardait de s'éveiller le matin et de voir ses yeux magnifiques le fixer, remplis de crainte. Il n'y avait rien de tel que la terreur pour bien commencer la journée. Il avait essayé de donner l'apparence de Mystic à l'autre femme — il ne se souvenait plus de son nom maintenant, non pas qu'il importait — mais ça n'avait pas fonctionné. Elle était trop grande. Trop maigre. Et tout ce qu'elle avait fait, c'était pleurer.

Même après avoir coloré ses cheveux et ajouté la magnifique mèche blanche, ce n'était pas pareil. Les lentilles de contact avaient aidé, mais il frissonna en se souvenant de ses hurlements lorsqu'elle avait été attachée et que ses paupières avaient été retirées afin qu'elle ne puisse pas lui cacher ses yeux marron et bleu.

Nightingale se renfrogna et marcha d'un pas lourd jusqu'au bout de la rangée de cages. Il tambourina à la porte du gardien de zoo et attendit patiemment que celui-ci lui ouvre. L'albinos et la petite femme avaient besoin de nourriture, et les jumelles devaient être séparées. Il avait accepté de les garder ensemble, mais seulement si elles se comportaient bien. Et ce n'était pas le cas maintenant.

Il savait que sa colère était disproportionnée. En général, il était bien plus patient avec les animaux domestiques. Tout cela, c'était la faute de Mystic. Si elle rentrait chez elle, il allait pouvoir à nouveau se concentrer. Mieux éduquer ses animaux. Il était temps de lui envoyer un autre message. Elle allait finir par comprendre. Si ce n'était pas le cas, il continuerait à communiquer. À sa façon.

L'homme qui s'occupait de ses animaux spéciaux finit par ouvrir la porte, et Nightingale explosa. Lorsqu'il partit pour la nuit, il était certain qu'il n'y aurait pas de problème avec ses animaux la prochaine fois qu'il reviendrait.

11

———

Plus Gray passait du temps avec Allye, vivant avec elle, partageant son espace, plus il angoissait. Ce n'était pas vraiment à cause d'elle, c'était plutôt le sentiment de catastrophe imminente. Quelque chose allait foirer. Il allait faire quelque chose, ou bien elle allait décider qu'elle devait retourner chez elle, ou bien le mystérieux T. B. allait trouver Allye et la poursuivre ici.

Plus les choses étaient parfaites entre eux, plus son angoisse augmentait.

Cela faisait trois semaines qu'elle était à Colorado Springs, maintenant. Trois des meilleures semaines qu'il ait jamais vécues. Elle sembla s'ajuster tout naturellement à sa vie et ses routines. Ils se levaient le matin et ils se douchaient, parfois ensemble, d'autres fois séparément. Il lui préparait le petit-déjeuner, puis il la conduisait en ville, au studio de danse. Elle avait commencé à y passer de plus en plus de temps, lui demandant parfois de ne la récupérer que bien après le déjeuner. Les enfants et la propriétaire adoraient sa présence. Barbara avait même commencé à la payer parce qu'elle l'aidait avec les cours de danse des enfants.

Ils avaient fait les magasins pour lui acheter plus de vêtements et d'autres affaires dont elle avait besoin pour se sentir à l'aise. Gray avait voulu tout payer, mais elle avait refusé en disant qu'elle avait largement assez d'argent en ce moment pour se vêtir elle-même.

Pendant qu'elle était au studio, Gray rejoignait le reste de l'équipe ou bien il rentrait à la maison et il faisait des recherches, essayant de découvrir un indice menant à l'insaisissable Nightingale, puis il allait chercher Allye quand elle lui faisait savoir qu'elle avait terminé. Ils déjeunaient ensemble, parfois au restaurant, d'autres fois chez lui. Ensuite il faisait un peu de travail de comptabilité dans son bureau à la maison, créant des feuilles de calcul et faisant du travail financier pour ses clients.

Le soir, ils passaient du temps ensemble. Ils préparaient le dîner, ils regardaient la télé ou ils faisaient l'amour.

Il avait appris qu'elle pouvait être entêtée — pas seulement en refusant de le laisser payer ses vêtements — et qu'elle ne cédait pas gracieusement quand elle voulait faire quelque chose et qu'il n'était pas d'accord. Mais elle était également assez facile à vivre pour le reste. Elle ne se préoccupait pas du fait que ses meubles étaient un joyeux mélange d'affaires masculines coûteuses et de bazar d'étudiant, elle ne paniquait pas si le sol n'était pas immaculé ou s'il n'avait pas fait la poussière. En fait, elle était assez désordonnée. Il passait son temps à ramasser ses vêtements au milieu de leur chambre.

D'un autre côté, elle avait commencé à se plaindre des petits poils de barbe qu'il laissait dans le lavabo après s'être rasé le matin. Ou de la façon dont il ne rinçait jamais ses plats, se contentant de les laisser dans l'évier pour s'en

occuper plus tard. Elle prétendait qu'ils étaient plus difficiles à nettoyer de cette façon, car la nourriture séchait avant
de passer au lave-vaisselle.

Tout cela ne semblait finalement pas leur importer. Ils
passaient chaque nuit dans les bras l'un de l'autre. Pendant
leur première semaine de vie commune, ils avaient fait
l'amour tous les jours, au moins une fois, parfois deux. Gray
n'en avait jamais assez, et Allye paraissait ravie de prendre
ce qu'il lui donnait. Elle ne se plaignait jamais quand il était
d'humeur à prendre son temps ou quand il avait besoin de
la baiser brutalement.

Mais il avait déjà commencé à apprécier les nuits où il
pouvait simplement la tenir dans ses bras. Elles étaient
intimes, même si elles n'étaient pas passionnées. Il avait
mémorisé la façon dont elle posait le nez dans le creux de
son cou et de son épaule, pour le réchauffer. Et la manière
dont elle faisait courir les doigts sur son torse, jouant doucement avec ses tétons. Pas pour l'exciter, mais juste... pour
l'explorer.

Cependant, avec chaque jour qui passait, il lui semblait
que le danger qui pendait au-dessus de leurs têtes se rapprochait. Gray avait l'impression qu'au bout du compte, il allait
perdre Allye. D'une façon ou d'une autre. Elle lui glisserait
entre les doigts. Et il en était venu à redouter de se réveiller
chaque matin, se demandant si c'était le jour où il allait la
perdre.

La veille, ils étaient en train de s'embrasser sur le
canapé, sans regarder le film qu'Allye avait insisté pour
choisir, lorsque son téléphone avait sonné.

Il avait vu que c'était sa mère et il avait immédiatement
répondu. Allye n'avait pas été très partante pour qu'il invite
sa mère dans le Colorado afin qu'elle puisse la rencontrer, et
elle ne voulait pas expliquer pourquoi. Il avait décidé qu'ils

pouvaient en profiter pour faire les présentations, même si ce n'était qu'au téléphone.

— Salut, maman.

— Bonjour fiston. Comment ça va ?

— Bien. Puis-je te mettre sur haut-parleur ?

— Bien sûr.

Gray appuya sur le bouton du haut-parleur et il serra Allye contre lui. Elle avait essayé de se redresser — afin de quitter la pièce, il le savait, mais il ne l'avait pas laissée faire.

— Maman, j'aimerais te présenter quelqu'un. Allye, voici ma mère. Maman, voici Allye Martin.

— Oh, bonjour, Allye. Comment vas-tu ?

Allye l'avait regardé en écarquillant les yeux, effrayée, et elle avait murmuré un bonjour. Puis elle s'était extirpée de ses bras et elle était montée à la chambre. Il l'avait laissée partir, car ce n'était pas de l'irritation qu'il avait vue dans ses yeux, c'était de la pure terreur. Elle était morte de peur à l'idée de parler à sa mère, et il détestait cela. Il lui avait expliqué que sa mère était fabuleuse et il avait essayé de rassurer Allye en disant que sa mère allait l'adorer, mais il n'avait évidemment pas réussi à se faire comprendre.

Il discuta un moment avec elle, évita de lui raconter les détails de sa rencontre avec Allye, avoua que c'était son âme sœur, l'obligea à renoncer à planifier immédiatement le mariage, et lui dit de transmettre son bonjour à son frère la prochaine fois qu'elle lui parlerait. Puis il avait raccroché et il était parti retrouver Allye.

— Allye ? dit-il en ouvrant la porte.

Elle était au lit, les couvertures remontées jusqu'en haut, le dos tourné vers lui. Ils s'étaient déjà couchés à cette heure-ci, mais c'était parce qu'ils voulaient faire l'amour, pas dormir.

Gray s'assit au bord du lit. Il passa la main sur sa tête.

— Ça va, chaton ?

Elle hocha la tête.

— Qu'est-ce qui ne va pas ?

Elle tourna la tête pour le regarder et il faillit grimacer en voyant son air triste.

— Quoi ? Parle-moi, Allye.

— Je ne suis pas douée avec les mamans, dit-elle douce-ment. Elles ne m'aiment jamais.

Le cœur de Gray se brisa presque. Il enleva son tee-shirt, retira son jean et grimpa dans le lit avec elle. Il l'enveloppa dans ses bras, la tirant contre son torse, et il serra autant que possible.

— Je ne te crois pas.

— C'est vrai. Le premier garçon avec lequel je suis sortie au lycée... lui et moi nous nous entendions très bien. Je suis allée chez lui un soir, et quand sa mère a découvert que j'étais dans une famille d'accueil, elle est devenue glaciale. Le garçon ne m'a plus jamais invitée.

— Tant pis pour lui, murmura Gray.

— Ensuite, il y avait la mère d'un type avec lequel je suis sortie quand j'ai commencé à travailler au théâtre à San Francisco. Il s'est dit que ce serait amusant si nous sortions dîner avec ses parents. Elle a jeté un seul coup d'œil à la robe pas chère que je portais et elle m'a traitée avec mépris. Je pense que j'ai eu deux autres rendez-vous avec ce gars-là avant qu'il rompe.

— Ma mère n'est pas comme ça, lui dit Gray.

— Je pense avoir un gène de maman défectueux, dit doucement Allye. Ma propre mère ne m'aimait pas et elle ne voulait pas de moi, alors c'est pareil pour les mères des autres.

Gray la fit tourner sur le dos, la forçant à le regarder.

— Quand tu es partie, ma mère m'a interrogé à ton sujet.

Elle a même fait des recherches sur toi sur l'ordinateur pendant que nous parlions. Elle n'a pas arrêté de dire que tu étais jolie et elle a même eu le culot de demander ce que tu faisais avec un dépravé comme moi.

Il sourit pour lui faire savoir qu'il la taquinait.

— J'ai dû l'empêcher d'appeler toutes ses amies et de leur dire que j'allais me marier.

Il caressa à nouveau sa tête.

— Je ne dis pas que vous serez les meilleures amies du monde, mais elle va t'adorer.

Allye s'était contentée de secouer la tête et de soupirer. Ensuite, elle était descendue le long de son corps et elle lui avait fait l'amour. Il savait ce qu'elle faisait : elle essayait de le distraire afin de ne plus parler de sa mère, et il la laissa faire. Mais il connaissait sa famille. Ils allaient accueillir Allye comme si elle faisait partie des leurs... si elle voulait bien le leur permettre.

Il y avait beaucoup de choses qu'il ne savait pas au sujet de la femme qu'il aimait. Des choses qu'il lui tardait d'apprendre. Mais en retour, il y avait des choses qu'elle ne savait pas sur *lui*. Il lui avait parlé de son époque en tant que SEAL, et de ce qui était arrivé pour qu'il parte, mais elle ne savait pas que cela l'affectait parfois encore. Il n'avait plus trop de cauchemars, mais certaines situations le renvoyaient soudain en arrière. Quand il avait été impuissant, regardant ses ravisseurs faire du mal aux femmes devant lui. Quand cela revenait, il avait tendance à se renfermer. À bloquer toutes les émotions afin de ne pas avoir à ressentir quoi que ce soit.

Allait-elle le comprendre ? Le prendrait-elle personnellement ? Il n'en avait aucune idée et aucun désir de le découvrir.

La sonnerie de son téléphone le sortit de sa rêverie.

Allye était au studio de danse et il était seul à la maison. Il était censé travailler sur les impôts d'un client, mais il n'arrivait pas à se concentrer. La sensation de catastrophe imminente était trop présente pour le laisser réfléchir aux lois fiscales ou faire des calculs.

— Gray.

— C'est Rex.

Gray sentit son estomac se nouer.

— Qu'est-il arrivé ?

— Il en a eu une autre.

Gray savait exactement de quoi parlait son patron.

— Qui ?

— Une femme qui s'appelle Melany Brewer. Elle a pris la place d'Allye en tant que danseuse principale depuis qu'elle est ici à Colorado Springs.

— Putain, jura Gray. Putain, putain, *putain*. Elle ne va pas bien le prendre.

— Alors, ne lui dis pas.

— Je ne vais pas lui cacher ça. J'ai promis de ne pas le faire, et elle a le droit de savoir. Avons-nous avancé dans les recherches de T.B. ou Nightingale ?

— Oui et non, dit Rex à contrecœur.

L'estomac de Gray se serra encore. Il eut l'impression qu'il n'allait pas aimer la suite.

— Quoi ?

— T. B. *est* Nightingale.

— Comment est-ce possible ? Son nom est Gage. Ça ne correspond pas à T.B.

— Tu sais qu'Arrow et Black sont en Californie. Ils ont fouillé un peu. Ils ont parlé à plein de gens louches. Il paraît qu'il y a un homme, connu seulement sous le nom « The Boss » qui prend des commandes pour certains types spécifiques de femmes.

Gray se leva brutalement et il commença à faire les cent pas.

— Merde. C'est donc ça. La preuve que le chef du réseau de trafic sexuel le plus connu et le plus insaisissable veut effectivement mettre la main sur Allye.

— On dirait bien, dit Rex dont la voix sembla impassible.

— Tu n'as pas l'air trop inquiet, aboya Gray. En fait, tu parles comme si c'était juste un jour ordinaire pour les Mercenaires Rebelles à la con. Ben, c'est pas le cas, putain. C'est la vie de *ma* copine qui est en jeu, Rex. Et je te dis tout de suite qu'il est hors de question que Nightingale mette les mains sur elle. Je vais la prendre et disparaître afin qu'il ne nous retrouve jamais. Tu m'as compris ?

— Calme-toi, Gray.

Gray soupira et il passa la main dans ses cheveux, remarquant au passage qu'il devait probablement se les faire couper.

— N'y a-t-il jamais rien qui te dérange ? demanda-t-il. Sérieusement, tu es toujours tellement calme. Tu ne montres jamais d'émotion. Tu ne te soucies donc de *rien* ? Parce que de là où je suis, on dirait bien.

— Oui, Gray. Je me soucie de plein de choses. Les femmes qui disparaissent et dont on n'entend plus jamais parler, leurs proches qui ne savent jamais ce qui leur est arrivé, si elles sont en vie ou mortes. C'est ça qui m'importe, ça et le fait de faire tomber les gens comme Nightingale afin que ça n'arrive pas à la famille de quelqu'un d'autre.

Gray écarquilla les yeux. Il n'avait jamais entendu son chef dire quoi que ce soit d'aussi personnel. Ils avaient tous deviné que cet homme devait avoir vécu la disparition d'un être aimé ou qu'il avait dû être impliqué dans l'industrie des esclaves sexuelles, mais il n'avait jamais eu de confirmation jusqu'à aujourd'hui.

La famille de quelqu'un d'autre.

Avant qu'il puisse dire quoi que ce soit, s'excuser d'avoir été insensible, par exemple, Rex reprit la parole.

— Parles-en à Allye. Dis-lui pour Melany. Arrow et Black font ce qu'ils peuvent depuis la Californie pour la retrouver. Ils essaient aussi de découvrir ce qu'était cette histoire de bateau. Je veux dire, s'il a kidnappé Jessica et Melany et qu'il les a simplement fait venir jusqu'à lui, pourquoi n'a-t-il pas fait de même avec Allye ? Pourquoi prendre la peine d'avoir ces foutus bateaux ? Était-ce une ruse pour détourner l'attention ? Ou y avait-il une raison plus profonde ? Nous en saurons peut-être davantage quand nous aurons retrouvé Melany... ou son cadavre. En attendant, appelle-moi si besoin.

Et Rex raccrocha là-dessus.

En regardant sa montre, Gray vit qu'il n'était que dix heures, mais il avait besoin de voir Allye tout de suite. Il avait les mêmes questions concernant les bateaux, mais cela pouvait attendre. En revanche, discuter avec Allye, c'était urgent.

Il mit son téléphone dans la poche et il se dirigea vers le garage.

Trente minutes plus tard, il faisait monter Allye dans son Audi, les excuses qu'elle avait faites à ses petits élèves et à Barbara résonnant encore dans sa tête. Elle avait été au milieu d'un cours de danse quand il avait débarqué en disant qu'il devait lui parler.

Sans se plaindre, elle avait salué tout le monde et elle était partie avec lui.

Dès qu'ils furent dans la voiture, elle posa la main sur sa cuisse.

— Qu'est-ce qui ne va pas ?

— Quand nous serons à la maison, lui dit Gray.

Allye se mordit la lèvre, mais elle hocha la tête. Elle garda la main sur sa cuisse, mais Gray ne put pas se convaincre de la toucher. Il en avait envie, il voulait la réconforter, mais il était trop tendu. Trop inquiet qu'elle perde les pédales en entendant la nouvelle.

Le reste du trajet se fit en silence. Gray essaya de répéter ce qu'il allait lui dire. Elle devait connaître Melany. Elle avait dû être une amie. La nouvelle de Jessie lui avait fait du mal, mais pour Melany, cela pouvait bien la briser.

Une fois arrivés, ils entrèrent dans la maison. Dès que la porte du garage se referma derrière eux, Allye se tourna et dit :

— Raconte-moi.

— Va t'asseoir, dit Gray. Veux-tu boire quelque chose ?

— Non, répondit-elle un peu sèchement. Je veux savoir ce qui est arrivé.

Gray soupira. Il posa la main au creux de son dos, sentant l'humidité de sa répétition de danse. Elle portait un pantalon de yoga et un débardeur normal sous son tee-shirt. Pour une fois, il ne pensa pas qu'elle était sexy, mais qu'elle était vulnérable et petite à côté de son mètre quatre-vingt-dix-huit.

Gray l'encouragea à passer dans le salon et à s'asseoir.

C'est ce qu'elle fit, mais il sut qu'elle était arrivée au bout de sa patience.

Dès qu'ils furent assis, il lui révéla la mauvaise nouvelle.

— Connais-tu quelqu'un du nom de Melany Brewer ?

Allye écarquilla les yeux et hocha la tête.

— Elle a disparu.

Elle se pencha en avant en se couvrant le visage. Elle resta recroquevillée en lui demandant à travers les doigts :

— Était-ce mon ravisseur ?

— Sans doute.

Elle se redressa.

— Que faites-vous pour la trouver ? Pour la sauver ?

— Arrow et Black sont à San Francisco en ce moment. Ils interrogent ses voisins et les autres danseurs pour voir ce qu'ils savent. Rex utilise également ses contacts. Les mêmes qui ont conduit à l'indice sur ton transfert.

Son regard se perdit dans le vide et elle sembla parvenir à une conclusion.

— On va aussi la découvrir morte, n'est-ce pas ?

Gray essaya de la rassurer.

— Nous ne le savons pas.

— Si. Nous le savons tous les deux.

Allye se leva et elle fit les cent pas devant lui, agitée.

— Pourquoi fait-il cela ? demanda-t-elle d'une voix aiguë. Pourquoi est-il si obsédé par moi ? Ça n'a aucun sens ! Il ne peut pas me *posséder*. Je ne suis pas une chose qu'il peut acheter et enfermer pour en faire ce qu'il veut. Je suis une *personne*. Un être humain ! Il n'a pas le droit de voler mes amis et de les tuer. Il n'a pas le droit de jouer à Dieu ! Tu dois l'arrêter, Gray ! Il le *faut*. Arrête-le... s'il te plaît, mon Dieu, faites qu'il s'arrête !

Elle se recroquevilla sur le sol en tremblant de façon incontrôlable.

Gray détestait la voir ainsi. Il se pencha et il souleva comme si elle était une enfant plutôt qu'une adulte. Il la porta dans l'escalier et jusqu'à leur chambre. Il la posa sur le lit et se coucha contre elle, faisant tout ce qu'il pouvait pour qu'elle se sente en sécurité.

Elle trembla encore pendant un bon moment, mais elle ne pleura pas, ses émotions quittant son corps par des tremblements plutôt que des larmes. Ensuite, elle passa les vingt minutes suivantes à raconter tout ce qu'elle savait sur Melany à Gray. Son type de danse préféré, ce qu'elle aimait grignoter pendant les répétitions, tout ce qu'elle savait sur sa famille. Elle parla de ses petites excentricités, comme le fait qu'elle devait porter des sous-vêtements roses quand elle était en spectacle. Les coups de pied qu'elle donnait dans un bout de bois le long de la scène du théâtre avant de monter sur scène. Le fait qu'elle vivait seule, mais qu'elle demandait toujours à un des danseurs de l'accompagner chez elle.

Gray la laissa parler. Il l'écouta, attentif à tout ce qui pouvait servir à la retrouver et qui serait répété à Rex.

Elle finit par se taire et elle soupira.

— Il ne va pas s'arrêter.

— Il s'arrêtera quand nous le trouverons et que nous le tuerons.

Dans le passé, avec d'autres petites amies, Gray n'aurait pas été aussi franc, mais il avait découvert qu'Allye n'avait aucun problème avec son travail. C'était peut-être la façon dont ils s'étaient rencontrés, et le fait qu'il ait tué deux hommes en la sauvant d'un sort pire que la mort. C'était peut-être à cause de son passé. Quoi qu'il en soit, Gray savait qu'il pouvait toujours être lui-même avec elle.

— C'est moi qu'il veut, dit-elle doucement.

— Et il ne t'aura pas, rétorqua immédiatement Gray.

— Mais si c'est la seule façon pour qu'il s'arrête ? demanda-t-elle.

Gray utilisa sa force pour la retourner dans ses bras. Il posa un doigt sous son menton et il la força à le regarder.

— Non, chaton. Absolument hors de question.

— Non, quoi ? demanda-t-elle en essayant de paraître innocente, mais il la connaissait assez bien pour savoir que sa question n'avait rien de naïf.

— Tu ne vas pas te mettre en danger. Je ne le permettrai pas.

— Mais si tu es là avec moi, tu pourras me protéger.

— *Non*, répéta Gray en calant sa tête contre lui, incapable de regarder encore ses yeux magnifiques. C'est non.

Elle ne dit rien d'autre et il finit par la sentir se détendre dans ses bras. Il n'était pas encore midi, mais elle s'était endormie, sans doute afin de bloquer une partie de la souffrance qu'elle ressentait à cause de ce qui arrivait à ses amies.

Gray glissa hors de ses bras et il se remplaça par un oreiller, attendant qu'Allye soit bien installée avant de se faufiler hors de la pièce et de retourner à son bureau. Il devait aller sur Internet et faire ce qu'il pouvait pour le trouver et mettre fin à tout cela. Avant qu'Allye insiste pour participer.

* * *

Nightingale sourit lorsque l'escorte qu'il avait payée dix mille dollars entra dans la pièce, traînant une femme sur le dos. Il payait toujours plus que les autres. Il avait découvert qu'en payant bien les gens qui enlevaient les femmes — ainsi que les hommes récupérant les paiements et ceux qui accompagnaient ses propres pièces de collection spéciales — ses employés étaient plus prudents et fidèles.

Le service qu'il fournissait n'était pas donné. Il y avait beaucoup de risques dans le trafic d'êtres humains, et plus une femme était difficile à obtenir, plus le prix montait. Mais il n'avait aucun souci pour payer les bons accompagnants et kidnappeurs.

La femme qui se faisait traîner dans la pièce ne ressemblait pas du tout à sa Mystic, mais Nightingale savait qu'il pouvait travailler là-dessus. Il fit signe au gardien de zoo de retirer le bandeau autour de sa tête. Elle cligna des paupières lorsqu'il fut retiré et elle plissa les yeux comme si la lumière l'aveuglait. Elle faisait à peu près la même taille que Mystic, mais ses cheveux étaient noirs. Ses yeux sombres allaient être difficiles à éclaircir, mais il avait déjà réfléchi à la chose.

— Bienvenue, Melany, dit-il d'un ton agréable.

La femme avait un morceau de chatterton sur la bouche, alors sa réponse ne fut pas claire, mais ce qui était clair en revanche, c'était qu'elle était pleine de malveillance et pas du tout agréable.

Sachant qu'il devait commencer à l'éduquer maintenant, même si elle ne restait pas très longtemps, Nightingale s'approcha de l'endroit où elle était allongée sur le dos et il saisit les cheveux au sommet de sa tête. Elle respirait fort et ses iris étaient dilatés par la peur. Il la tira légèrement vers le haut, puis il inclina sa tête en arrière jusqu'à ce qu'elle lutte pour respirer par le nez.

— Est-ce une façon de saluer ton nouveau maître ? demanda-t-il. Essaie encore et sois gentille, sinon je devrais te montrer ce qu'il en coûte de me défier. Bienvenue dans ta nouvelle maison, Melany.

Elle lui jeta un regard noir avec ses yeux sombres et ennuyeux et elle marmonna quelque chose à travers le chatterton.

Sans aucun remords, Nightingale baissa sa tête, sans se préoccuper du fait qu'elle rencontra le sol en béton avec un bruit sourd, puis il saisit un de ses pieds. Elle ne portait pas de chaussures, comme il l'avait exigé, et il passa la main dans sa poche arrière où il récupéra un petit casse-noix. Il le positionna autour de son gros orteil et il serra.

Le bruit de l'os cassé résonna dans la pièce, mais son cri,

même étouffé par la bande adhésive, fut plus bruyant encore.

Nightingale laissa tomber le pied, satisfait de s'être fait comprendre. Après tout, les danseurs protégeaient leurs pieds à tout prix. Il s'accroupit une nouvelle fois près de sa tête.

— Bienvenue dans ta nouvelle maison, Melany, répéta-t-il.

Il sourit quand son nouvel animal prononça faiblement un « merci » confus. Nightingale fut dégoûté par les larmes qui coulaient de ses yeux et la morve sortant de son nez, mais au moins, son comportement s'était amélioré. Sa Mystic ne s'abaisserait jamais à la façon de cette prostituée. Il se leva, hocha la tête en direction de l'escorte, et fit signe à l'homme de le suivre.

Le gardien de zoo s'avança pour prendre le contrôle de sa nouvelle acquisition. Il avait reçu des ordres sur la préparation de la nouvelle. Il avait de l'eau de javel pour son œil droit et de la teinture bleue, et ses cheveux devaient également changer de couleur. La javel fonctionnait également pour la mèche dans ses cheveux, mais il fallait utiliser de la peinture blanche mate pour arriver au résultat que souhaitait Nightingale.

Le gardien de zoo attrapa le pied du nouvel animal, celui avec l'orteil cassé, et commença à la traîner vers ses nouveaux quartiers pendant que Nightingale et l'autre homme quittaient la pièce sans un regard en arrière.

12

———————

Les deux jours suivants furent tendus. Il n'y avait eu aucune nouvelle de la part d'Arrow et Black concernant l'endroit où se trouvait Melany, et Rex n'avait pas non plus appelé pour donner des informations au sujet de Nightingale.

Allye avait donc passé deux journées horriblement longues à s'inquiéter de ce qui arrivait à son amie et ce qu'elle devait endurer. Et elle savait au fond d'elle que c'était terrible. C'était certain. Après avoir entendu une partie de ce qui était arrivé à Jessie, Allye savait que Melany subissait sans doute le même sort.

Plus elle y pensait, plus ça la rendait malade. C'était de sa faute. Peu importe ce que Gray essayait de lui dire, c'était à cause d'elle. Cet homme la voulait, et comme il ne pouvait pas l'atteindre, il attaquait systématiquement ses amies. Elle savait sans le moindre doute qu'il allait continuer. Qui viendrait ensuite ? Molly ? L'adorable jeune danseuse qui venait de commencer ? Bethany ? La fille qui n'était pas très douée, mais qui avait tant d'enthousiasme que Robin ne pouvait s'empêcher de lui donner de petits rôles dans quelques-unes des plus petites productions ? Allait-il s'en prendre aux enfants auxquels elle donnait des cours avant de commencer à danser à plein temps ?

Il fallait que cela cesse et Allye savait qu'elle était la seule à pouvoir y mettre un terme. Si Rex n'avait pas encore pu trouver ce Nightingale, il ne le trouverait sans doute pas sans aide.

Le problème, c'était Gray. Il insistait pour qu'elle reste où elle était. Avec lui. À Colorado Springs. Il avait dit et répété qu'il n'y avait rien qu'elle puisse faire de plus que ce que faisait déjà son équipe.

Elle n'en avait pas du tout l'impression.

C'était la fin de l'après-midi, deux jours après l'enlèvement de Melany, lorsque la sonnette retentit. Allye n'arriva pas à se forcer à bouger du canapé. La télévision était allumée, mais elle ne la regardait pas. Gray était dans son bureau, comme la majorité des après-midi, mais elle ne savait pas du tout ce qu'il faisait.

Les choses avaient été tendues entre eux, et elle détestait cela. Ils continuaient à dormir dans les bras l'un de l'autre chaque nuit, mais ils n'avaient pas fait l'amour depuis qu'ils avaient appris le deuxième enlèvement.

Elle observa Gray qui marchait vers la porte d'entrée. Lorsqu'elle vit Ro, Ball et Meat, elle se raidit encore davantage.

— Oh merde, chuchota-t-elle lorsque les quatre hommes s'avancèrent vers elle d'un air solennel.

Elle sut sans qu'ils aient besoin de parler qu'ils avaient retrouvé Melany. Et que ce n'était pas une bonne nouvelle.

— Dites-le, c'est tout, les supplia-t-elle doucement pendant que les hommes s'installèrent autour d'elle.

Gray s'assit à côté d'elle et il lui prit la main.

— Ils l'ont trouvée au même endroit que Jessie. Au parc du Golden Gate.

— A-t-elle été torturée ?

Gray hocha la tête.

Allye pinça les lèvres.

— Des lentilles de contact ? Ses cheveux ?

— Pas de lentilles cette fois. On dirait qu'il a essayé d'utiliser de la javel pour éclaircir son œil droit. Ça n'a pas fonctionné. Ça l'a juste aveuglée. Ses cheveux ont été colorés en châtain, et la mèche a été ajoutée.

— Y avait-il un message comme sur Jessie ?

Gray hésita pour la première fois, et Allye se prépara au pire.

— Il disait : *Combien d'autres ? Reviens.*

Allye sentit ses entrailles se glacer. C'était pire que Jessie.

— Cette fois, il y a eu un témoin lorsqu'ils se sont débarrassés de son corps, lui dit Ball, comme si cela pouvait la rassurer.

— Et ? demanda-t-elle.

Allye savait que sa voix était monocorde, sans émotion, mais elle ne pouvait pas se permettre de ressentir quoi que ce soit. Sinon, elle allait perdre les pédales.

— Et Black et Arrow travaillent sur cette piste.

Ce qui signifiait qu'ils n'avaient rien. Si elle pouvait pleurer, cela aurait été le moment, mais aucune larme ne lui vint. Elle était complètement engourdie.

— Et maintenant ?

— Nous continuons à faire ce que nous pouvons pour le trouver. Et tu continues à rester ici en sécurité.

Allye voulut réfuter les paroles de Gray, voulut crier que ce n'était pas juste que les autres se fassent torturer et tuer à cause d'elle. Mais elle ne le fit pas. Elle resta assise.

— Merci pour tout ce que vous faites, dit-elle aux trois autres hommes. Ça compte beaucoup pour moi.

Elle regarda ses mains. Elle ne voulait pas voir leur réaction à ces mots.

— Nous allons trouver cet enfoiré, dit Ro, dont l'émotion avait fait ressortir son accent.

Allye hocha la tête.

— Il va payer pour ce qu'il a fait, ajouta Meat.

— Bien.

— On s'occupe de ça, dit Ball, lorsqu'elle ne dit rien d'autre.

— À quoi penses-tu, chaton ? demanda Gray en levant son menton avec le doigt et en tournant sa tête vers lui.

— J'ai un peu faim. Avez-vous envie de manger ? Je peux préparer quelque chose.

Elle n'avait absolument pas faim, mais il fallait qu'elle bouge. Qu'elle fasse autre chose que de rester assise et de s'inquiéter en se demandant qui serait le prochain à tomber entre les mains du fou qui voulait l'enlever.

— Oui, ce serait super. Peut-être des sandwiches ? demanda Gray.

Allye hocha la tête en se levant. Elle contourna Gray, sentant sa main traîner sur sa hanche lorsqu'elle passa devant lui.

* * *

— Merde alors, dit Ro quand Allye eut quitté la pièce. C'était quoi, ça, putain ?

Gray passa la main dans ses cheveux, l'air fatigué.

— C'était Allye qui ne prend pas bien le fait d'entendre qu'une autre de ses amies est morte aux mains de cet enfoiré. Qu'a obtenu Black de la part du témoin ?

— Pas grand-chose. Il a simplement vu une berline garée le long d'une ruelle près du parc, et cela a attiré son regard, car il n'y avait absolument aucune autre voiture, et ce n'est pas l'endroit le plus sûr à deux heures du matin, expliqua Ball.

— Que faisait le témoin là-bas ? demanda Gray.

Ball haussa les épaules.

— Je ne sais pas. Franchement, je m'en moque. Mais il a dit avoir vu un homme faisant entre un mètre soixante-quinze et un mètre quatre-vingt-cinq portant un grand sac. Puis plus tard, quand l'homme est remonté en voiture avant de partir, il n'avait plus de sac.

— Ça pouvait être le corps, fit remarquer Ro.

— A-t-il vu une plaque d'immatriculation ? demanda Gray.

Ball secoua la tête.

— Pas que je sache.

— Alors il ne sert vraiment à rien, souffla Gray. Putain, pourquoi ne trouve-t-on aucune piste ?

— Peut-être, peut-être pas, dit Ball. Rex m'a dit que le témoin a ajouté qu'il y avait une espèce d'étiquette accrochée au rétroviseur de la voiture. Il ne l'a remarquée que parce que la lumière d'un réverbère s'est réfléchie dedans.

— Qu'était-ce ? demanda Gray.

— Il n'en était pas certain, mais il a pensé que c'était une espèce de dessin d'empreinte de patte, dit Ball au groupe d'hommes.

— Une empreinte de patte ? Qu'est-ce que ça signifie ? demanda Ro.

— Un zoo ? Est-ce que les zoos de San Francisco ou d'Oakland ont des passes de ce genre ? demanda Gray.

— Je ne sais pas, mais je vais le découvrir, dit Meat d'un ton déterminé.

— C'est peut-être une espèce de réserve animale privée, ajouta Ro.

Meat hocha la tête et se leva.

— Tenez-moi au courant si vous pensez à autre chose, ou si tu as des nouvelles de Rex, Ball. Je vais rentrer chez moi et voir ce que je peux trouver.

— OK, lui dit Ball. Moi aussi, je m'en vais.

— Veux-tu rester déjeuner ? demanda Gray à Ro.

L'autre homme secoua la tête.

— Non, je pense qu'Allye et toi vous avez besoin de temps entre vous.

Gray hocha la tête. Il n'était pas exactement ravi que ses amis s'en aillent. Les choses avaient été un peu gênantes entre Annie et lui dernièrement. Mais il faisait ce qu'il pouvait pour la réconforter.

Il raccompagna ses amis avant de fermer la porte. Lorsqu'il se retourna, Allye se tenait là.

— Ils sont partis ?

— Oui, chaton.

— Ils ne voulaient pas déjeuner ?

— Non. Ils vont voir ce qu'ils peuvent découvrir de plus.

— Ah.

Elle avait parlé à voix basse et d'un ton incertain.

— Viens là, dit Gray en lui tendant la main.

Elle vint immédiatement se coller contre lui en ignorant sa main.

Gray poussa un soupir de soulagement. C'était tellement bien de la tenir. Il ne savait pas ce qu'il avait sans cela. Sans elle. Il retourna au salon avec elle à petits pas et ils s'assirent sur le canapé.

Ils restèrent collés l'un à l'autre pendant plusieurs minutes sans parler. Puis Allye recula la tête et le regarda dans les yeux.

— Tu me fais oublier ? demanda-t-elle doucement.

Le membre de Gray durcit immédiatement, mais il secoua la tête.

— Je ne crois pas...

— S'il te plaît, Gray. Tu es la seule chose qui me fait me sentir en sécurité. J'ai l'impression que le monde est devenu fou, mais quand tu es en moi, tout cela s'estompe et je ne peux penser qu'à toi, ressentir que toi.

Elle ne lui facilitait pas les choses. Mais il se sentait exactement comme elle le décrivait quand il était enfoncé en elle jusqu'aux boules. Il se leva et il lui prit la main. Il la conduisit jusqu'à la chambre et commença lentement à la déshabiller. Il la traitait comme si elle était aussi fragile qu'un morceau de verre. Il retira son chemisier et son soutien-gorge. Puis il défit son jean et le baissa le long de ses jambes. Il passa précautionneusement les mains sous l'élastique de sa culotte jusqu'à ce qu'elle se tienne entièrement nue devant lui.

Puis elle lui renvoya l'ascenseur en levant son tee-shirt jusqu'à ce qu'il finisse de le retirer. Elle déboutonna son jean et elle s'agenouilla en le faisant lentement descendre le long de ses jambes. Sa queue était dure sous son boxer et quand elle baissa l'élastique, le gland sortit, la frappant presque au visage. Mais au lieu de retirer son boxer entièrement, elle le laissa ainsi, avec sa verge qui sortait alors que ses testicules étaient encore serrés dans le coton.

Elle posa la main autour de lui et d'un seul coup, elle le prit dans sa bouche aussi loin qu'elle le pouvait.

* * *

Allye ne voulait pas de tendresse. Elle ne voulait pas que Gray la traite comme si elle allait se casser. Elle voulait *son* Gray. Le Gray brutal, celui qui prenait ce qu'il voulait sans se soucier des conséquences. Mais elle savait qu'elle ne l'aurait pas si elle ne faisait pas le premier pas. Si elle ne le forçait pas à oublier l'heure passée et ce qu'ils avaient appris.

Elle savait qu'elle l'avait surpris en prenant sa verge dans la bouche. Ses hanches avaient eu un sursaut et elle manqua s'étouffer lorsqu'il s'enfonça plus loin qu'elle pouvait le supporter, mais elle ne le laissa pas se détendre. Utilisant sa main pour le caresser en même temps, elle le lécha et le suça. Elle sut exactement à quel moment il craqua.

Il la souleva sous les aisselles et il la jeta sur le lit. Il retira son boxer et tendit la main vers le tiroir de la table de chevet. Allye se lécha les lèvres et se donna du plaisir pendant qu'il déroulait le préservatif sur sa verge.

— Tu le veux vraiment ? demanda-t-il d'une voix rauque.

— Oui, Gray, je le veux.

— Tu vas le prendre comme j'ai envie de te le donner, dit-il pour l'avertir.

Elle hocha la tête. C'était exactement ainsi qu'elle voulait être prise.

Il rampa entre ses jambes tendues, écartant ses cuisses. Il repoussa la main d'Allye de son clitoris et il prit le relais.

— Tu aimes sucer ma queue, chaton ?

Allye ne put que hocher la tête alors qu'il écartait encore plus ses jambes. Elle sentait les muscles de ses cuisses brûler, mais elle accueillit la sensation. La douleur physique chassait l'angoisse émotionnelle qu'elle ressentait encore.

Elle sentit ses doigts dans son corps, vérifiant si elle était prête pour lui. Il aimait peut-être les échanges brutaux, mais il s'assurait toujours qu'elle mouille et qu'elle ait envie avant de la pénétrer. Apparemment, il fut satisfait de ce qu'il trouva, car elle sentit soudain sa verge appuyer contre ses lèvres.

D'un coup brutal, il fut soudain en elle. En gémissant, Allye jeta la tête en arrière et ferma les yeux. La légère brûlure lui fit tout oublier en dehors de lui.

— Non, regarde-moi, chaton, ordonna Gray.

Allye était incapable de faire autre chose que répondre à l'ordre de sa voix. Elle leva la tête et le regarda dans les yeux.

— C'est ça, chaton. Laisse-moi voir ces yeux merveilleux. Merde, t'es magnifique, tu le sais ?

Elle ne put pas répondre, car il la pénétrait d'un va-et-vient puissant. La forçant à le prendre tout entier en elle. Chassant les démons qui essayaient de la faire couler.

Il attrapa un oreiller qu'il lui plaça sous la tête afin qu'elle puisse le regarder plus facilement. Il posa une main à côté de son épaule et il se baissa, son regard transperçant le sien.

Chaque mouvement la faisait monter et redescendre dans le lit, mais elle se sentait retenue par le regard intense dans les yeux de Gray. Il fit passer son autre main entre eux et il saisit son clitoris entre le pouce et l'index. Chaque fois qu'il s'enfonçait en elle, il pinçait les doigts et quand il reculait, il relâchait un peu sa prise sur la boule de nerfs extrêmement sensible.

Entre son va-et-vient continu et les assauts sur son clitoris, elle se trouva au bord de l'orgasme en quelques secondes.

— Tu vas jouir pour moi, chaton ?

— Mmm-mmm, parvint-elle à faire entendre, ne pouvant plus parler.

— Ne ferme pas les yeux, ordonna-t-il. Regarde-moi pendant que je te pousse jusqu'à l'orgasme.

Il pinça ensuite les doigts avec tant de force qu'elle

aurait souffert si elle n'avait pas été si excitée, et il s'enfonça si loin en elle qu'Allye aurait pu jurer qu'elle le sentait à l'entrée du col de l'utérus... et elle se mit à jouir.

Elle baissa les paupières, mais elle ne ferma pas entièrement les yeux, maintenant le regard rivé sur l'homme qui possédait son cœur.

Dès qu'elle respira moins vite, Gray se retira et il s'assit sur ses talons. Il la retourna sur le ventre, puis il saisit ses hanches et il la tira en arrière.

— Attrape-moi et reprends-moi, chaton.

Allye fit immédiatement ce qu'il ordonnait, en profitant pour faire une longue caresse avant qu'il l'avertisse d'un ton grave.

— Allye.

Elle posa le bout de sa queue sur sa fente et il la pénétra immédiatement. Il la tira sur ses genoux, écartant les jambes d'Allye de chaque côté de ses cuisses.

Elle ne pouvait pas bouger, et lui non plus à cause de la façon dont elle était assise sur lui. Elle gigota. Elle en voulait plus, encore plus.

Il passa un bras autour de sa taille et l'autre se posa à l'endroit où ils étaient unis. Elle sentait comme elle était mouillée. Son excitation était étalée sur ses cuisses, et maintenant également sur celles de Gray.

Il la serra un moment contre lui, caressant son clitoris, pinçant ses tétons, et la faisant remonter vers une frénésie d'excitation frustrée. La verge de Gray pulsa tout au fond d'elle et elle gémit.

Enfin, soit parce qu'il ne parvenait plus à se contrôler non plus, soit parce qu'il avait pitié d'elle, Gray s'allongea. Elle se trouvait face à ses pieds et elle commença à se tourner lorsqu'il l'arrêta avec les mains.

— Comme ça, chaton. Prends-moi exactement comme ça.

Ce n'était pas une position qu'ils avaient déjà faite avant, et elle était un peu hésitante. Gray poussa sur son dos jusqu'à ce qu'elle se penche en avant en se tenant à ses tibias. Il lui donna une tape sur les fesses une fois, puis il recommença lorsqu'elle se figea.

— Chevauche-moi, Allye. Prends-moi fort. Fais-moi jouir.

C'est donc ce qu'elle fit. Il ne la laissait pas souvent être au-dessus, et une fois qu'elle commença à monter et descendre le long de sa queue, elle se rendit compte qu'il la touchait différemment de l'intérieur. Que ce soit à cause de la façon dont elle était penchée ou parce que sa verge frottait un endroit différent de ce dont elle avait l'habitude, c'était divin.

Elle le baisa bientôt avec ferveur, essayant d'aller plus vite tout en cherchant à l'avoir plus profondément en elle. Elle était frustrée, car elle savait qu'elle était sur le point de jouir, mais elle avait besoin de se caresser le clitoris pour cela. Cependant, elle ne pouvait pas se toucher et garder l'équilibre en même temps.

Semblant comprendre sa situation, Gray dit :

— Agenouille-toi au-dessus de moi. Touche-toi et je ferai le reste du travail.

Lui faisant confiance, Allye fit ce qu'il suggérait. Elle se redressa et écarta un peu plus les genoux. La position permettait à Gray de la pénétrer en lui laissant de la place, mais surtout, elle lui permettait d'accéder facilement au petit nœud de nerfs au sommet de ses cuisses.

Gray saisit ses hanches avec les mains et commença un va-et-vient sauvage, un peu comme quand il la prenait de derrière. Elle sentait ses seins monter et descendre à chaque mouvement et elle se masturba frénétiquement. Au bout de quelques secondes, elle poussa un cri dans l'orgasme, et elle serait tombée si Gray ne l'avait pas tenue au-dessus de lui. Il continua à s'enfoncer en elle sans pitié une douzaine de fois avant de l'attirer sur lui en grognant. Il la serra contre lui pendant un instant avant de tirer son buste en arrière.

Allye lui donna son poids en sachant qu'il la rattraperait. Elle souleva ses hanches lorsqu'elle bougea, attentive à ne pas blesser son sexe, et elle gémit lorsque sa chaleur la quitta. Dès qu'elle fut allongée sur le côté face à lui, Gray descendit la main et se replaça en elle. Il n'était plus qu'à moitié dur, mais cela suffit à Allye qui poussa un soupir de contentement.

Tout son entrejambe était trempé, mais elle était si détendue et satisfaite qu'elle s'en moquait.

— Putain, je t'aime, souffla Gray, plus à lui-même qu'à elle.

Mais elle l'entendit.

Et en entendant ces mots, elle sut que tout irait bien. Avec l'amour de Gray, ils pouvaient tout surmonter. Ils étaient une équipe. Aucun esclavagiste/kidnappeur/tueur ne pouvait venir s'immiscer entre eux. Pas moyen. Certainement pas.

13

___

— Tu n'iras pas à San Francisco, dit Gray une semaine plus tard, les bras croisés sur le torse. Pas moyen. Certainement pas. Pas tant que je respire.

— Gray, dit Allye en essayant de le calmer, mais il n'avait pas l'intention de changer d'avis.

— J'ai dit *non*, Allye. Je ne vais pas te laisser retourner là-bas pour que tu te fasses kidnapper et tuer comme tes amies l'ont été !

— Mais il a attrapé Robin, dit doucement Allye. Elle est ma mentore. Ma patronne. Mon amie. Je sais que je serai en sécurité si tu es avec moi.

— Non, dit Gray pour la millième fois.

— Je sais que tu t'inquiètes pour moi, mais si nous parlons aux autres, ils trouveront un moyen de me garder en sécurité.

— Te souviens-tu de ce que je t'ai dit qu'il m'est arrivé, ce qui m'a fait quitter les SEAL ? demanda Gray d'un ton dur.

Allye ne reconnaissait même pas ce Gray, et il lui faisait peur.

— Oui, Gray, mais...

— Comment j'ai dû rester assis là à regarder ces bâtards faire du mal à une femme juste devant moi ?

— Oui, essaya encore Allye. Mais ceci n'est pas...

— Ils voulaient me faire faire quelque chose que je ne voulais pas. Leur dire quelque chose que je ne voulais pas leur dire. Et ils faisaient du mal aux autres pour y parvenir. C'est ce qu'il se passe ici, Allye. Nightingale te fait exactement la même chose. Il essaie de les utiliser pour t'atteindre. Mais tu sais quoi ? À l'époque, quand je me trouvais là-bas, je savais dès le début que si je cédais, et que je disais ce qu'ils voulaient entendre à ces enfoirés, ils allaient frapper et violer ces femmes et me tuer de toute façon. Ils voulaient simplement que je souffre. C'est tout. Nightingale fait la même chose. Il ne va pas relâcher Robin si tu retournes à San Francisco. Il va l'utiliser pour te faire souffrir. Sans doute la torturer devant toi. Ça ne sert donc à rien que tu y retournes. Si tu le fais, tu signes ton arrêt de mort.

— Et si je ne le fais pas, je signe celui de Robin, protesta Allye.

Ils avaient appris tôt ce matin-là que Robin avait été portée disparue une heure plus tôt. Sa patronne. La femme qui l'avait toujours soutenue en étant compréhensive et compatissante avec Allye. Elle avait été d'accord pour dire que c'était une bonne idée de rester à Colorado Springs pour l'instant. Et maintenant elle avait disparu.

Rex avait appelé et suggéré qu'il valait peut-être mieux qu'Allye retourne à San Francisco. Peut-être qu'alors, Nightingale patienterait avant de tuer Robin.

Allye argumentait avec Gray depuis ce moment-là.

C'était presque le milieu de la matinée... et il devenait de plus en plus froid à mesure que leur conversation avançait.

— Elle va mourir quoi que tu fasses, dit-il en serrant les dents.

Il y avait si peu de compassion dans sa voix, et Allye détestait l'entendre. Elle haïssait les mots durs qui sortaient de sa bouche.

— Je pensais qu'il y avait quelque chose de bien entre nous, lui dit Gray en fronçant les sourcils.

— C'est le cas, insista Allye.

— Et tu acceptes de tout foutre en l'air. De te donner à quelqu'un qui va abuser de toi, te traiter comme de la merde, et finir par te tuer.

Les bras d'Allye se couvrirent de chair de poule en entendant les paroles de Gray.

— Non.

— Si tu pars, c'est ce que tu fais. Tu dis que notre relation vaut moins que cet enfoiré. Que tu préfères mourir plutôt que de me faire confiance pour te garder en sécurité.

— Gray ! dit-elle sèchement. Tu transformes ce que je dis. Ce n'est pas ça. Ce n'est pas parce que je veux empêcher mes amies de mourir que je ne t'aime pas !

Les mots se déversaient de sa bouche. Elle n'avait pas vraiment eu l'intention de les dire là, au milieu de cette énorme dispute, mais maintenant qu'ils étaient sortis, elle était plutôt contente.

Il ricana.

— L'amour ? Aimer, ce n'est pas aller se fourrer dans une fusillade sans pistolet. Aimer, ce n'est pas être stupide en allant se placer entre les mains d'un homme qui veut faire de toi son esclave et éventuellement te tuer. Aimer, ce n'est pas dire « je t'aime » une seconde et tourner le dos à cet amour la seconde qui suit.

Il serra ses épaules.

— Si tu m'aimais, tu resterais *ici*. Avec moi. En sécurité.

Allye déglutit. Elle ne pensait pas que Gray était égoïste. Après tout ce qu'il avait fait pour elle. Le danger qu'il avait affronté après être monté à bord de ce bateau. Après avoir entendu parler de ses autres missions. Elle n'avait pas une seule fois pensé qu'il était égoïste. Mais l'entendre si facilement rejeter les vies des autres... de Robin, de ses autres amies... elle en avait mal au cœur. Elle savait qu'il avait traversé quelque chose d'affreux, mais ce n'était pas comme ce que faisait Nightingale. La différence était que Gray ne *connaissait* pas les femmes qui avaient été torturées devant lui.

— Il va simplement continuer à enlever, torturer et tuer d'autres gens si je n'y vais pas, implora-t-elle. Je te demande... non, je t'en supplie, Gray. Si tu as le moindre sentiment pour moi, viens avec moi. Aide-moi à rester en sécurité pendant que je découvre comment piéger ce type. Je ne suis pas ravie d'être un appât, mais je le ferai si cela met fin aux meurtres. Et si tu es avec moi, je sais que je pourrais traverser cela sans être morte de peur.

— Je ne peux pas, lui dit Gray, abattu, laissant tomber les mains.

Il fit un pas afin de s'écarter d'elle et le cœur d'Allye se brisa en deux.

— Je ne peux pas être remis dans la même situation que lorsque j'étais un SEAL. Que crois-tu que je ressentirais si j'étais impuissant et que tu étais celle qui était torturée devant moi ? Y as-tu pensé ? Je ne peux pas revivre ça. Je ne le ferai pas. Pas même pour toi. Pour personne.

— Mais ce ne sera pas seulement toi et moi. Les autres seront là également. Nous pourrons travailler ensemble pour l'arrêter, supplia Allye.

Elle ne pouvait pas laisser tomber. Ne pouvait pas laisser la situation mettre fin à leur relation.

— Tu ne peux pas le garantir, dit Gray doucement.

— Et tu ne peux pas garantir que je ne serai pas écrasée par une voiture demain, ou que je n'aurai pas une crise cardiaque soudaine. La vie n'est pas garantie, Gray. Nous devons vivre pleinement la vie que l'on nous donne. Si je ne faisais rien, si je restais ici et que je laissais de plus en plus de personnes mourir, quel genre de vie aurais-je ?

— Au moins, tu serais en vie, répondit-il.

Allye fixa l'homme qu'elle aimait de tout son cœur. Il n'allait pas changer d'avis.

Elle était terrifiée à l'idée de retourner en Californie, mais elle aurait été plus forte avec lui à ses côtés. Qui la protégeait. Qui la guidait. Qui lui donnait des conseils sur ce qu'elle devait et ne devait pas faire. C'était lui l'expert, pas elle. Mais il la décevait en ce moment. Quand les choses devenaient difficiles, il voulait qu'elle se cache et qu'elle ne pense qu'à elle-même. Elle ne le pouvait pas.

Il ne la connaissait pas. Pas s'il pensait qu'elle voulait bien rester ici pendant que d'autres souffraient.

Connaissant sa réponse, elle essaya néanmoins une dernière fois.

— S'il te plaît, accompagne-moi, Gray. Sois à mes côtés, comme tu l'as été presque depuis le début. Aide-moi à nager les derniers kilomètres jusqu'à la rive. Je peux le faire si tu es avec moi. Sans toi, je finirai mangée par les requins.

— Non, dit-il d'un ton las. Je ne veux pas être impliqué si tu choisis de t'offrir sur un plateau d'argent à cet enfoiré. Si tu y vas, tu y vas seule. Je pensais franchement que tu étais la femme avec laquelle j'allais passer le restant de ma vie. Sais-tu pourquoi j'ai cette énorme maison ? Parce que je veux des enfants. Beaucoup. Et pour la première fois, je pensais avoir trouvé la femme dont je voulais les enfants.

Mais si tu es prête à abandonner notre avenir, nos enfants, tu n'es pas la femme que je croyais.

Ils se regardèrent longuement.

Allye sentit les larmes remonter d'un endroit caché. D'un endroit si profondément enfoui qu'elle ne croyait pas qu'il puisse revoir la lumière du jour.

L'eau emplit ses yeux et déborda. Elle ne détourna pas le regard de celui de Gray. Les larmes coulèrent comme si un robinet venait d'être ouvert en elle. Elles tombèrent goutte à goutte de ses joues sur le sol, et ils restèrent toujours immobiles.

Elle ne prit pas la peine de lui reposer la question. De le supplier. Il lui avait brisé le cœur et ça ne serait plus jamais pareil. Parler des enfants était un coup bas. Il savait ce qu'elle ressentait à ce sujet. Ils en avaient parlé un soir. Elle avait expliqué qu'elle avait peur d'avoir des enfants parce qu'elle n'avait jamais eu de bon modèle en sa mère.

Il l'avait rassurée en disant qu'elle serait une mère merveilleuse. Elle était incroyable avec les enfants au studio de danse. Ils l'aimaient tous. Il avait même dit que son enfance aiderait à lui rappeler ce qu'il ne fallait pas faire avec ses propres enfants et que ce serait une meilleure mère.

Maintenant, le rêve d'avoir un jour des enfants s'était fané avant de mourir.

Il la fixa, le visage impassible, avant de tourner le dos et de partir au garage.

Allye entendit sa voiture démarrer et la porte du garage se refermer. Ses larmes continuaient à couler. L'équivalent de vingt années d'émotions retenues s'écoula de ses yeux. Même lorsqu'elle se retourna pour attraper son téléphone, les larmes continuèrent à tomber.

Elle envoya un texto à la personne qui allait l'aider à mettre fin aux meurtres une bonne fois pour toutes : Rex.

Gray n'allait peut-être pas l'aider, mais elle savait que Rex le ferait. Il voulait trouver et tuer Nightingale encore plus que le reste de l'équipe.

Oui, Rex et les autres allaient l'aider. C'était nul de le faire sans le soutien de Gray, mais elle était maudite si elle le faisait et maudite si elle ne le faisait pas.

Elle ne pouvait pas rester en sachant qu'elle signait d'innombrables arrêts de mort. Elle ne pouvait pas les avoir sur la conscience. Elle savait également que Gray la détesterait si elle partait. Elle savait qu'il ne lui pardonnerait pas facilement. Même si elle survivait à ce qui l'attendait à San Francisco, Gray et elle ne se remettraient pas ensemble. Il lui avait tourné le dos et elle le défiait. C'était fini.

* * *

Gray erra un moment en voiture avant de décider de prendre la route sinueuse jusqu'à Pikes Peak. Il n'y était pas monté depuis des années, et aujourd'hui lui parut une bonne journée pour le faire. Pendant que la route ondulait vers le sommet, il pensa à Allye.

Il était peut-être allé trop vite avec elle. Il avait certainement été attiré par elle depuis le début, mais il était clair que le désir ne constituait pas une bonne fondation pour une relation.

N'avait-elle pas entendu quand il lui avait expliqué ce qui était arrivé il y a si longtemps en Afghanistan ? Ce qu'il avait ressenti ? N'avait-elle pas compris ce que cela lui avait fait d'être impuissant, de regarder les femmes être torturées et abusées devant lui ?

En refusant de la laisser repartir en Californie, il la préservait de ce même sentiment d'angoisse. Elle était peut-être contrariée maintenant, mais elle finirait par comprendre. Il le fallait.

Il gara la voiture et il sortit, encore une fois surpris par la rareté de l'air à plus de quatre mille mètres d'altitude. Il contourna le restaurant et le petit magasin de souvenirs et se dirigea vers les gros rochers sur le côté. Il s'assit à environ trois mètres au-dessous du seul bâtiment de la montagne et il contempla la ville de Colorado Springs en contrebas.

C'était une journée magnifique. De gros nuages blancs molletonneux flottaient paresseusement et le ciel était d'un bleu très vif. C'était le genre de journée qui vous rendait heureux d'être en vie. Gray souhaita presque que le temps soit couvert et pluvieux, c'était plus adapté à son humeur.

Il regarda sa montre. Cela faisait quelques heures qu'il était parti. Il savait qu'il devait sans doute rentrer, mais il ne réussit pas à bouger pour l'instant. Il ne voulait pas se disputer avec Allye. Il voulait simplement la garder en sécurité. Et retourner en Californie, ce n'était pas du tout sûr.

Gray était si perdu dans ses pensées qu'il n'entendit et ne vit pas le petit garçon s'approcher jusqu'à ce qu'il soit assis juste à côté de lui.

— Salut, dit-il.

— Salut, répondit Gray.

— Tu fais quoi ?

— Je réfléchis.

— Ah. N'est-ce pas génial ? demanda le petit garçon en utilisant le bras pour montrer la vue devant lui.

— Carrément.

— Ma maison est là-bas, dit-il en montrant le sud. Nous avons déménagé ici il y a deux ans. Avant de vivre ici, nous étions en Géorgie et à Washington et en Californie. Il ne neigeait pas beaucoup là-bas, mais ici, oui. J'aimais vraiment skier quand nous vivions à Washington, mais il fallait rouler longtemps en voiture pour le faire, et il pleuvait beaucoup. Je veux dire *beaucoup*. C'est la première fois que tu viens ici ? C'est bizarre comme c'est un peu dur de respirer, hein ? Maman dit que c'est parce que nous sommes très haut dans le ciel. As-tu été malade en montant ici ? Il y avait tellement de virages que j'ai failli vomir, mais maman m'a laissé baisser la vitre pour avoir un peu d'air frais, et je me suis senti mieux. Tu es malade en voiture ? Mon frère, tout le temps. C'est pour ça qu'il n'est pas là aujourd'hui. Il aurait tellement vomi s'il avait été dans la voiture. Dégueu !

Gray sourit aux bavardages du garçon et hocha la tête d'un air distrait. Le petit continua au sujet de son institutrice, de son école, du fait que c'était injuste que son grand frère ait la grande chambre, et que sa mère allait l'emmener acheter une glace après avoir quitté le sommet de Pikes Peak.

— Alors… où sont tes parents ? demanda Gray quand l'enfant s'arrêta un instant pour respirer.

Il était certain que le petit était capable de bavarder pour l'éternité, mais il n'était pas vraiment d'humeur, et il se dit qu'il avait été poli suffisamment longtemps.

— Ma mère est au magasin. Elle adore faire les magasins. Peu importe où nous allons, mon père dit qu'elle peut trouver un endroit pour dépenser de l'argent. Mon père est dans l'armée. En ce moment, il est courageux à l'étranger.

— Ah bon ?

— Oui. Il ne voulait pas partir. J'ai entendu papa et maman se disputer la veille de son départ. Elle ne voulait pas non plus qu'il parte. Elle a dit qu'elle avait peur qu'il meure et qu'il nous laisse seuls.

— Qu'a-t-il répondu ? demanda Gray, intéressé malgré lui, maintenant.

— Il a dit qu'il était assez effrayé, lui aussi. Mais que

servir son pays était plus important quand on prend du recul. Il ne voulait pas nous quitter, mais si quelque chose arrivait, il savait que nous allions nous en sortir. Maman a demandé comment il le savait, et il a dit que c'est parce qu'il a épousé la femme la plus incroyable de la planète, et que si le pire arrivait, il lui faisait confiance pour choisir ce qu'il fallait faire.

Gray se figea et regarda le petit garçon, qui contemplait toujours la vue. Il continuait à parler.

— Maman a pleuré, et papa lui a fait un câlin et il lui a dit de ne pas pleurer, qu'elle pleurait rarement et qu'elle ne devait pas gâcher ses larmes pour lui. Puis ils ont commencé à s'embrasser, ce qui était dégoûtant, alors je suis retourné dans ma chambre. Quand je serai grand, je veux aussi être dans l'armée. Je veux servir mon pays, comme mon papa.

Il leva alors la tête vers Gray.

— As-tu été dans l'armée ?

Gray secoua la tête.

— La Navy, parvint-il à articuler.

— Oh. Mon père dit que les marins ne sont pas aussi courageux que les soldats, parce qu'ils restent sur leur bateau alors que les vrais combats se déroulent à terre.

Gray aurait pu reprendre le petit garçon, mais il pensait toujours à ce qu'il avait dit plus tôt.

Une femme appela le petit garçon et il se leva.

— J'étais content de te rencontrer, monsieur.

— Pareillement, dit Gray d'un air distrait, sans regarder en arrière quand le petit garçon grimpa sur les rochers pour rejoindre sa mère.

Il repensa à sa dispute avec Allye plus tôt dans la matinée. La discussion ne l'avait pas atteint à travers sa colère, mais maintenant, si.

Elle avait pleuré. Il l'avait fait pleurer.

Elle n'avait pas laissé couler une seule larme quand ils étaient au milieu de l'océan. Elle n'avait pas pleuré quand elle avait appris pour Jessie ou Melany. Elle n'avait même pas pleuré quand elle avait découvert que Robin avait été enlevée. Elle lui avait carrément dit qu'elle n'avait pas pleuré depuis qu'elle était petite. Elle avait compris que ça ne faisait pas de bien et que tout le monde s'en moquait.

Mais lui, il l'avait fait pleurer.

Il la voyait toujours debout devant lui, avec les larmes coulant le long de ses joues, tombant de son menton.

Gray se passa une main sur le visage et il essaya de bannir cette image de son esprit, mais il ne réussit pas.

Comment pouvait-elle lui demander non seulement de retourner en Californie, mais en plus, d'y aller avec elle ? Il n'y survivrait pas s'il arrivait quelque chose à Allye. Particulièrement en sachant quel genre de connard sadique était Nightingale.

Comment pouvait-il s'y rendre en sachant qu'elle mettait volontairement sa vie en danger ?

Mais comment pouvait-il ne pas y aller ?

Gray soupira. L'important était que ce n'était pas l'Afghanistan. Elle n'était pas une de ces femmes dont on s'était servi pour le briser. Elle était Allye. Forte, intelligente, résiliente. Et elle l'avait dit plusieurs fois : s'il était là avec elle, ils étaient plus forts en tant qu'équipe. Comme ils l'avaient été dans l'océan.

En sachant qu'il allait devoir faire ce qu'il y avait de plus dur dans sa vie — regarder la femme qu'il aimait se mettre en danger —, Gray se leva. Ça ne lui faisait pas plaisir, mais c'était la bonne décision. Elle ne pouvait pas plus que lui ne rien faire et laisser ses amies être blessées et tuées.

Allye se jetait peut-être dans la gueule du lion, mais il allait s'assurer d'être là avec elle. Lui et le reste de l'équipe allaient trouver une idée afin de garder sa trace où qu'elle aille.

Si Nightingale lui mettait la main dessus, ce qui semblait plutôt probable, ils pourraient ainsi la suivre et la récupérer avant qu'il fasse quoi que ce soit. C'était, il le savait, ce qu'Allye proposait depuis le début. Elle n'était pas stupide. Loin de là.

Pendant qu'il se précipitait vers sa voiture pour refaire le long trajet jusqu'en bas de la montagne, Gray réfléchit à l'argument en adoptant un point de vue différent. Et si c'était un des gars qui disparaissait ? Ro ou Black ou Ball ? Le reste de l'équipe resterait-il sans rien faire si leurs actes augmentaient la possibilité que leur ami soit torturé ? Refuserait-il d'y aller parce que cela lui rappelait cet incident passé ? Bien sûr que non. Il ne laisserait aucun d'eux mourir juste parce qu'il voulait rester en sécurité.

Mais c'était exactement ce qu'il avait demandé à Allye de faire. Et ce n'était pas juste.

Il prit son téléphone pour l'appeler, pour s'excuser et lui dire qu'il avait changé d'avis et qu'ils pouvaient en parler à son retour, mais il n'y avait pas de réception. En jurant, il démarra son Audi et il se dirigea vers la sortie. Il allait devoir attendre son retour. Puis il ramperait pour lui demander pardon.

Il aurait dû revenir à la raison quand il avait vu ses larmes. Il aurait dû savoir que ce n'était pas quelque chose qu'elle proposait à la légère. Il avait merdé. Bien comme il faut. Et il devait réparer cela. Il espérait qu'Allye le lui pardonne.

* * *

Allye se mordillait la lèvre, assise avec raideur dans le jet privé. Elle avait envoyé un texto à Rex à la seconde où Gray était parti, et en l'espace de vingt minutes, Ro était arrivé devant la porte, prêt à la conduire à l'aéroport. Ball et Meat les avaient rejoints là-bas, et ils avaient décollé presque à la seconde où la porte de l'avion s'était refermée.

Elle était morte de peur à l'idée de retourner à San Francisco, mais elle devait s'y rendre.

— Des nouvelles de Robin ? demanda-t-elle à Meat.

— Pas encore.

— Es-tu certaine de vouloir faire ça, ma belle ? demanda Ro.

Allye hocha la tête, mais elle dit :

— Non. Mais Rex a promis que vous me soutiendrez, quoi qu'il arrive.

— Il a raison, dit Ball. Gray joue peut-être au con, mais nous n'allons pas te guider jusqu'au loup et te laisser toute seule.

— Cela ressemble trop à ce qui lui est arrivé avant, dit Allye en défendant Gray, alors qu'il lui avait brisé le cœur. Je ne lui en veux pas de ne pas avoir voulu venir.

— Eh bien, moi oui, se plaignit Ro. Quel crétin.

L'ordinateur portable de Meat annonça l'arrivée d'un message. Il le lut, puis il la regarda.

— D'accord, voilà le plan. Rex a discuté avec quelqu'un en Californie qui nous rejoindra à l'atterrissage. Il mettra une balise juste sous ta peau. Peu importe où tu vas, nous pourrons te retrouver.

Allye le fixa, perplexe.

— Quoi, comme une puce chez les chiens ?

Meat hocha la tête.

— Oui, pas loin.

— Sérieusement ?

— Sérieusement. Rex a réfléchi à l'idée de te donner un

dispositif externe. Il a un ami qui en a fait porter à plusieurs femmes, juste au cas où, mais ils ont eu des problèmes, car on peut les retirer. Si Nightingale te déshabille entièrement et retire même tes bijoux, ça ne fonctionnera pas. Le mieux est donc de te rendre traçable d'une façon qui ne peut pas être retirée ou désactivée. Sauf s'il découpe un morceau de ta peau.

Allye grimaça.

Ball se pencha et donna une tape sur l'arrière de la tête de Meat.

— Aïe ! Pourquoi tu fais ça ? se plaignit-il en se frottant la tête.

— Je crois qu'elle n'avait pas besoin d'entendre ça, dit Ball en indiquant Allye avec le menton.

— Ça va, dit-elle vite en ravalant la bile montée dans sa gorge. Je veux dire, il vaut mieux savoir ce qui *pourrait* arriver, n'est-ce pas ?

— Ça n'arrivera pas, ma belle, dit calmement Ro. Quel est le plan ? demanda-t-il à Meat.

— Oh, eh bien, Black et Arrow vont nous rejoindre dans l'avion avec le type. La puce est toujours en état de test, et il a accepté de nous laisser l'utiliser tant qu'il pouvait nous aider à surveiller les données. Rex s'est dit qu'il valait mieux l'insérer à l'arrière de sa cuisse. Ce sera plus discret et ce n'est pas un endroit que Nightingale penserait à vérifier. Il y a un émetteur GPS, alors nous pouvons la suivre en utilisant un appareil manuel. En fait, je crois que Rex cherche à nous en obtenir quelques-uns. Imagine ça : s'il arrive ce qu'Allye et Gray ont vécu, nous pourrons nous diriger tout droit vers eux au milieu de centaines de kilomètres d'océan.

Meat continua à faire l'éloge de l'émetteur GPS interne, mais Allye ne l'écoutait plus. Elle regarda par le hublot et essaya de contrôler le tremblement de ses mains. Elle ne savait pas encore quel était le plan, si ce n'est qu'elle devait recevoir l'injection d'une espèce de micro-puce comme si elle était vraiment un animal, mais elle ne devait pas s'en plaindre. Elle se sentait mieux en sachant qu'ils pourraient la retrouver quoi qu'il arrive.

Elle aurait aimé que Gray soit là. Tout était plus facile avec lui à ses côtés. Il aurait sans doute fait une plaisanterie au sujet de l'émetteur et elle aurait ri. Elle ne riait certaine-ment pas maintenant.

Sans le vouloir, une larme tomba de son œil. Puis une autre. Elle s'était remise à pleurer. Bon sang de bordel.

— Allye ? appela Gray lorsqu'il arriva enfin chez lui, deux heures plus tard. C'était le milieu de l'après-midi, et la maison était étrangement silencieuse.

— Allye ? appela-t-il encore en allumant quelques lampes.

Elle n'était pas dans la cuisine ni dans le salon. Il monta à l'étage en enjambant les marches deux par deux. Il fallait qu'il la retrouve. Qu'il s'excuse et qu'il explique ce qu'il pensait.

Il ouvrit doucement la porte de la chambre au cas où elle dormait... et il fixa le lit vide.

Les draps étaient encore froissés depuis qu'ils avaient fait l'amour ce matin, et les voir lui fit mal au cœur.

Après avoir contemplé la chambre vide pendant une seconde, il partit dans la chambre d'amis où elle avait presque dormi le premier soir. Si elle était en colère contre lui, elle dormait sans doute là-bas.

Il ouvrit la porte et il vit que cette chambre aussi était vide.

Il écarquilla les yeux et tourna en rond. Elle n'était pas là. Où était-elle ?

Gray retourna dans sa chambre et regarda autour de lui. Il ne savait pas trop ce qu'il cherchait. Un indice de l'endroit où elle pouvait être, peut-être. Il regarda dans le placard : et il jura longuement quand il se rendit compte que la valise d'Allye avait disparu. En ouvrant les tiroirs de la commode, il vit que ses vêtements étaient partis également.

— Non, non, non, marmonna-t-il en prenant son téléphone.

Il composa son numéro et il tomba immédiatement sur la messagerie. Il laissa un court message.

— Chaton, c'est moi. S'il te plaît, rappelle-moi dès que tu as ce message. Je suis désolé. J'ai été un crétin. Laisse-moi t'expliquer. Je t'aime.

Dès qu'il eut appuyé sur le bouton pour raccrocher, Gray composa le numéro de son patron.

— Rex.

— Rex, c'est Gray. Allye a disparu.

— Elle n'a pas disparu, dit Rex calmement.

Un frisson parcourut la colonne de Gray.

— Que veux-tu dire ?

— Elle m'a appelé il y a plusieurs heures. Elle a dit vouloir retourner en Californie et elle a demandé mon aide. J'ai voulu savoir où tu étais et elle a expliqué que tu étais parti. Que tu ne voulais pas l'accompagner.

— Putain ! Qu'as-tu fait ? l'accusa Gray.

— Exactement ce qu'elle m'a demandé de faire. Je l'ai aidée.

— Bon sang, Rex... où est-elle ?

— À San Francisco.

— Comment as-tu pu lui faire ça ? cria Gray. Tu sais

aussi bien que moi que Nightingale l'enlèvera avant même qu'elle y soit restée une journée entière.

— Je sais.

Gray grinça des dents en entendant le calme dans la voix de son patron.

— Tu t'en fous ?

— Bien sûr que non, grogna Rex. Crois-tu que je me moque des deux femmes qui ont déjà été tuées ? Que je me moque des centaines d'autres qu'il a certainement enlevées et tuées dans le passé et qu'il abusera dans le futur, s'il n'est pas arrêté ?

— Allye est à *moi*. Tu n'avais pas le droit ! dit Gray, furieux maintenant.

— C'est là que tu as tort. J'avais tous les droits : parce que toi, tu lui as tourné le dos. De plus, Allye n'appartient à personne. C'est une femme intelligente qui s'inquiète pour ses amies. Et elle est très courageuse. Elle a peur, mais elle le fait quand même. Sais-tu pourquoi ?

Il n'attendit pas la réponse de Gray.

— Parce qu'elle a confiance en moi, et en tes amis, pour la garder en sécurité. Elle n'est pas stupide. Elle sait très bien qu'il l'enlèvera sans doute, mais elle compte sur notre venue, elle compte sur nous pour la trouver.

Gray avait mal à la tête. Il se laissa tomber sur le bord du matelas, l'odeur d'Allye venant lui chatouiller le nez.

— Je sais pourquoi tu lui as dit ce que tu as dit, poursuivi Rex en baissant un peu la voix.

— Elle t'en a parlé ?

— Non. Cette femme ne dirait jamais rien de mal à ton sujet, quelle que soit la douleur que tu lui infliges. Elle t'aime trop. Elle a simplement dit qu'à cause de ce qui t'est arrivé dans le passé, tu ne pouvais pas l'accompagner à San Francisco, et qu'elle le comprenait. Mais je suis au courant pour l'Afghanistan, alors je sais exactement ce qu'était ton argument pour Allye. Gray... ceci n'est pas la même situation. Ça ne s'en approche même pas.

Il le savait. Il était parvenu à la même conclusion au sommet de Pikes Peak.

— Je sais, Rex. Je suis rentré à la maison pour le lui dire.

— Elle a besoin de toi, dit doucement Rex. Elle est très courageuse, mais elle est morte de peur. Si tu es avec elle, ça l'aidera beaucoup à réfléchir avec plus de clarté.

Gray soupira.

— Quel est le plan ?

Et par ces quatre mots, Gray était impliqué. Il ne pouvait pas rester à la maison et attendre de découvrir ce qu'il se passait en Californie, tout comme Allye ne le pouvait pas. Il fallait qu'il s'y rende. Maintenant. Il voulait participer afin de faire ce qu'il fallait pour la ramener en sécurité à la maison, dans le Colorado.

* * *

Nightingale sourit à la femme plus âgée devant lui. Elle ne correspondait pas à sa cible habituelle, il aimait bien mieux les femmes plus jeunes et plus belles, mais elle était presque venue se placer toute seule entre ses griffes.

Elle tremblait de peur et il appréciait chaque seconde de sa détresse. Il tendit la main et il arracha la bande de tissu enroulée autour de sa tête et de ses yeux, souhaitant qu'elle voie qui était son nouveau maître. Il voulait voir dans ses yeux qu'elle savait qu'il avait le pouvoir de vie ou de mort sur elle.

Il avait congédié l'escorte d'un mouvement même poignet. Déguiser les escortes en chauffeurs de taxi avait été une idée de génie. Une fois que les femmes étaient montées à bord des taxis personnalisés, elles ne pouvaient plus s'échapper. C'était bien moins risqué que de les enlever dans la rue, comme auparavant. Il avait eu l'idée en regardant une série policière, un soir. C'était incroyable ce que l'on pouvait apprendre en regardant la télévision.

Il fit le tour de sa dernière acquisition avec un air sérieux. Il passait un très bon moment, mais ses animaux semblaient lui obéir plus facilement quand il avait l'air méchant et qu'il ne souriait pas.

— Où est Mystic ?

— Qui ? demanda la femme d'une voix tremblante.

Il l'avait menottée à l'intérieur d'une des cages vides — une des jumelles n'avait pas survécu à sa punition de l'autre soir, alors il avait une pièce libre. La femme était attachée avec les membres écartés, les mains menottées à une poutre au-dessus de sa tête et les chevilles attachées par des chaînes sortant de chaque côté du mur.

Il ne l'avait pas déshabillée... pour l'instant. Il gardait ça pour plus tard. Il aimait voir la terreur de ses animaux domestiques augmenter à mesure qu'elles passaient du temps avec lui.

— Allyson Mystic, articula Nightingale comme si elle était idiote.

— Je-je ne sais pas. Elle est partie, elle a demandé un congé, et elle n'est pas revenue.

Nightingale s'approcha d'elle et posa la main autour de son cou en soulevant son menton.

— Je la veux, dit-il d'un ton neutre. Et si je ne l'obtiens pas, c'est toi qui paieras le prix. Alors, plus tu peux m'en dire sur elle, plus le temps que tu passeras ici sera facile. Compris ?

Il adora voir ses pupilles se dilater de peur. Il lui tardait de voir ceux de Mystic faire de même. Un œil bleu et un œil marron, les iris disparaissant presque lorsque ses pupilles s'élargissaient. Il n'allait pas s'embêter à essayer de faire ressembler cette femme à Mystic, car elle était bien trop âgée pour passer pour elle, même dans l'obscurité. Mais il pouvait quand même s'amuser. C'était aussi une danseuse, il essaierait peut-être de voir comme elle était souple. Il commencerait par le grand écart. Toute danseuse digne de ce nom savait faire le grand écart, n'est-ce pas ?

Nightingale lâcha son cou et marcha jusqu'à l'endroit où la chaîne reliée à sa cheville droite était connectée au mur. Il y avait une manivelle très pratique et il sourit intérieurement en la tournant lentement.

En dissimulant son sourire, il se tourna vers son nouvel animal.

— Sais-tu faire le grand écart ?

— Q-quoi ? demanda-t-elle, les yeux immenses au milieu de son visage ridé.

— Le grand écart. Es-tu souple ?

Il tourna encore une fois la manivelle, et son pied glissa de dix autres centimètres. Nightingale vit le moment où elle comprit ce qu'il faisait. Tout le sang quitta son visage, la laissant joliment blanche.

— Ne faites pas ça, s'il vous plaît ! Je ferai ce que vous voulez.

— Ce que je veux, c'est Mystic.

— Je ne sais pas où elle est ! cria la femme lorsqu'il fit encore tourner la manivelle.

— Alors, je suppose que tu feras le grand écart, n'est-ce pas ? dit Nightingale. Plus tu peux me dire ce que je veux savoir, mieux ça ira pour toi.

La femme commença alors à pleurer, essayant de tourner les hanches afin de pivoter dans la direction vers laquelle sa jambe était tirée, mais quoi qu'elle fasse, rien n'arrêtait l'étirement continu de sa jambe.

Nightingale adorait ce moment. Il adorait entendre leurs cris de douleur. Adorait savoir qu'il contrôlait ce qu'il leur arrivait. Il tourna encore la manivelle et ne put cacher son sourire lorsqu'elle hurla. Elle était encore très loin de faire le grand écart. Qu'est-ce qu'il s'amusait !

— Monsieur ? demanda une voix dans le haut-parleur au coin de la pièce.

Nightingale fronça les sourcils. Il n'aimait pas être interrompu.

— Quoi ? aboya-t-il.

— Vous avez demandé à être prévenu si elle était aperçue.

Toute l'irritation le quitta.

— Et c'est le cas ?

— Oui, monsieur. Elle vient d'entrer dans le théâtre.

Nightingale attacha la chaîne, laissant la femme debout avec les jambes bien trop écartées pour être à l'aise. Bien. Il allait la faire réfléchir à ce qui viendrait plus tard. Il marcha vers elle et il se pencha tout près, lui giflant la joue.

— Aujourd'hui est ton jour de chance. On dirait que ma Mystic est rentrée à la maison. Tu auras bientôt de la compagnie.

— Alors vous me laisserez partir ? demanda la femme avec espoir.

Nightingale éclata de rire.

— Te laisser partir ? Oh non, tu m'es bien trop utile ici. Je sais que ma Mystic est une tendre. Elle ne voudra pas te voir souffrir. Mais tu souffriras si elle n'obéit pas à tous mes ordres. Tout ce qu'il t'arrivera, sache que c'est la faute de ta précieuse danseuse principale.

La femme recommença à sangloter, le suppliant d'être

remise sur pied, le suppliant d'être relâchée, mais Nightingale ne l'écoutait plus. Il ne la voulait pas. Il se moquait d'elle. Il avait des choses plus importantes à faire. Il devait ramener son animal unique à la maison. Et c'était quelque chose qu'il devait faire lui-même. Elle était bien trop précieuse pour la confier à quelqu'un d'autre.

En se frottant les mains, Nightingale quitta l'énorme bunker souterrain avant de monter les marches.

Il ferma la porte à l'apparence innocente derrière lui, sachant que personne ne devinerait jamais que ses plus grands trésors se trouvaient sous le Refuge pour Animaux Exotiques San Rafael.

14

Allye savait que sa respiration était trop rapide, mais elle ne pouvait l'empêcher. Elle marchait plus vite que d'habitude le long du trottoir jusqu'au théâtre de danse de San Francisco. Elle était venue directement depuis l'aéroport, et Ball l'avait conduite aussi près que possible du théâtre. Il avait dû la déposer à un pâté de maisons à cause de la circulation, et chaque fois qu'elle croisait un homme, elle se demandait si c'était Nightingale.

Ses cheveux étaient tirés en arrière par une queue de cheval, et elle portait un jean et un chemisier moulant. Elle avait son sac sur l'épaule et elle tripotait la bandoulière en marchant.

Elle savait que l'équipe était là, au-dehors, à veiller sur elle. Meat se trouvait dans l'appartement à côté du sien, la suivant sur son ordinateur. Le contact de Rex, qui s'avéra être un vétérinaire — elle ne rata pas l'ironie de la chose — les avait rejoints dans l'avion. Il était monté à bord et il avait inséré la puce à l'arrière de sa cuisse.

Cela n'avait pas vraiment fait mal, c'était un peu comme un vaccin normal. Elle avait alors vu le petit point sur la carte qui indiquait que cela fonctionnait. Sa cuisse grattait, mais elle essaya de ne pas en tenir compte.

Elle était en route vers le théâtre pour voir les autres danseurs pour la première fois depuis que les enlèvements avaient commencé. Elle ne savait pas comment elle allait être reçue, s'ils étaient au courant que les enlèvements étaient liés à elle, s'ils allaient lui en vouloir et la détester, ou s'ils seraient contents de la voir.

Elle inspira profondément et elle ouvrit la porte. Elle traversa le vestibule et passa la porte sur le côté réservé aux employés. Elle continua le long des loges et se rendit directement à la salle commune. Elle attendit un instant pour se calmer avant d'entrer.

Elle fut immédiatement prise dans des embrassades et tout le monde parla en même temps.

— Oh, mon Dieu, copine, bienvenue !

— Nous sommes tellement contents que tu sois là.

— As-tu entendu pour Jessie et les autres ?

— Je n'arrive pas à croire que Robin ait disparu maintenant.

Elle embrassa tout le monde, puis elle répondit à leurs questions au sujet de son absence, en ne précisant pas que leurs amis avaient été enlevés et tués parce que quelqu'un était obsédé par elle.

Des heures plus tard, après avoir profité de la présence de tout le monde, il était temps de partir. Ils avaient passé l'après-midi à parler de ce qu'il se passait. C'était une espèce de séance de soutien géante, mais à la fin de la journée, Allye ne se sentait pas vraiment mieux. Tout le monde avait formé un système afin d'être toujours accompagné, ce qui lui fit plaisir à voir. Personne ne partait sans être accompagné. Ils venaient au travail par deux, et ils repartaient de cette façon également.

Allye savait que Ball et Arrow et les autres veillaient sur elle, mais elle se sentit néanmoins plus en sécurité en quittant le théâtre avec un jeune danseur appelé Boyd lorsqu'il fut l'heure de partir. Il vivait à quelques pâtés de maisons de chez elle et ça ne le gênait pas de partager un taxi.

Elle n'était pas encore retournée à son appartement, mais il lui tardait.

Ce n'était pas grand-chose, mais c'était son espace. Elle s'était habituée à l'immense maison de Gray, et elle pensait qu'elle allait se sentir un peu claustrophobe dans son studio, mais elle se dit qu'il fallait s'y habituer.

Elle n'avait pas encore décidé si elle pouvait pardonner à Gray. Elle avait cru savoir quel genre d'homme il était, mais elle n'en était plus certaine. Il l'avait blessée. Beaucoup blessée. Mais même si elle était contrariée par lui, elle regrettait qu'il ne soit pas avec elle. Ses sentiments contradictoires ne faisaient que la perturber davantage, et elle se promit de ne pas y penser tout de suite. Elle allait prendre une décision après la mort de Nightingale. Elle était sûre qu'il finirait ainsi. Et elle en était ravie.

— C'est bon de t'avoir à nouveau avec nous, dit Boyd lorsqu'ils sortirent du théâtre et qu'ils dirent au revoir aux autres danseurs.

Certains allaient prendre le métro, et d'autres rentraient à pied. Boyd et elle se dirigèrent vers le taxi solitaire qui attendait au bord du trottoir.

— Merci, lui dit Allye.

Boyd se pencha lorsque le chauffeur baissa sa vitre et il demanda :

— Franklin et Washington à Nob Hill ?

— Bien sûr, dit le chauffeur. Aucun problème.

Allye ne prit pas la peine de le regarder, sauf pour remarquer qu'il était plus vieux qu'elle de quelques décennies. Il avait des cheveux sombres ordinaires et une légère bedaine. Elle se dit que c'était sans doute parce qu'il restait assis toute la journée à conduire un taxi. C'était difficile de faire de l'exercice quand on était en voiture.

Elle se décala sur le siège et Boyd monta à côté d'elle.

— Longue journée ? demanda le chauffeur.

— Oui, répondit Boyd. Mais bonne. Mon amie ici était partie, et c'est le premier jour de son retour.

— Bienvenue chez vous, dit le chauffeur en la regardant dans le rétroviseur.

Le taxi possédait un séparateur en plastique entre le siège arrière et l'avant, sans doute pour protéger le chauffeur s'il transportait des gens. Il y avait une petite porte coulissante qui était en ce moment ouverte, leur permettant de discuter facilement.

— Merci, répondit Allye.

— Où étiez-vous ?

— Elle était dans le Colorado, répondit Boyd à sa place.

Il avait toujours été très amical et il était populaire avec les clients du théâtre, parce qu'il était si enjoué et heureux.

— Elle a rencontré un garçon, la taquina-t-il en souriant.

Elle leva les yeux au ciel.

— La ferme, Boyd.

Il rit.

— Un homme, hein ? Ça ne s'est pas bien passé ? demanda le chauffeur.

Allye s'agita, mal à l'aise. Elle n'avait jamais été du genre à parler d'elle avec des inconnus, et la douleur de sa dispute avec Gray était toujours trop fraîche. Elle haussa les épaules.

— Oui, déraciner toute sa vie pour quelqu'un n'est jamais une bonne idée. Ça fonctionne rarement.

Allye pinça les lèvres, ne souhaitant pas en parler.

— Mais tu es très jolie, alors je suis certain que tu trouveras un autre petit-ami sans trop de mal. Vous êtes peut-être ensemble tous les deux ? demanda le chauffeur de taxi en quittant la route des yeux pour regarder dans le rétroviseur.

— Nous ? Non, elle n'est pas du bon sexe, plaisanta Boyd. J'aime que mes partenaires soient un peu plus virils.

Allye sourit à Boyd et elle essaya d'ignorer le chauffeur. Elle sentait son regard sur elle dans le miroir pendant qu'elle et Boyd parlaient de tout et de rien. Ils arrivèrent bien trop tôt devant l'immeuble de Boyd.

— Je passerai demain matin, nous pourrons partir ensemble, lui dit Boyd. Huit heures, ça marche ?

Allye hocha la tête.

— Super. Merci, Boyd. J'apprécie.

— Aucun souci, dit-il.

Il sortit des espèces et il les lui tendit afin de payer sa part pour le taxi. Ensuite, il se pencha vers elle et lui fit un baiser aérien.

— À plus tard, copine.

Il ferma la portière du taxi derrière lui et Allye le regarda composer le code de l'immeuble et entrer dans le hall.

— On va où maintenant ?

Allye sursauta de surprise, puis elle rit d'un air gêné parce qu'elle était si nerveuse.

— Je suis seulement à quelques pâtés de maisons, de l'autre côté du parc Lafayette. Au coin de Webster et California.

— Détends-toi et laisse-toi conduire, jolie Mystic. Je te ramène chez toi très vite.

Elle hocha la tête et elle s'appuya contre le siège, posant la tête en arrière et fermant les yeux. Elle était épuisée. Elle avait l'impression que cela faisait une éternité depuis sa dispute avec Gray, au lieu de ne dater que de ce matin.

Elle sentit la voiture démarrer et elle soupira. Elle ne savait pas du tout ce qu'elle avait à manger dans son appartement après toutes ces semaines, mais elle ferait avec.

Allye pensait à ce qu'elle voulait dîner lorsqu'elle entendit un drôle de bruit. Elle ouvrit les yeux et elle leva la tête pour voir que le chauffeur avait fermé la séparation en plastique entre les sièges.

Il l'observait à nouveau dans le rétroviseur... mais cette fois, il y avait quelque chose dans ses yeux qui ne lui plaisait pas.

Soudain, elle remarqua... qu'il l'avait appelée Mystic.

Comment connaissait-il son nom de scène ? Elle ne le lui avait pas dit, et elle ne croyait pas que Boyd l'ait mentionné.

À ce moment-là, une volute de fumée s'éleva depuis le plancher.

Elle toussa et tira immédiatement sur la poignée de la portière. Celle-ci ne s'ouvrit pas et ils continuèrent à rouler comme si de rien n'était.

Allye frappa des poings sur la séparation en plastique en essayant de l'ouvrir, mais la poignée de la petite porte se trouvait de l'autre côté. La fumée emplissait maintenant le siège arrière et elle leva son tee-shirt pour couvrir son nez et sa bouche, mais ce fut inutile. Elle commença à avoir le tournis et la nausée.

Reconnaissant les immeubles devant lesquels il passait à toute vitesse, elle sut qu'ils ne se dirigeaient plus vers son immeuble. Ils allaient dans la mauvaise direction.

Et voilà. Elle avait su que c'était inévitable que Nightingale la capture encore, mais elle ne s'était bêtement pas attendue à ce que ce soit si vite.

Elle essaya de baisser la vitre, mais elle était verrouillée aussi. Elle voyait à peine à travers l'épaisse fumée qui enveloppait le siège arrière maintenant, mais elle regarda dans le rétroviseur et elle vit que l'homme la fixait encore. Un air de satisfaction se lisait facilement sur son visage.

— Laisse faire. Ne lutte pas. Tu me fais courir partout, mais maintenant tu es à moi. Toute à moi, dit-il en regardant tour à tour la route devant lui et le rétroviseur.

Horrifiée, Allye comprit que le chauffeur de taxi n'était pas simplement une escorte.

C'était *lui*. Nightingale. Il était venu la chercher lui-même, cette fois.

L'obscurité commença à envahir les bords de ses yeux, et elle tomba sur le siège, toussant encore et essayant de lutter contre le produit qu'il avait utilisé. En vain.

Sa dernière pensée avant de s'évanouir fut qu'elle espérait que les hommes de Rex veillaient vraiment sur elle, car elle était mal.

15

Gray fit les cent pas devant l'Aéroport International de San Francisco. Il avait dû prendre un vol commercial, car l'avion et le pilote que Rex utilisait d'habitude étaient déjà partis avec le reste de l'équipe et Allye. Arrow était censé venir le chercher, mais ça faisait une heure qu'il l'attendait et il ne l'avait pas encore vu.

Pressé de la voir maintenant qu'il était en Californie, afin de s'excuser, il ne fut pas ravi d'attendre. Et pire, personne ne répondait à ses textos ou à ses appels... et ça l'inquiétait. Énormément. Particulièrement parce que Meat répondait *toujours*. Cet homme avait le téléphone greffé à l'oreille. Pour lui, ne pas répondre signifiait que quelque chose n'allait pas du tout.

Il eut l'horrible impression qu'il y avait un rapport avec Allye.

Encore un quart d'heure d'attente, et son téléphone finit par sonner. C'était Ro.

— Ro, enfin, putain. Où êtes-vous ?

— Il l'a enlevée, dit Ro sans tourner autour du pot. On la pistait, mais ensuite tout est devenu une merde énorme.

— *Quoi ?* répondit Gray, outré. Comment avez-vous pu lui laisser mettre la main sur elle ? Je croyais que vous étiez tous sur le coup ?

— On l'était ! insista Ro. Arrow était dans un taxi derrière celui où elle est montée avec un autre danseur. Mais apparemment, son chauffeur était trop strict au niveau de tous les feux rouges, et Arrow a fini par perdre de vue le taxi d'Allye. Black était devant son appartement, déguisé en SDF, mais bien sûr le taxi ne s'est jamais arrêté là-bas. Et Ball les suivait dans une voiture de location, mais quelqu'un a grillé un feu rouge et il a reçu un choc latéral.

— Et toi, Ro ? Où étais-tu, putain ?

— J'attendais devant le théâtre. J'étais censé la raccompagner chez elle en tram, mais à la dernière minute, elle m'a envoyé un SMS et elle m'a dit qu'elle partait avec un de ses collègues, afin de cacher le fait qu'elle avait un garde du corps.

— Bordel ! jura Gray, perturbé, en passant la main sur sa tête. Faisait-elle son possible pour se faire enlever ?

— Franchement ? Non, répondit Ro comme si la question de Gray n'était pas rhétorique. Elle a croisé mon regard avant de monter dans le taxi, comme pour voir si ça me convenait. Je ne voulais pas faire une scène devant le théâtre... mais j'aurais évidemment dû la sortir de ce taxi et la ramener chez elle moi-même.

— Rex m'a dit qu'elle avait une puce GPS, n'est-ce pas ? Pourquoi n'êtes-vous pas sur place, à régler son compte à cet enfoiré pour la récupérer ?

— Le foutu signal a disparu, expliqua Ro. D'une seconde à l'autre.

— *Putain !*

Gray donna un coup de pied frustré contre le bâtiment à côté duquel il se trouvait. Rex l'avait renseigné sur la puce insérée dans l'arrière de la jambe d'Allye. Il n'était pas ravi qu'ils expérimentent sur elle, mais d'un autre côté, il était content que l'équipe ait un moyen de suivre tous ses mouvements. Il savait aussi bien que tous les autres que la simple surveillance ne suffisait pas. Particulièrement avec quelqu'un comme Nightingale, qui était devenu très doué pour se faire discret.

— Commence par le début. Qu'est-il arrivé, exactement ? Comment Nightingale a-t-il pu la récupérer si elle était dans un taxi ?

— Elle est allée au théâtre comme prévu, et elle est partie avec un des autres danseurs, je te l'ai dit. Ils ont pris un taxi, et quand l'autre danseur a été déposé à quelques pâtés de maisons de l'appartement d'Allye, le taxi ne s'est pas arrêté chez elle. Meat a d'abord dit qu'il pensait qu'elle allait peut-être chercher quelque chose à manger, mais quand le véhicule a traversé le Golden Gate en direction de Sausalito, il a compris que quelque chose clochait.

— Où es-tu maintenant ? aboya Gray en retournant à l'intérieur vers le comptoir des locations de voitures.

Il n'allait pas attendre davantage que quelqu'un vienne le chercher. De plus, ils étaient tous trop occupés. Il préférait les laisser concentrés sur la recherche d'Allye, et ne pas les distraire en les obligeant à passer le prendre.

— Meat est encore dans l'immeuble d'Allye, à essayer de faire fonctionner le signal. Nous autres, nous sommes éparpillés autour de l'endroit où le signal a été vu pour la dernière fois.

— Envoie-moi les coordonnées. J'arrive dès que possible.

— Message reçu.

— Ro ? répondit Gray rapidement avant que son ami puisse raccrocher.

— Oui ?

— Merci d'être là pour elle.

— Nous savions tous que tu arriverais tôt ou tard, dit Ro sans le moindre doute dans sa voix. Tu l'aimes et elle t'aime. Rien ne peut se mettre en travers de ça.

— Je compte dessus. Envoie-moi les coordonnées. J'arrive aussi vite que possible.

— Sois prudent. Tu ne peux pas l'aider si tu as un accident.

— Promis.

Gray raccrocha son téléphone et salua l'employée derrière le comptoir. Pendant qu'elle préparait le contrat de location, Gray tapota impatiemment du pied, ne tenant plus en place. Il ne devait pas penser à ce qui arrivait à Allye. Pas maintenant. Il fallait qu'il garde son calme. Elle allait s'en sortir. Il le fallait. Toute autre issue était inacceptable.

* * *

Allye s'éveilla lentement. Elle fut perdue pendant un moment, et elle secoua la tête pour s'éclaircir les idées. Elle commença à étirer ses muscles contractés et elle fut surprise lorsqu'elle ne put pas entièrement étaler ses jambes.

La mémoire lui revint d'un coup et elle ouvrit les yeux en regardant autour d'elle d'un air alarmé.

Elle se trouvait dans une grande cage, tout comme l'homme sur le bateau le lui avait promis à sa livraison au nouveau « maître ». Elle avait l'impression qu'une éternité s'était écoulée depuis.

Elle portait son soutien-gorge et sa culotte, mais le reste de ses vêtements avait été emporté. Ses cheveux étaient détachés, son élastique ayant disparu. La cage se trouvait dans une petite pièce sans fenêtre. Le sol était en béton et les murs semblaient également faits de béton. Il faisait frais, et elle eut la chair de poule.

En passant sur les genoux, Allye testa la solidité des barreaux autour d'elle. Ils étaient costauds. Il y avait un cadenas sur la porte de la cage, alors elle ne pouvait pas sortir par là. En se rasseyant sur les fesses et en serrant les genoux contre elle, Allye essaya de ne pas paniquer.

— Ils arrivent, se dit-elle doucement. Ils savent où tu es, ils arrivent.

Les mots aidaient à la calmer, et elle espérait fortement qu'ils soient vrais.

Elle ne savait pas du tout combien de temps elle avait été laissée toute seule, mais lorsque la porte de la pièce s'ouvrit brusquement, elle sursauta.

Deux hommes entrèrent. Ils portaient des combinaisons vert foncé et des casquettes sur la tête.

— Aidez-moi, s'il vous plaît ! supplia-t-elle lorsqu'ils s'approchèrent d'elle. Je suis détenue sans mon consentement.

Les hommes l'ignorèrent et s'accroupirent de chaque côté de la cage. Ils se regardèrent, puis l'un d'entre eux dit :

— Au bout de trois. Un, deux, *trois*.

Allye poussa un petit cri de surprise lorsqu'ils soulevèrent la cage dans laquelle elle se trouvait et qu'ils la portèrent hors de la pièce.

— Hé, vous m'avez entendue ? J'ai été enlevée ! Ouvrez ça et laissez-moi sortir !

Encore une fois, ils agirent comme si elle n'avait rien dit. Elle s'accrocha aux barreaux de la cage et elle regarda frénétiquement autour d'elle, essayant de découvrir où elle était et ce qu'il se passait.

Les hommes la portèrent dans une autre pièce, qui possédait cette fois une énorme fenêtre dans un mur, et ils posèrent brusquement la cage. Allye sentit ses dents claquer à cause des vibrations de la cage dans sa chute. Les hommes se tournèrent pour partir.

— Hé, sérieusement, vous ne pouvez pas me laisser ici ! Aidez-moi. Pour l'amour de Dieu, aidez-moi !

Un homme partit, mais le deuxième se tourna avant de sortir. Il la regarda droit dans les yeux et dit :

— Désolé, ma belle. Il n'y a pas d'aide ici. Tu appartiens à T.B. maintenant. Si j'étais toi, je ferais exactement ce qu'il dit.

Ensuite, il sortit lui aussi.

Allye poussa un cri de frustration, le bruit résonnant dans la petite pièce. Elle tira frénétiquement sur les barreaux, mais comme avant, ils ne bougèrent pas.

À ce moment-là, elle regretta de ne pas avoir écouté Gray. Elle voulut être de retour chez lui. Le réveiller en posant la bouche sur lui, sachant qu'il deviendrait sauvage en la prenant exactement comme il le voulait... et exactement comme elle l'adorait.

Elle voulait avoir ses bras autour d'elle. Elle voulait être au chaud et en sécurité. Mais non. Il fallait qu'elle soit noble, et voilà. Elle avait fait son lit et maintenant elle devait s'y coucher.

La porte s'ouvrit encore une fois et Allye grimaça. Le chauffeur de taxi entra, même s'il ne ressemblait pas du tout à la première fois. Il portait un costume gris immaculé avec une cravate rouge. Ses cheveux étaient peignés et il avait un air impeccable. Mais l'expression sur son visage était celle dont elle se souvenait bien. Un air dur et froid.

Il s'avança vers la cage dans laquelle elle se trouvait et il s'accroupit à côté.

— Tu es réveillée, dit-il.

Allye leva les yeux au ciel. Elle ne put s'en empêcher.

— Et tu es le maître des euphémismes, rétorqua-t-elle.

Il fronça les sourcils.

— Est-ce une façon de parler à son maître, Mystic ?

— Tu n'es rien pour moi, protesta-t-elle.

L'homme soupira en secouant la tête.

— J'espérais tellement que tu sois plus coopérative.

— Laissez-moi partir, dit-elle en sachant qu'il ne le ferait pas, mais ayant besoin de le dire quand même.

— Non. Tu ferais mieux de te mettre à l'aise, car ceci sera ta nouvelle maison pour un bon bout de temps.

— Tu ne peux pas faire ça ! J'ai une vie, des amis. Tu ne peux pas m'enlever, m'enfermer et me dire que c'est ma nouvelle maison.

— Je viens de le faire, dit-il simplement.

— Je ne comprends pas, dit Allye, cherchant désespérément des réponses. Si tu pouvais me kidnapper dans un taxi quand tu voulais, pourquoi me mettre sur ce stupide bateau ? Pourquoi faire autant d'efforts ?

Nightingale ricana.

— J'ai une réputation à tenir. Je suis le Boss. L'homme dans les coulisses. Seule une petite partie de mon personnel — les plus fidèles — peut savoir quels animaux sont à moi, où je les garde et comment fonctionne mon opération. Malheureusement, en ce qui te concerne, j'ai appris que si je voulais que ce soit bien fait, il fallait que je le fasse moi-même. J'ai fait une exception pour toi, Mystic. Tu devrais être honorée que je sois venu te chercher au lieu d'envoyer mes sbires.

— Que veux-tu ? demanda Allye d'une voix tremblante.

— *Toi*, Mystic. Et je t'ai eue. Tu es à moi, et tu peux oublier celui avec lequel tu t'amusais dans le Colorado. Tu ne le reverras jamais... et je devrais te punir pour avoir *osé* penser que tu pouvais être avec quelqu'un d'autre que moi.

Il se leva alors, et il repartit vers la porte.

— Hé, tu ne peux pas me laisser ici ! Je dois aller aux toilettes. Et j'ai soif.

Il se tourna et il haussa les épaules.

— La nourriture et l'eau sont réservées aux animaux qui se comportent bien. Toi, Mystic, tu ne les as pas encore méritées. En ce qui concerne l'utilisation des toilettes ? Quand tu l'auras mérité, je te ferai sortir de ta cage. Jusque-là, tu peux faire tes besoins dans le coin comme tous les autres animaux intelligents.

Allye regarda l'endroit qu'il indiquait avec la tête et elle vit des journaux éparpillés sur le sol. Elle le regarda avec horreur.

Il gloussa.

— Mon Dieu, j'adore voir ce regard dans tes yeux magnifiques. Quelqu'un t'a déjà dit comme tu étais unique ? C'est la raison pour laquelle je voulais t'avoir, tu sais. Avec ton œil marron et ton œil bleu, et tes cheveux... tu es une pièce de collection. Et maintenant, tu m'appartiens. Je me demande... la couleur de tes yeux est-elle génétique ?

Elle le fixa, incapable de dire un mot à cause de la boule qu'elle avait dans la gorge.

— Je parie que oui. J'ai fait des recherches. Je suppose que nous le découvrirons avec notre premier enfant, n'est-ce pas ? Maintenant, sois sage. Je reviendrai plus tard avec une surprise spéciale.

Là-dessus, l'homme qui devait être Nightingale ferma la porte derrière lui en partant, le bruit de la serrure résonnant dans la pièce vide.

— *Nooooon !* gémit Allye, assise dans la cage et donnant des coups de pied avec autant de force que possible.

Elle ne parvint qu'à se faire mal aux pieds.

Elle fut étonnée de voir que les larmes qu'elle avait si

facilement versées auparavant avaient tari. Elle était plus effrayée que jamais, mais les larmes ne venaient pas. Elle eut l'idée morose que Gray était le seul à pouvoir la faire pleurer. Quelle chance pour lui.

Elle se recroquevilla dans le coin de sa cage et elle se balança d'avant en arrière.

— Où êtes-vous, les gars ? Je suis ici. Venez me chercher.

— Le signal s'est arrêté ici, dit Black en examinant l'entrée du Refuge pour Animaux Exotiques San Rafael. Quelques personnes se promenaient encore, même si la nuit commençait à tomber et que le refuge était sur le point de fermer.

Le parc contenait au moins une centaine d'animaux sauvages différents. Des lions, des tigres, des hippopotames, des girafes... et la liste continuait.

Ball, Black, Ro, Gray et Arrow surveillaient le refuge depuis une crête à environ huit cents mètres de là. Ils étaient tous allongés sur le ventre, camouflés par les arbres autour d'eux, observant avec des jumelles le dernier endroit où l'émetteur dans le corps d'Allye avait envoyé un signal.

— N'est-ce pas un endroit trop public pour détenir des femmes enlevées ? demanda Ball. Je veux dire, il y a des gens avec des appareils photo partout.

— Regarde, dit Gray en indiquant un camion sur la droite qui s'arrêtait devant une entrée à l'arrière réservée aux employés du refuge. Regarde l'étiquette accrochée au rétroviseur.

— Putain, dit Arrow à voix basse. C'est une empreinte de pas, n'est-ce pas ? Tout comme le témoin a dit avoir vu sur la voiture la nuit où Melany a été retrouvée.

— Elle est là, dit Gray d'un air convaincu. Je le sens.

— Mais pourquoi l'émetteur ne transmet-il rien ? demanda Ro. Meat a dit qu'il était assez puissant, qu'il n'y avait pas grand-chose qui puisse interférer avec le signal.

Gray posa ses jumelles et se tourna vers Ro.

— Pas grand-chose, mais il y en a. Comme quoi, par exemple ?

Les autres posèrent également leurs jumelles et ils se concentrèrent sur la conversation.

— Les ondes électromagnétiques, les montagnes, de gros objets... plein de choses peuvent interférer avec le signal. Mais ce n'est que pendant un court instant. Ça ne devrait pas couper le signal entièrement comme maintenant, dit Black.

— Et si elle est sous terre ? demanda lentement Gray en reprenant ses jumelles et en scrutant la propriété en contrebas.

— Oui, ça pourrait le faire. Particulièrement si c'est quelque chose comme un bunker, ajouta Ro.

— Nightingale a facilement pu faire construire une telle chose. Et aucun des visiteurs marchant au-dessus ne saurait que ça se trouve là, dit Ball.

— Je suis déjà allé dans un de ces endroits, intervint Arrow. Il y avait des tunnels souterrains et tout afin que les gardiens de zoo puissent se rendre d'un endroit à l'autre, d'une cage à une autre, sans se mettre en danger et sans déranger les animaux.

— Là, dit Gray, et tous les autres hommes posèrent les jumelles devant leurs yeux pour voir ce qu'il montrait. Vous voyez ce portail à l'arrière ? C'est par là que nous devons entrer. Quand ils auront fermé. On dirait qu'il y a une rampe qui descend sous terre. Vous voyez ? Regardez ce camion.

Ils observèrent tous le fourgon portant le logo du Refuge

pour Animaux Exotiques San Rafael passer par le portail électrique et disparaître au bas d'une rampe.

Gray rampa en arrière jusqu'à se trouver de l'autre côté des arbres, et il se leva.

— Appelez Meat. Faites-lui savoir.

— Nous devons peut-être attendre que...

Gray ne laissa pas Ball finir sa phrase.

— Non. Ce psychopathe détient Allye. Je ne veux pas attendre une seconde de plus que nécessaire. On ne sait pas ce qu'il lui a déjà fait ni ce qu'il fera si nous attendons.

Ball leva les mains en signe de capitulation.

— Tout doux, Gray, dit Black à voix basse. Ce n'est pas contre Ball que tu es énervé.

Gray inspira profondément et hocha la tête.

— Je sais. Mais j'ai déjà joué à ce jeu. Nightingale va utiliser sa patronne pour faire faire ce qu'il veut à Allye.

— Allye est intelligente. Elle sait que nous venons la chercher. Elle ne va rien faire de stupide.

Gray espérait que ce soit vrai. Il savait comme son Allye était sensible. Elle allait se mettre en danger si cela signifiait qu'elle aidait quelqu'un d'autre. Bon sang, elle l'avait déjà fait. Il ne savait pas avec certitude jusqu'où Nightingale voulait la pousser.

Les hommes montèrent dans les deux voitures avec lesquelles ils étaient venus au point d'observation. Gray écouta à peine pendant que les autres planifiaient le raid. Il ne pouvait pas oublier la dernière fois qu'il avait vu Allye, avec les larmes qui coulaient sur ses joues. Des larmes qu'elle disait ne jamais avoir. Des larmes qui avaient coulé à cause de lui.

16

Allye resta silencieuse lorsque Nightingale entra dans la pièce quelques heures plus tard. Elle était courbaturée et elle avait froid à force d'être restée si longtemps dans une position, et elle voulait faire pipi. Il déverrouilla calmement la porte de sa cage et Allye ne fit aucun mouvement brusque. Elle attendait de voir ce qu'il voulait.

— Dehors, ordonna-t-il en claquant des doigts.

Le détestant plus qu'elle avait détesté qui que ce soit de toute sa vie, y compris sa propre mère, Allye rampa lentement hors de sa cage. À la seconde où elle se trouva assez près, Nightingale attacha un large collier en cuir autour de sa gorge. Il la releva en tirant dessus et il serra le collier. Trop serré.

Oubliant qu'elle avait besoin de faire pipi, se souciant davantage de respirer, elle trembla et posa les mains sur la bande de cuir.

Il donna une tape sur ses mains.

— Baisse les bras.

— Trop serré, articula-t-elle difficilement.

Il serra encore, la fixant sans rien faire pendant qu'elle

cherchait à respirer. Juste au moment où elle crut qu'elle allait s'évanouir, il relâcha un peu le collier.

— À partir de maintenant tu n'as pas ton mot à dire. Si je veux que ton collier soit plus serré, alors il sera plus serré. Si je te dis de manger, tu mangeras. Si je te dis de pisser, tu pisseras. Je suis ton propriétaire, Mystic. Je fais ce que je veux de toi.

Elle ne répondit pas, lui jetant simplement un regard noir, espérant qu'il puisse lire la haine dans son cœur.

Allye ne savait pas ce qu'il allait faire pour son insolence, mais elle ne s'était pas attendue à ce qu'il éclate de rire.

— Mon Dieu, je pourrais regarder ces beaux yeux toute la journée. Et ils sont à moi... à moi.

Il ferma le collier, puis il sortit un petit cadenas qu'il mit en place de sorte qu'elle ne puisse pas retirer ou desserrer le collier par elle-même. Ensuite, il attacha une laisse à l'anneau sur le devant du collier et il leva la main, tripotant la mèche de cheveux blancs sur le côté de sa tête.

— Si belle et unique, dit-il en caressant ses cheveux. Quand je t'ai vue danser la première fois, j'ai brièvement hésité à te vouloir pour moi seul. Mais ensuite, je t'ai vue au club BDSM où je vais tout le temps. Tu étais comme un souffle d'air frais. Tu as refusé les avances de tous les hommes et j'ai su alors qu'il fallait que je te possède.

Allye écarquilla les yeux. Elle ne se souvenait pas avoir vu Nightingale au club le soir où elle avait terminé là-bas avec une des autres danseuses. Voilà encore ce fichu karma qui travaillait contre elle. Si elle n'y était pas allée ce soir-là, tout ceci aurait-il eu lieu ?

La main de Nightingale caressa une fois de plus ses cheveux, et Allye voulut s'écarter brusquement de lui, mais avec sa main sur la laisse, elle savait qu'elle n'irait pas loin.

Décidant qu'il valait sans doute mieux être docile, elle ne fit rien.

— C'est ça. Tout se passera bien mieux si tu fais ce que je dis, quand je le dis.

Et là-dessus, il tira si violemment la laisse vers le bas qu'elle poussa un cri de douleur et tomba à quatre pattes sur le sol en béton dur.

La douleur de ses genoux lui fit monter les larmes aux yeux, mais Allye n'eut pas le temps de se remettre, car Nightingale sortait de la pièce en tenant toujours la laisse. Elle n'eut d'autre choix que de ramper derrière lui comme si elle était un animal. C'était soit ça, soit être traînée. Et elle était certaine qu'il la traînerait si elle ne coopérait pas.

Se promettant de se venger pour chaque centimètre qu'elle devait faire à quatre pattes, Allye essaya de regarder autour d'elle en sortant de la pièce. Ils longèrent un couloir qui était à peu près aussi large qu'il était haut, avec une série de fenêtres du sol au plafond espacées de façon régulière sur son côté droit... et elle les regarda avec horreur en passant devant.

Derrière chaque fenêtre se trouvait une pièce identique à la sienne. Dans une, une petite personne, une femme recroquevillée dans un coin les fixait avec des yeux aussi morts que ceux d'un cadavre. Une autre contenait ce qu'Allye pensait être une femme, mais elle avait des tatouages sur chaque centimètre de son corps. Lorsque Nightingale passa devant, la femme bondit de l'endroit où elle était allongée et elle attaqua la fenêtre, la griffant comme si elle était vraiment une créature sauvage. Le blanc de ses yeux semblait particulièrement vif par contraste avec l'encre noire qui couvrait tout son visage, y compris ses paupières.

Nightingale se contenta de rire et continua à traîner Allye derrière lui.

Derrière la fenêtre suivante se trouvait une belle femme blonde qui pleurait convulsivement.

L'enfoiré devant elle grogna en voyant ses larmes. Il se tourna et lui expliqua brièvement :

— Elle est contrariée parce que j'ai dû faire piquer sa jumelle.

Il haussa les épaules.

— Ça ne fonctionnait pas, les avoir toutes les deux. De plus, celle-ci est bien plus docile. Je la préfère. Mais si elle n'arrête pas de pleurer, je vais lui donner une vraie raison de pleurer.

Allye ferma brièvement les yeux en rampant derrière l'homme complètement fou qui tenait sa laisse. Elle ne voulait rien voir d'autre. Elle ne pouvait pas imaginer les horreurs que ces femmes avaient dû traverser, et elle ne voulait absolument pas penser à ce qu'il avait en réserve pour *elle*.

L'homme s'arrêta à la fenêtre suivante et elle y vit une autre femme nue. Elle était incroyablement pâle, et ses cheveux étaient d'un blanc magnifique. Elle portait un collier ressemblant à celui d'Allye et elle se trouvait dans une cage.

— C'est mon albinos, dit Nightingale sur le ton de la conversation. Elle et toi, vous êtes deux de mes biens les plus précieux. Si rares et intéressantes. Elle est enceinte, ajouta-t-il. Il me tarde de voir si son bébé est une albinos comme elle. Ce sera amusant d'éduquer un animal depuis sa naissance.

— Et si c'est un garçon ? demanda Allye doucement.

Nightingale haussa les épaules.

— Alors je le donnerai au tigre pour le goûter. Les garçons ne me servent à rien.

Allye eut l'impression qu'elle allait être malade. Elle n'avait vu que quatre femmes, mais elle savait que Nightingale s'était sans doute arrangé pour en vendre des centaines d'autres. Peut-être à des gens comme lui, qui gardaient les femmes dans des cages. Abusant d'elles. Les traitant comme des animaux.

Elle fut traînée en avant et il continua à parler.

— Cependant, je pense que tu ne devrais pas te soucier d'elle, Mystic. Tu devrais t'inquiéter pour toi-même. Si tu fais exactement ce que je te dis, alors tout ira bien. Sinon...

Il haussa les épaules sans terminer sa phrase, et il continua à marcher jusqu'à atteindre une pièce au bout du couloir.

— Es-tu prête ?

Mais il n'attendit pas de réponse, ouvrant la porte d'un grand geste et entrant dans une grande salle ressemblant à un auditorium.

Allye fut ravie pour ses genoux lorsque le sol en ciment devint un tapis rouge moelleux. Il y avait des fauteuils de chaque côté d'une allée et ce qui ressemblait à une scène en bois devant eux. Elle continua à marcher à quatre pattes derrière son kidnappeur jusqu'à ce qu'il s'arrête devant la scène. Elle se trouvait seulement à une trentaine de centimètres du sol.

— Debout, ordonna-t-il et Allye se leva avec précaution devant lui.

Elle avait les genoux rouges et écorchés et elle avait des difficultés à respirer à cause du collier qui serrait sa gorge, mais elle ne dit rien. Elle attendait le moment. Elle espérait que chaque minute qu'elle supportait avec ce que ce fou avait prévu était une minute qui la rapprochait de son sauvetage.

— J'ai fait faire cette scène juste pour toi. La première fois que je t'ai vue danser, j'ai été fasciné. Quand je t'ai vue rejeter tous ces hommes au club BDSM, j'ai su que je voulais t'avoir pour moi. Je voulais que tu danses juste pour moi. Je me souviens encore du premier spectacle dans lequel je t'ai vue danser sur scène. Le numéro appelé « La sœur de la mariée ». T'en souviens-tu ?

Allye hocha la tête. Ce n'était pas un de ses spectacles préférés, car il impliquait beaucoup de changements de costumes et de numéros rapides de danse, mais elle s'en souvenait.

— Bien.

Il détacha la laisse du collier et il posa les mains autour de sa taille.

Allye grimaça en sentant son contact moite. Elle ne voulait pas qu'il s'approche d'elle, et surtout pas qu'il la touche.

Il la souleva comme si elle ne pesait pas plus qu'une enfant. Il était peut-être plus âgé et en surpoids, mais ça ne semblait pas du tout le gêner. Il était incroyablement fort. Il la posa au bord de la scène. La surface était abrasive, pas lisse comme devait l'être une scène. Elle baissa les yeux et elle vit que le bois n'était pas traité.

— Je vais avoir des échardes, dit-elle doucement. Le bois est brut.

— Je sais. Ça te donnera une motivation pour danser parfaitement la première fois, dit Nightingale en se penchant vers elle. Car si ce n'est pas parfait, tu continueras à danser. Peu importe que tes pieds soient en sang. Tu danseras jusqu'à ce que je sois satisfait. Compris ?

Allye détourna le visage, mais il saisit ses cheveux et tira sa tête en arrière. C'était inconfortable et cela lui donnait l'impression d'être extrêmement vulnérable. Il lécha son cou depuis le collier jusqu'à son oreille, puis il chuchota :

— Danse. Et il vaut mieux que ce soit beau.

Il lâcha ses cheveux et fit un pas en arrière. Puis il hocha la tête en direction de quelqu'un sur sa droite.

Allye eut le souffle coupé lorsqu'un des hommes qui avaient déplacé sa cage entra dans la lumière en tenant Robin. Elle était nue... et elle avait un tel regard de souffrance qu'Allye se recroquevilla d'horreur.

— Mystic, je crois que tu connais notre invitée, dit Nightingale. Elle me tenait compagnie jusqu'à ce que tu puisses arriver ici. Elle sait danser, mais ce n'est pas toi.

Allye recula lentement pour s'éloigner du monstre qui l'avait enlevée. Elle regarda côté jardin et elle ne vit rien d'autre qu'un mur en béton. Elle scruta l'autre côté et vit la même chose. Il n'y avait pas de coulisses et aucun endroit pour fuir. La seule sortie était la porte à l'arrière de la pièce.

Nightingale s'approcha de Robin et il saisit l'amie et patronne d'Allye par les cheveux, la traînant au milieu de la pièce, devant la scène. L'homme qui la tenait disparut dans l'allée et sortit par la porte, les laissant tous les trois seuls dans l'espèce d'auditorium.

— Chaque fois que tu feras une erreur, elle en paiera le prix, dit Nightingale d'une voix si calme que c'était effrayant.

— Ne lui fais pas de mal ! supplia Allye.

— Alors, ne me désobéis pas, rétorqua-t-il en sortant un couteau qu'il posa sur la gorge de Robin.

Le cœur d'Allye s'arrêta presque de battre. Elle croisa le regard de Robin et le désespoir et la peur qu'elle y vit la poussèrent presque à s'effondrer.

C'est alors qu'une chose étrange se produisit. Plus elle

fixait la femme plus âgée, plus elle vit la détermination dans les yeux de Robin. C'était comme si elles partageaient leur force.

Robin était toujours en vie. Le monstre ne l'avait pas encore tuée. Elle pouvait encore la sauver.

Et pour la première fois, elle comprit véritablement ce que Gray avait dû ressentir lorsqu'il avait été capturé. Elle était impuissante et ne pouvait rien faire d'autre que ce que voulait Nightingale.

Elle savait qu'il importait peu qu'elle danse parfaitement ou qu'elle fasse des erreurs, car il leur ferait quand même du mal à toutes les deux. Mais si elle pouvait tenir encore une minute de plus. Puis une autre. Puis une autre... Black, Ro, Arrow et les autres viendraient. Elle devait y croire.

Essayant d'inspirer profondément et échouant à cause du collier trop serré, Allye fit ce qu'il voulait. Elle dansa.

* * *

Gray laissa Arrow mener. Il ne voulait pas être devant, car cela impliquait de se concentrer sur le fait d'abattre tous ceux qui se mettaient en travers de leur chemin, et il ne voulait s'inquiéter que pour Allye.

Arrow et les autres allaient soumettre tous ceux qui essayaient de les arrêter, et lui s'occuperait d'Allye. Cela aurait dû être ainsi depuis l'instant où elle lui avait demandé de repartir en Californie, mais il avait été têtu et bête.

Jusqu'ici, ils n'avaient rencontré aucune résistance. D'une façon ou d'une autre, Meat avait piraté le système de sécurité autour du refuge et éteint les alarmes. Il leur avait suffi de casser la serrure du portail à l'arrière, et ils étaient entrés.

Il y avait des bruits d'animaux tout autour, mais Gray les perçut à peine. Personne ne savait à quoi s'attendre en franchissant les portes, mais ils étaient prêts à tout. Ils avaient fait suffisamment de missions de sauvetage pour savoir que ce qu'ils allaient trouver était soit très bien, soit absolument horrible.

Gray pariait sur la deuxième possibilité.

Les cinq hommes se faufilèrent comme des ombres dans un couloir sombre. La voix de Meat dans leurs oreilles les tenait au courant de tout ce qu'il se passait au refuge autour d'eux, par l'intermédiaire des caméras de sécurité du complexe, gardant un œil sur quiconque pouvait arriver par-derrière.

Pas un seul bruit de pas ne résonna lorsque les mercenaires longèrent le couloir, en direction de la musique qu'ils entendaient venir d'une porte tout au bout.

En passant devant une fenêtre, Arrow s'arrêta et regarda à l'intérieur. Une lumière était allumée au plafond, et l'équipe vit une petite femme de l'autre côté de la vitre. Gray pensa qu'elle était morte jusqu'à ce qu'elle cligne des paupières. Elle ouvrit la bouche et elle dit quelque chose, mais le verre était si épais que personne ne put l'entendre. Ou alors, elle ne produisait aucun son.

Elle leva un petit doigt et le pointa en direction de là où ils allaient. Ball posa un doigt sur ses lèvres et elle hocha la tête.

Gray redoutait de voir ce qu'il y avait dans la pièce suivante lorsqu'ils s'approchèrent de la vitre. C'était une autre femme. Elle faisait les cent pas, l'air colérique. Dès qu'elle les vit, elle sauta sur la vitre et sa bouche s'ouvrit comme si elle criait.

— Oh bordel, jura Ro presque silencieusement en faisant involontairement un pas en arrière.

Ils virent tous que toute la peau de la femme était tatouée, y compris sa langue et l'intérieur de ses lèvres.

Le groupe continua à avancer et jeta à peine un coup d'œil dans les deux dernières pièces. Ils en avaient vu assez. Nightingale allait tomber et ces femmes seraient libérées, même si c'était la dernière chose qu'ils faisaient.

Lorsqu'ils s'approchèrent de la porte du bout du couloir, la musique devint plus forte.

Black posa une main sur l'épaule de Gray.

— Tu te contrôles ? demanda-t-il. Es-tu prêt à faire face à ce qu'il y a derrière cette porte ?

— Allye est derrière cette porte, dit Gray d'une voix monotone. J'affronterais le diable en personne pour la récupérer.

— Il se pourrait bien que tu doives le faire, intervint Ball avant de hocher la tête vers Ro.

Au lieu de franchir la porte comme si les chiens de l'enfer entraient dans la pièce, Ro tendit la main et tourna silencieusement la poignée, avant de pousser doucement. La porte s'ouvrit vers l'intérieur et Gray sourit.

Ils avaient appris au cours d'une de leurs toutes premières missions ensemble qu'il était parfois plus efficace de se faufiler discrètement et de toujours vérifier si la porte était déverrouillée avant de la défoncer.

En regardant Ro pousser lentement la porte, espérant que celle-ci ne grince pas, Gray et les autres Mercenaires Rebelles entrèrent dans la pièce et se préparèrent à faire tomber l'esclave sexuel le plus notoire qu'ils aient jamais rencontré.

* * *

— Plus haut ! aboya Nightingale quand la pirouette qu'Allye venait de faire ne lui convint pas.

— Je fais du mieux que je peux, protesta-t-elle en respirant fort et en grimaçant lorsqu'une autre écharde s'enfonça dans son pied.

Sans un mot, Nightingale plaça la pointe du couteau qu'il tenait contre le bras de Robin et il le fit descendre, une ligne rouge apparaissant au fur et à mesure.

— N'argumente pas, dit Nightingale. Tu es en train de la tuer.

Elle voulut lui hurler que ce n'était pas *elle* qui tuait Robin, pâle et faible, à genoux devant lui... c'était *lui*. Mais Allye garda la bouche fermée et retourna à sa position sur la scène pour reprendre où elle en était.

Cela faisait un moment qu'elle dansait maintenant — elle ne savait pas combien de temps — mais elle ne semblait rien faire de bien. Sans doute parce que ses pieds saignaient à cause du sol rêche, et que chaque fois qu'elle trébuchait, Nightingale faisait souffrir Robin.

Allye était au milieu d'un tour lorsqu'elle crut apercevoir quelque chose au fond de la pièce sombre. Elle était éclairée par un projecteur et le reste de la pièce était plongé dans l'obscurité. Elle retint sa respiration et continua à danser, priant que ce qu'elle avait vu venait sauver Robin et elle.

Elle s'était tellement concentrée sur le fond de la pièce qu'elle avait oublié de fixer son regard en tournant. Lorsqu'elle s'arrêta, elle eut tellement le tournis qu'elle tomba à genoux.

Nightingale était furieux.

— Non, non ! Ma Mystic ne tombe pas. C'est stupide ! Tellement *stupide* !

Allye le vit encore tendre la main vers Robin et elle en

eut assez. Elle avait fini de jouer à ces petits jeux. Elle en avait assez d'être la raison pour laquelle il faisait du mal à son ami. Elle ne pouvait plus le faire.

— J'ai terminé ! dit-elle fermement. C'est fini.

Nightingale la regarda avec tant de malveillance et de plaisir à ce refus qu'elle frissonna.

— Non ? Alors ça ne te gêne pas que je la tue ici devant toi ?

Allye ouvrit la bouche pour répondre, mais Robin parla la première.

— Fais-le, enfoiré, dit-elle d'une voix traînante. Tu vas me tuer de toute façon. Fais-le tout de suite.

— Le seul qui va mourir ici ce soir, c'est toi, Nightingale.

La voix grave avec l'accent britannique leur parvint de l'obscurité, et Allye n'avait jamais entendu quelque chose de si beau de toute sa vie.

Sans réfléchir, elle courut vers le son de la voix.

Cependant, avant qu'elle ait fait plus de trois pas, Nightingale sauta sur la scène et lui attrapa le bras. Elle poussa un cri et essaya de se dégager de son emprise, mais sans réussir. Nightingale la tira vers lui et passa un bras autour de sa poitrine. Il appuya le couteau contre sa mâchoire au-dessus du collier en cuir et il la fit remonter sur la scène.

Trois formes noires s'approchèrent de la scène et l'entourèrent, pendant qu'une quatrième aidait Robin à se lever et la déplaça vers la porte.

— Qui êtes-vous ? Comment êtes-vous entrés ? cria Nightingale en reculant, portant presque Allye avec lui.

— Peu importe qui nous sommes. Tout ce qui importe, c'est que tu la laisses partir.

Allye ne savait pas qui avait parlé, mais ça ne faisait aucune différence. Ils étaient là. Ils l'avaient retrouvée.

Quelqu'un sauta sur la scène depuis le côté et leva les mains en s'approchant, montrant qu'il n'était pas armé.

— Laisse-la partir.

Allye s'arrêta presque de respirer.

Gray. C'était Gray. Il était *ici* !

Elle essaya frénétiquement de le voir. Il avait le dos tourné vers le projecteur et elle ne vit que sa silhouette.

— Approche-toi encore et elle meurt ! dit Nightingale en se tournant vers cette nouvelle menace, appuyant encore le couteau ensanglanté contre son cou.

Elle essaya de ne pas réagir, mais elle ne put empêcher un petit gémissement lorsque la pointe s'enfonça dans sa peau. C'était extrêmement douloureux. Voilà exactement ce que Gray avait essayé de lui dire. Il ne pouvait pas supporter que l'on se serve d'elle pour l'obliger à faire quelque chose. Comme quand il était en Afghanistan.

Mais non. Ce n'était pas le Moyen-Orient, et elle n'était pas une victime impuissante. Gray n'était pas attaché et il avait ses amis, tous des durs, derrière lui. Tous ensemble ils pouvaient sûrement se montrer plus rusés que l'homme qui la tenait en otage. N'est-ce pas ?

Elle ne voyait pas le visage de Gray. Elle ne savait pas s'il lui envoyait des signaux ou pas, alors c'était à elle de le faire. Mais quoi ? Nightingale la tenait trop fort pour qu'elle puisse ramollir ses membres et espérer qu'il la laisse tomber. Le couteau qu'il appuyait contre son cou était extrêmement aiguisé et il pouvait facilement la blesser si Gray lui sautait dessus.

Que pouvait-elle donc faire ?

— Maître ? dit-elle doucement, le mot semblant résonner à cause de son obscénité.

— Qu'as-tu dit ? demanda-t-il en serrant encore le bras autour de sa poitrine.

— Maître, répéta Allye, vous me faites mal. Je ne peux pas danser si vous me faites mal.

Il relâcha légèrement sa prise.

— Tu es à moi, dit Nightingale. Je t'ai achetée... tu es à *moi*.

— À toi, dit Allye en fixant Gray. Je suis à toi et tu peux faire de moi ce que tu veux.

— Ce sont tes yeux qui m'ont attiré. J'ai su qu'il fallait que je te possède, continua Nightingale. Et tes cheveux, tellement beaux, cette mèche blanche... je veux avoir des bébés avec des yeux comme les tiens et avec cette mèche blanche dans leurs cheveux.

— Je veux ça également, lui dit Allye tout en regardant toujours dans la direction de Gray.

— Veux-tu danser pour moi, Mystic ? Tout ce que j'ai voulu faire, c'était collectionner la beauté. Et tu es le plus bel ajout à ma collection pour l'instant.

— Oui, Maître, lui dit Allye d'un ton obéissant. Je danserai pour vous. Je vais rester ici et faire ce que vous voulez.

— Tu mens ! grogna-t-il en la serrant plus fort et en montant le couteau au niveau de son visage.

Il fit glisser le plat de la lame sur sa joue et arrêta la pointe juste sous son œil.

— Je vais peut-être retirer tes yeux et les mettre dans un pot. De cette façon, je pourrais les regarder quand je veux sans devoir supporter ton insolence et tes trahisons. Les femmes mentent *toujours*. Elles promettent des choses avant de nous les retirer.

— Je ne mens pas, dit Allye en sachant qu'elle avait sérieusement sous-estimé cet homme.

— Si... mais ce n'est pas grave, dit Nightingale. Parce que je vais te baiser, te garder en vie assez longtemps pour avoir mon bébé, puis empailler ton corps afin de pouvoir regarder tes yeux quand j'en ai envie.

Allye ouvrit la bouche pour répondre... mais elle n'en eut pas le temps.

À la seconde où Nightingale se tourna vers Gray — sans doute pour le provoquer encore — et où il écarta le couteau de son visage, il lui fut arraché. Il se trouva sur le sol avec Black et Arrow sur lui avant qu'elle puisse dire quoi que ce soit. Ils s'étaient approchés par-derrière pendant qu'il était concentré sur ses menaces contre elle et sur l'avancée de Gray.

Puis Gray fut là. Il passa les bras autour d'elle, la soulevant afin que ses pieds ne touchent plus les planches en bois brut, et il sauta de la scène avec Allye toujours dans ses bras. Il recula le long de l'allée jusqu'à ce qu'ils atteignent Robin. Sans un mot, il posa Allye sur le sol. Il regarda le cadenas et le collier autour de sa gorge, et il serra la mâchoire. Il fit courir son pouce sur la petite égratignure qu'elle avait à la mâchoire à cause du couteau avec lequel Nightingale l'avait menacée, puis il hocha la tête vers Ro, qui l'avait suivi dans l'allée.

Il repartit vers ses co-équipiers... et vers Nightingale qui protestait et qui se battait bruyamment.

— Détournez les yeux si vous ne voulez pas le voir mourir, dit Ro à Robin et Allye d'un ton nonchalant qu'il aurait pu utiliser pour parler de la météo.

Allye ne pouvait pas tourner la tête. Elle voulait voir cet homme mourir. Elle en avait besoin.

Elle n'entendait pas ce que disaient les hommes, mais il était évident que Black, Arrow et Gray obtenaient des informations comme ils le pouvaient. Ils le tournèrent sur le dos et en se servant du même couteau qu'il avait utilisé pour faire du mal à Robin et Allye, ils le posèrent contre son cou.

Allye détourna finalement la tête lorsque Nightingale cria et que ses pieds se mirent à tambouriner sur le bois rugueux de la scène.

Elle espérait que cet homme terrible qui avait fait du mal à tant de personnes souffrait autant que possible.

Comme pour confirmer cela, le cri suivant de Nightingale fut aigu et angoissé.

Elle fut sur le point de relever la tête lorsque Ro dit doucement :

— Pas encore, ma belle.

Allye garda donc les yeux rivés sur Robin. Elle s'approcha de son amie et prit sa main dans la sienne, heureuse que cette femme soit encore en vie après tout ce qu'elle avait traversé. Elle fut soulagée de sentir que Robin avait encore la force de serrer sa main.

Nightingale cria dans une sorte de gargouillis, mais Allye ne regarda toujours pas la scène. Elle l'entendit protester une fois de plus, supplier d'épargner sa vie, puis il grogna.

Et ce fut tout.

— C'est terminé ?

— C'est terminé, confirma Ro.

— Allez-vous avoir des problèmes ?

Le grand Britannique la regarda et lui sourit alors.

— Des problèmes ? Ça m'étonnerait. Je pense que la ville nous donnerait plutôt une médaille.

Gray revint alors. Ses lèvres étaient pincées et il ne parla pas en se penchant pour la soulever. Ro porta Robin et ils quittèrent la grande salle étrange.

Allye regarda par-dessus l'épaule de Gray en partant. Le projecteur éclairait toujours la scène. Le corps de Nightingale était allongé au milieu du plancher, son sang maculant le bois sous lui. Il avait les jambes écartées, les bras serrés contre lui et il fixait le vide.

Allye ferma les yeux et ne sentit que du soulagement. C'était terminé. Oui, il y avait d'autres hommes à trouver, et il restait encore des centaines de femmes disparues que Nightingale avait vendues, mais sa vie pouvait revenir à la normale.

Allye ne savait pas pourquoi elle n'était pas plus heureuse de le penser.

Si, elle le savait : Gray. Elle ignorait où ils en étaient et ce qu'il allait vouloir.

Elle posa la tête sur l'épaule de Gray et elle soupira. Elle pouvait y penser plus tard. Bien plus tard.

17

Allye était allongée dans le lit d'hôpital, fébrile et prête à partir. Ils avaient quitté le bunker sous le Refuge pour Animaux Exotiques San Rafael la veille bien après minuit, dans une nuée de lumières des secouristes. Rex avait contacté la police locale et ils étaient arrivés comme un essaim.

Les hommes qui avaient assisté Nightingale avec la torture étaient en garde à vue, et les femmes qu'il avait gardées en otage furent conduites à l'hôpital.

Ball, Black et Arrow avaient réussi à partir discrètement sans être interrogés par la police, mais comme Ro et Gray avaient porté Robin et elle, ils avaient été retenus.

Gray lui avait posé un baiser sur le front avant de hocher la tête en direction des ambulanciers qui allaient fermer les portes. Elle voulut protester. Elle voulut dire qu'elle ne partait pas sans lui, mais elle ne savait pas encore ce qu'il ressentait. Il était là, oui, mais il ne lui avait pas dit plus de deux mots depuis qu'il l'avait sauvée.

Il avait été si fâché avec elle dans le Colorado. Et elle

était discrètement sortie de sa maison comme si elle avait eu tort. Peut-être avait-il simplement ressenti une responsabilité envers elle. Et maintenant qu'il l'avait sauvée — encore une fois —, c'était terminé.

Cette pensée fit remonter ces fichues larmes à la surface, mais Allye les retint par la simple force de sa volonté.

Elle fut examinée par plusieurs médecins. Ils avaient retiré les échardes de ses pieds, l'avaient mise sous intraveineuse parce qu'elle était déshydratée, et l'avait gardée pour la nuit en observation. Maintenant, c'était le milieu de la matinée et ils ne l'avaient pas encore laissée partir. Elle ne savait pas ce qu'ils attendaient, et elle envisageait de se lever et de partir lorsqu'elle entendit du tapage dans le couloir devant sa chambre.

Une femme argumentait avec quelqu'un, expliquant qu'elle avait l'intention de voir la fiancée de son fils, et que rien ni personne ne l'arrêterait.

Allye sourit. Elle imaginait très bien une petite vieille dame qui secouait le doigt devant le visage d'un médecin en le grondant.

Elle souriait toujours lorsque la porte de sa chambre s'ouvrit, et qu'une femme qu'elle n'avait encore jamais vue entra. Une infirmière la suivit de près.

— Je suis vraiment désolée, mademoiselle Martin. Cette femme dit qu'elle est de la famille de votre fiancé et elle n'accepte pas de partir. Il vous suffit de nous dire un mot et j'appellerai la sécurité afin de la faire sortir.

Allye observa la femme qui se tenait dans l'encadrement de la porte. Elle était grande : elle devait faire presque un mètre quatre-vingt-trois. Elle était mince et elle portait une jupe qui s'arrêtait à ses genoux, un chemisier de marque et des chaussures Jimmy Choo avec des talons de sept centimètres. Elle portait un sac Louis Vuitton suffisamment grand pour contenir l'équivalent d'une semaine de vêtements pour Allye.

— Bonjour, Allye, dit la femme en s'avançant dans la pièce avec un grand sourire.

— Mademoiselle Martin, dois-je appeler la sécurité ? demanda l'infirmière, nerveuse.

Allye regarda la femme puis l'infirmière avant de secouer la tête.

— Non, ça va.

— Il vous suffit d'appuyer sur le bouton d'appel si vous avez besoin de moi, précisa l'infirmière.

Avant qu'elle parte, Allye lui demanda :

— Vous alliez vérifier si j'avais le droit de sortir... avez-vous trouvé le médecin ?

— Oh, c'est vrai. Je vais voir ce que je peux faire, marmonna l'infirmière en quittant la chambre, laissant Allye avec l'inconnue.

Celle-ci posa son sac sur le sol et s'approcha du lit. Ses cheveux argentés étaient coiffés de façon élaborée, et ses yeux marron scintillèrent de joie en lui souriant. Son maquillage était parfait et elle ressemblait franchement à un mannequin aux yeux d'Allye. Mais elle avait sans doute la soixantaine, alors il était improbable qu'elle soit mannequin.

Elle resta près du lit, mais assez loin pour qu'Allye ne se sente pas menacée.

— Je m'appelle Pene Rogers, ma chère, dit la femme. Et mon fils n'a dit que de bonnes choses sur toi. Je suis tellement contente de te rencontrer enfin, mais je suis désolée que ce soit dans une telle situation.

Allye fixa la femme. Était-ce bien la mère de Gray ? Elle

avait imaginé quelqu'un de très différent. Pas cette... déesse belle et à la mode. Allye se sentit encore plus mal à l'aise de la rencontrer.

— Euh... bonjour. Savez-vous où est votre fils ?

Elle agita vaguement la main.

— Oh, il s'occupe de quelque chose. Ne t'inquiète pas. Il sera là très vite.

C'était bien ce qui inquiétait Allye.

— Que faites-vous ici ?

— Gray m'a appelé tôt hier soir en disant qu'il avait besoin de moi. Il m'a laissé un message pour expliquer que tu serais ici, alors je suis venue directement à l'hôpital depuis l'aéroport.

Allye ne comprenait pas. La veille au soir, elle était encore emprisonnée par Nightingale. Comment Gray savait-il qu'il la trouverait ? Ou qu'elle n'aurait rien ?

Pene lui tapota la main.

— Ne réfléchis pas trop. Grayson a toujours semblé savoir les choses avant qu'elles arrivent. Est-ce qu'il t'a parlé de la fois où j'ai eu un accident de voiture et que j'ai été blessée ? Il était en poste à l'étranger, mais il a appelé la Croix-Rouge avant qu'ils puissent le contacter. J'allais bien, mais d'une façon ou d'une autre, il avait su que j'étais blessée.

Allye regarda la mère de Gray, sans savoir exactement quoi dire.

Elle ne sembla pas le remarquer ou s'en soucier. Elle approcha une chaise et commença une conversation qui était essentiellement un monologue, comme si c'était la chose la plus naturelle au monde.

— J'ai l'impression de te connaître déjà. J'ai fait des recherches sur toi en ligne, tu sais. Tu danses merveilleusement bien. J'ai lu toutes tes interviews, aussi. Je pense que tu auras du mal si tu veux que Grayson devienne végétarien, mais c'est bien pour lui de manger plus sainement. Il mange déjà trop de viande rouge. Franchement, ce n'est pas étonnant que mon fils t'aime tant. Tu es gracieuse, belle et talentueuse.

— Euh... je pense que vous vous méprenez, lui dit Allye. Nous nous sommes disputés. Je ne sais pas trop si nous sommes encore ensemble.

Pene la regarda longuement avant de sourire.

— Il y a une chose que tu dois savoir sur Grayson. Cet homme est colérique. Son père, paix à son âme, était pareil. Grayson va être tout remonté à cause de quelque chose, puis quand il aura eu le temps de réfléchir, il redeviendra raisonnable. Il faut simplement lui donner cet espace pour réfléchir. Je lui ai dit encore et encore que s'il n'arrive pas à contrôler ça, il va en subir les conséquences. Je déteste lui répéter « Je te l'avais bien dit », mais... il n'y a que la vérité qui blesse.

Allye ne put s'empêcher de sourire.

Pene se pencha vers elle, posa les coudes sur le matelas et baissa la voix comme si elle lui disait un secret.

— Je ne devrais sans doute pas parler de ça, parce que je suis sa mère et tout, mais mon Dieu, quand son père et moi nous étions disputés, et qu'il revenait et que nous avions une conversation plus civilisée... le sexe de réconciliation était hallucinant !

Allye rougit. Puis elle demanda en hésitant :

— Votre mari est mort ?

Elle pensait se souvenir que Gray avait dit quelque chose à ce sujet quand ils étaient dans l'océan, mais elle n'en était pas certaine.

— Malheureusement, oui. Cet homme me manque chaque minute de la journée, mais il m'a donné les meilleurs vingt ans de ma vie. Je ne les échangerais pour rien au monde. Il avait pour habitude de me dire « Pene, mon amour, tu n'as qu'une vie, et tu dois vivre chaque jour comme si c'était ton dernier ». Et c'est ce que nous faisions ensemble. Il était conducteur de train et il y a eu un accident imprévisible. Une voiture était coincée sur la voie, et au lieu de sortir de la salle de contrôle comme il avait été formé à le faire, en s'éloignant de l'impact, mon mari a tout fait pour ralentir le train avant qu'il heurte la voiture.

— Qu'est-il arrivé ? demanda Allye, horrifiée pour la belle femme assise devant elle.

— À l'impact, la voiture a pris feu, et il s'est répandu jusqu'au poste de contrôle, et mon mari n'a pas pu sortir.

Allye ne put s'empêcher de tendre la main et de la poser sur celle de Pene en serrant doucement.

— Je suis vraiment désolée.

Pene hocha la tête.

— Merci, ma chérie. Franchement, c'est nul. Mais Grayson et son frère étaient là pour moi. Ce que j'ai appris de cette épreuve, c'est d'aimer avec force tant qu'on a la chance. Il faut aimer avec tout son cœur, donner tout ce que l'on a. Faire les sacrifices qu'il faut pour qu'une relation fonctionne. Car, comme je le disais, on ne vit qu'une fois. Il faut que ça compte.

Allye eut les larmes aux yeux. Apparemment, une fois que la digue avait été rompue, elle n'arrivait plus à retenir ses larmes.

— Mon Dieu, ne pleure pas, ma chérie ! Grayson me coupera la tête s'il entre ici et qu'il te voit en pleurs, d'autant plus que tu ne pleures jamais.

— Il vous l'a dit ? demanda Allye en retenant ses larmes grâce à un changement de sujet.

— Oh oui. Il m'a révélé toutes sortes de choses sur toi.

— Je ne savais pas que vous parliez si souvent.

— C'est mon enfant. Je lui parlerais tous les jours s'il me laissait faire. Mais j'essaie de me contrôler.

Elle lui fit un clin d'œil.

Allye ne put pas imaginer cela. Sa propre mère ne lui avait jamais parlé sauf quand c'était obligatoire. Ses parents adoptifs n'étaient pas non plus ainsi avec leurs propres enfants. C'était comme si une fois que les enfants avaient dix-huit ans, les parents étaient ravis de les voir partir vivre leur vie afin de reprendre leur propre vie.

— Tu verras quand tu auras tes propres enfants, dit Pene en tapotant la main d'Allye d'un air entendu.

La mère de Gray resta avec elle et elle parla de Gray quand il était enfant, de ce qu'elle faisait maintenant dans le bénévolat, et même un peu du petit frère de Gray, Jackson.

Allye perdit toute notion du temps, fascinée par Pene et son côté amical et chaleureux. Elle commença cependant bientôt à hocher la tête sans vraiment faire attention à ce qu'elle disait, car elle se sentait extrêmement fatiguée.

— J'espère que quand tu viendras me rendre en visite en Floride, tu viendras à un de mes cours de danse en sabots. Nous ne sommes pas aussi douées que toi, mais j'ai parlé de toi à toutes mes amies, et elles sont très impatientes de te rencontrer. Tu pourras parler à ton groupe de danse et leur dire que le voyage en Floride pour un spectacle serait une bonne idée. Non, je sais ! Je viendrai ici à Denver. Ce sera un *road-trip* entre filles. Ce sera amusant et...

— Maman, ne vois-tu pas qu'elle est épuisée ? Lâche-la un peu.

À ces mots, Allye fut soudain très réveillée.

Gray se tenait appuyé contre l'encadrement de la porte avec les bras croisés. Lorsqu'il la vit le regarder, il se redressa et traversa la chambre. Il embrassa sa mère sur la joue, puis il se tourna vers elle.

— Comment te sens-tu, chaton ?

Entendre dire son surnom avec sa voix grave et sexy lui fit une fois de plus remonter les larmes aux yeux.

— Ne pleure pas. Mon Dieu, ne pleure pas, dit-il d'un ton torturé.

Il s'assit au bord de son lit et la prit dans ses bras, enfouissant le visage dans ses cheveux.

Elle remarqua à peine la mère de Gray se faufiler discrètement hors de la pièce, les laissant seuls.

— Je suis vraiment désolé, dit-il sans lever la tête. J'ai été con. J'aurais dû t'écouter. J'avais déjà décidé que tu avais raison et que c'était impossible pour toi de te cacher pendant que d'autres gens étaient blessés et tués, et j'étais sur le chemin du retour. Et afin que ce soit clair : je n'aurais pas pu le faire, moi non plus.

— Je n'aurais pas dû m'enfuir sans te reparler, répondit Allye. J'étais blessée et je n'avais pas les idées claires.

Gray s'écarta.

— Je suppose que nous avons tous les deux des choses à apprendre l'un sur l'autre, hein ?

Il fit doucement courir ses pouces sous les yeux d'Allye, essuyant les larmes errantes qui mouillaient ses joues.

— Je déteste t'avoir fait pleurer, alors que tu ne pleures jamais.

Elle lui fit un petit sourire en lui serrant les poignets.

— Je crois que ça me fait du bien.

Il leva les yeux au ciel, ce qui la fit sourire encore davantage.

— Tu me ramènes à la maison ? chuchota-t-elle.

— À ton appartement ? demanda-t-il.

Allye secoua la tête.

— Non, à la maison. Dans le Colorado. Ta maison me manque.

— *Notre* maison. Et rien ne me ferait plus plaisir que de te ramener à la maison.

Il s'arrêta alors, comme s'il se demandait s'il devait lui poser une question. Elle vit l'instant où il décida de se lancer.

— Est-ce que ça va te manquer ? Le théâtre ? Tes amis ?

Allye secoua immédiatement la tête.

— Je peux danser dans le Colorado. Et mes amis seront toujours mes amis. Avec un peu de chance, j'en aurais de nouveaux.

— Tu en auras, promit-il. Comment pourrait-il en être autrement ? Tu es incroyable.

Elle lui sourit.

— Comment va Robin ? Puis-je la voir avant de partir ?

— Aux dernières nouvelles, elle va bien. Elle a quelques muscles froissés, et avant que tu poses la question, non, tu n'as pas besoin de savoir comment elle les a eus, et elle a dû recevoir quelques points de suture, mais son mari est là et il m'a dit qu'elle pourra rentrer chez elle dans quelques jours.

— Tant mieux.

— Tu as été merveilleuse, dit Gray. J'ai détesté te voir en danger, mais tu es restée maline et tu as fait ce que tu pouvais pour le déstabiliser et le distraire pendant que les autres s'approchaient discrètement de lui.

Allye hocha la tête avec tristesse, puis elle dit doucement :

— Je suis contente qu'il soit mort. As-tu vu les femmes dans les autres pièces ?

— Oui. Elles sont ici à l'hôpital, elles aussi, mais j'ai entendu dire qu'ils avaient dû conduire celle qui était tatouée dans un institut psychiatrique. Nightingale l'a vraiment perturbée.

— Il a souffert, n'est-ce pas ? demanda Allye après avoir jeté un coup d'œil à la porte pour s'assurer qu'elle était toujours fermée.

— Oui, chaton. Nous nous en sommes occupés.

— Bien.

— Je t'aime, dit Gray au bout d'un moment. Tellement. Tu n'imagines même pas. Quand je t'ai rencontrée pour la première fois, je pensais que tu étais un peu trop sarcastique à mon goût. Mais lorsque Black nous a repêchés dans l'océan, je pense que je savais déjà que tu étais celle qu'il me fallait. Calme, avec du sang-froid dans les situations difficiles, et quelqu'un que j'aime avoir à mes côtés dans une urgence.

— Vraiment ?

— Vraiment. J'ai été terriblement surpris quand tu es arrivée au Pit, mais j'étais aussi soulagé. Je savais que je recevais une deuxième chance. Mon père me disait toujours de vivre la vie que l'on m'avait donnée sans aucun regret. Eh bien, j'ai regretté de te laisser partir et de ne pas prendre ton numéro dès l'instant où j'ai quitté cette plage. Puis tu es arrivée. Dans le Colorado. C'était un signe et je n'avais pas l'intention de te laisser repartir.

— Je suis contente que tu ne l'aies pas fait. Je ne peux pas te promettre d'être toujours la meilleure petite amie, car je n'ai encore jamais été aimée par qui que ce soit. Mais je te promets d'essayer d'être réceptive à ce que tu dis et de faire de mon mieux pour ne pas partir sans te parler avant.

Gray secoua la tête.

— Non, chaton. C'est moi qui ferai de mon mieux pour t'écouter et ne pas m'emporter.

— Ta mère dit que tu as hérité ça de ton père.

— Je suppose, dit-il d'un air honteux.

— Je te laisserai de l'espace quand tu en auras besoin, promit Allye. Tu as le droit de prendre le temps de traiter les informations, Gray. J'essaierai de ne pas insister pour que tu prennes une décision quand il s'agit de quelque chose d'important.

— En parlant de quelque chose d'important, dit Gray en passant la main sur ses cheveux avant de se lever.

Allye retint sa respiration lorsqu'il posa un genou à terre sur le sol de la chambre d'hôpital. Elle le fixa avec la bouche ouverte et les yeux écarquillés.

— Allye Martin, je t'aime. Je t'aime tant que je ne peux pas imaginer passer le restant de ma vie sans toi. Veux-tu m'épouser ? Dormir à mes côtés pour le restant de nos vies ? Avoir des enfants avec moi que nous aimerons sans condition et que nous ennuierons tellement qu'ils seront ravis de quitter la maison après le lycée, mais à qui l'on manquera tellement qu'ils reviendront le lendemain soir pour un repas fait maison ? Veux-tu bien supporter mes sautes d'humeur et mon travail avec ses horaires imprévisibles ? Veux-tu me promettre que peu importe ce que je peux dire ou faire, tu ne me quitteras jamais et que tu m'aimeras pour toujours ? Je ne peux pas vivre sans toi, chaton. Je t'ai laissé partir une fois, et je t'ai laissé tomber de la pire des façons. Je ne le referai plus.

Cette fois, les larmes d'Allye furent des larmes de joie.

— Oui, Gray. Bien sûr que je veux t'épouser. Je t'aime tant.

Puis elle se jeta dans ses bras et il la serra contre lui comme s'il n'avait plus jamais l'intention de la lâcher.

Allye leva alors la tête et elle vit la mère de Gray qui regardait par la fenêtre de la petite chambre d'hôpital. Elle pleurait également, et lorsqu'elle vit qu'Allye l'avait remarquée, elle leva le pouce et elle lui sourit.

Allye ferma les yeux et elle laissa Gray porter son poids. Elle ne savait pas comment elle était passée d'une quasi-noyade sur un bateau au milieu de l'océan au bonheur le plus intense de sa vie. Mais comme Pene Rogers l'avait dit, il fallait vivre chaque jour comme si c'était le dernier. Et c'était exactement ce qu'elle allait faire.

ÉPILOGUE

— Allye ! appela Gray. Allons-y ! Nous allons être en retard !

— C'est bon, stresse pas ! cria-t-elle dans les escaliers. J'arrive.

Gray sourit et se remit à faire les cent pas. C'était l'après-midi du gala au Studio de Danse Barbara Ellis à Colorado Springs, où Allye avait enseigné depuis qu'elle était revenue de Californie. Elle avait pris la décision de ne plus vouloir danser elle-même, en tout cas pas avec compagnie de danse professionnelle. Une part de cette décision venait du fait qu'elle aurait dû remonter à Denver au moins deux fois par semaine pour continuer à le faire, car il n'y avait pas de théâtre professionnel à Colorado Springs. Elle avait expliqué que l'autre raison était qu'elle avait aimé enseigner à la classe de la petite Rory, la fillette atteinte de trisomie, et elle voulait le faire dans le cadre d'un travail.

Barbara avait été ravie d'embaucher Allye. Cet après-midi, c'était le premier gala depuis qu'elle avait commencé à enseigner à plein temps, et la classe des enfants avec un handicap faisait son début. Il y avait huit garçons et filles dans cette classe : trois atteints de trisomie, deux en fauteuil roulant, l'autre avec un déambulateur et deux sœurs souffrant d'épilepsie.

Gray eut l'impression d'être plus angoissé qu'Allye. Il l'entendit dans les marches et il se tourna avant de rester pétrifié.

Il n'arrivait pas à croire qu'une personne aussi belle qu'Allye était avec *lui*.

Elle portait une robe assez modeste. Elle était noire, avec un col montant et de longues manches, mais il y avait des ouvertures qui laissaient ses épaules nues. Elle était moulante et chic, et elle brillait un peu à cause de quelque chose dans le tissu. Avec ses talons, elle était légèrement plus grande que d'habitude.

Elle fit un petit tour sur elle-même en bas des escaliers et elle demanda :

— La tenue, ça va à peu près ?

— Ça va à peu près ? demanda Gray en marchant lentement vers elle.

— Oui. La robe est neuve, et une des filles au travail m'a aidé à la choisir, mais je me suis dit que c'était peut-être trop. Je veux dire, ce n'est qu'un gala de danse de l'après-midi et...

Gray ne la laissa pas terminer. Il posa une main sur sa nuque et il l'attira contre lui avec tant de force qu'elle laissa échapper un petit « ouf » lorsqu'elle frappa son torse. Puis il posa les lèvres sur les siennes et il l'embrassa comme s'il ne pouvait jamais en avoir assez.

Elle ne le repoussa pas. En fait, elle passa une main derrière son cou et enfonça les ongles dans sa peau tout en le tenant et en lui rendant son baiser. Ils inclinèrent la tête d'un côté, puis de l'autre, pendant que leur respiration s'accélérait.

Gray s'écarta lorsqu'il sut qu'il n'était qu'à une seconde

de la faire pivoter sur elle-même, de soulever sa jupe et de la prendre là, sur les marches.

Il vit qu'elle savait comme il était tendu. Elle avait du désir qui étincelait dans ses yeux, et ses joues étaient roses. Elle humecta lentement ses lèvres et il faillit décider de ne pas être à l'heure.

— Je suppose que la tenue, ça va, le taquina-t-elle.

— Tu as l'air assez bonne pour te faire croquer, rétorqua-t-il. Et je suis affamée.

Elle leva les yeux au ciel et Gray sentit son érection durcir encore. Mon Dieu, comme il adorait son impertinence. L'idée qu'il avait failli la perdre le frappait aux moments les plus étranges, et celui-ci en faisait partie.

— Ne fais pas ça, dit-elle en se penchant vers lui et en l'embrassant doucement. Je suis ici, et je vais bien.

— Je t'aime, lui dit-il.

— Et je t'aime aussi, répondit-elle immédiatement. Mais nous devons vraiment partir. Les enfants vont angoisser si je suis en retard.

— Non, ils ne stresseront pas, lui dit Gray. Ils vont juste t'accueillir comme toujours, avec de gros câlins.

— C'est vrai, admit Allye. Elle posa une main sur son visage et elle caressa sa joue.

— Comment ai-je pu avoir autant de chance ?

— C'est à moi de dire ça, répondit Gray.

Ils se firent un sourire et il rompit enfin leur étreinte, la faisant tourner et la poussant doucement vers le garage avant de lui mettre une petite claque sur les fesses.

— Allez, avance, tes sbires t'attendent.

Elle ouvrit la marche vers le garage.

* * *

Des heures plus tard, après que les enfants aux besoins spécifiques d'Allye aient été les stars du spectacle en tant que groupe le plus enthousiaste, même s'ils n'étaient certainement pas les plus coordonnés, et après que Barbara Ellis ait annoncé que le nom de l'école allait être changé pour devenir le Studio de Danse Barbara Ellis et Allyson Mystic, et après que la mère de Gray les ait surpris tous les deux en venant au gala avec deux de ses amies, et après que Ro, Ball, Black, Meat et Arrow lui aient également fait la surprise en venant avec assez de fleurs pour en donner une à chaque petite fille et chaque petit garçon, faisant pleurer Allye, et après qu'Allye ait dit bonjour à tous les parents qui étaient venus voir le spectacle, Gray gara enfin la voiture chez eux.

Il appuya sur le bouton de la porte du garage et il coupa le moteur.

— Reste là, ordonna-t-il en sortant.

Allye resta assise, un petit sourire sur le visage.

D'un pas raide, Gray fit le tour de la voiture jusqu'au côté passager et il ouvrit la portière. La première chose qu'il vit fut la petite lampe de la voiture qui se réfléchissait sur la bague de fiançailles au doigt d'Allye. Il avait voulu lui acheter quelque chose de gros et voyant, mais il avait défié la tradition en la laissant choisir ce qu'elle aimait à la place. Il ne voulait surtout pas lui acheter une bague qu'elle n'aimait pas. Il s'était cependant organisé de façon à ce que le bijoutier ne lui parle pas des prix. Gray avait voulu qu'Allye dessine exactement ce qu'elle voulait, peu importe le prix.

Elle avait fini avec une bague que Gray n'aurait jamais choisie pour elle, mais dont il savait qu'elle était parfaite. Ses yeux s'étaient illuminés la première fois qu'elle l'avait vue, et il savait qu'il remuerait ciel et terre pour voir ce type d'émerveillement et de joie dans ses yeux tous les jours pendant le restant de leur vie.

Elle était en platine, avec de petits diamants carrés de chaque côté d'un plus gros diamant taille émeraude. Le total des carats ne s'élevait qu'à deux environ. Il aurait choisi une bague de quatre ou cinq carats que tout le monde aurait vue comme une revendication de Gray, mais il aimait ce qu'elle avait créé pour elle simplement parce qu'*elle* l'aimait tellement.

Gray se baissa et il aida Allye à sortir de la voiture, puis il ferma la portière derrière elle. Il poussa contre le véhicule et il posa les mains sur ses hanches avant de commencer à remonter sa robe.

— Je n'ai réussi à penser à rien d'autre que ça toute la journée.

Elle lui sourit et elle joua avec les boutons de sa chemise blanche pendant qu'il faisait lentement glisser sa robe sur ses hanches.

— Ah oui ?

— Oui, lui dit-il avant de la décaler d'une soixantaine de centimètres et de la faire brutalement pivoter sur elle-même de sorte qu'elle se trouve face au capot encore chaud de la voiture.

Il la poussa sur le dos et elle se pencha vite, écartant les jambes sans qu'il ait besoin de lui dire.

Il passa les mains entre ses jambes et il découvrit qu'elle mouillait pour lui.

— Tu es très humide, chaton.

— J'ai fantasmé là-dessus pendant tout le trajet. Que tu me prennes dans cette robe, sans prendre la peine de l'enlever d'abord.

— Ah bon, tu as fait ça ? demanda-t-il en la tripotant brutalement afin de vérifier qu'elle puisse le prendre sans douleur.

— Oui, oui.

— À quoi d'autre as-tu pensé ? dit-il en ouvrant le bouton de son pantalon avec sa main libre.

— Nous dans la douche. Dans la...

Elle arrêta de parler lorsque Gray poussa sa culotte sur un côté et la pénétra sans la prévenir.

— Ça ? As-tu pensé à ça ?

— Oui... oh mon Dieu, oui.

Allye se pencha plus en avant, s'offrant à lui, les talons la mettant exactement à la bonne hauteur pour qu'il la pénètre sans avoir à plier les genoux.

Gray savait qu'il faisait n'importe quoi, mais en voyant comme elle était merveilleuse avec tous les enfants au gala, il était tombé encore plus amoureux d'elle. Et cela lui donnait envie de montrer exactement comme elle comptait pour lui. Il s'était maîtrisé tout l'après-midi. Ne l'avait pas entraînée à l'écart pour un coup rapide dans une des salles de répétitions vides. Il avait besoin de ça. Besoin d'*elle*.

Leurs peaux claquèrent l'une contre l'autre pendant qu'il la pénétrait, sa robe était remontée sur son dos, et il s'y accrochait d'une main pendant que l'autre tenait sa hanche. Son pantalon et son boxer avaient été descendus juste ce qu'il fallait pour sortir sa verge et entrer en elle.

Gray baissa le regard vers l'endroit où ils étaient unis, et il se sentit expulser un peu de sperme en voyant que sa queue était recouverte par le jus lubrifiant d'Allye. Il ne portait pas de préservatif et il ne s'en soucia pas. S'il la mettait enceinte, qu'il en soit ainsi. Il allait l'épouser dès qu'elle serait prête et avec ou sans enfant, elle était à lui.

— S'il te plaît, gémit Allye en cherchant des mains une prise sur le capot.

— Tu veux jouir, chaton ? demanda-t-il sans ralentir son va-et-vient.

— Oui.

— Alors, touche-toi, ordonna-t-il.

Une de ses mains disparut immédiatement sous elle et Gray sentit ses doigts le long de sa verge quand il se retira. Elle ne fit pas de commentaire sur l'absence de préservatif, mais elle utilisa leur humidité pour mouiller ses doigts avant de les poser sur son clitoris. Il s'enfonça en elle au moment où elle pencha encore plus les fesses et elle se caressa avec urgence, se conduisant à l'orgasme en quelques secondes.

— Gray, je...

— Oui, chaton. Laisse-toi aller. Je te tiens.

Et elle lâcha tout. Ses jambes tremblèrent, et son corps serra sa queue pendant qu'il entrait et sortait un peu plus lentement. Juste au moment où l'orgasme d'Allye prit fin, Gray sentit son propre plaisir monter de ses bourses et sortir de sa queue.

La sensation de jouir au plus profond de son corps ne ressemblait à rien de ce qu'il avait déjà vécu. Il ne pensait pas que faire l'amour sans préservatif serait si différent, mais il avait tort. Tellement tort. La chaleur autour de sa verge était multipliée par dix et il imaginait déjà les milliers, les millions de spermatozoïdes nager le long de son canal jusqu'à son utérus.

Il sourit et il bougea afin d'être mieux appuyé contre les fesses d'Allye pour ne pas laisser échapper une goutte avant que celle-ci ait le temps de faire son travail.

Allye soupira sous lui et elle s'agita. Gray savait qu'il devait bouger, mais il n'en avait vraiment pas envie. Notant mentalement de la baiser encore une fois dès que possible, dans un lit la prochaine fois afin de pouvoir s'endormir toujours en elle, Gray se retira.

Il observa avec fascination son sperme commencer à couler hors d'elle.

— Gray ? demanda-t-elle en tournant la tête pour le regarder. Je dois rentrer pour me laver.

Sachant qu'elle avait raison, Gray remonta ses sous-vêtements et son pantalon, mais il ne ferma pas les boutons. Il fit alors pivoter Allye sans prendre la peine de remettre sa robe en place, et il la souleva. Il la porta dans la maison et il monta l'escalier.

Il la reposa sur ses pieds dans la salle de bains et il s'agenouilla afin de défaire ses chaussures à talons. Il sentit les doigts d'Allye dans ses cheveux pendant qu'il se concentrait sur les attaches compliquées. Certains pouvaient penser que ce n'était pas très viril de le faire pour elle, mais selon lui, prendre soin d'elle avec ce genre de détails faisait partie des nombreuses choses viriles qu'il faisait quotidiennement pour elle. Et il voulait les faire. Il voulait la rendre heureuse. Confortable. Voulait être sûr qu'elle soit nourrie, qu'elle n'ait jamais soif. C'était un honneur pour lui et il pouvait avec bonheur passer le reste de sa vie à lui retirer les chaussures à la fin de la journée.

— Douche ? demanda-t-il en la soulevant et en la retournant enfin de défaire sa robe.

— Bain, je pense, répondit-elle.

En faisant courir la main le long de sa colonne, il poussa la robe au-dessous de ses hanches et elle tomba autour de ses pieds.

En baissant les yeux, Gray vit la petite cicatrice à l'arrière de sa jambe, à l'endroit où le médecin avait retiré la puce GPS. Il avait voulu la laisser, mais Allye avait refusé en disant qu'elle ne se remettait plus jamais dans une situation comme celle qu'elle avait vécue en Californie, et qu'il n'était donc plus nécessaire de la pister.

Gray avait voulu protester qu'avec son travail en tant que Mercenaire Rebelle, elle pouvait toujours être en danger à cause de quelqu'un qui voulait se venger de Rex ou de lui, mais finalement, il n'avait pas voulu la contrarier. Meat travaillait à une amélioration du concept de toute façon, afin qu'il ne soit pas aussi douloureux à retirer et qu'il soit plus efficace, peu importe où se trouve le porteur... comme dans un bunker en béton souterrain.

Il posa un baiser sur son épaule et il se pencha pour faire couler l'eau dans le bain.

— Prends ton temps, chaton. Je vais lancer le dîner. Des lasagnes végétariennes, ça te va ?

Elle se tourna alors et passa les bras autour de son cou.

— C'est parfait. Je t'aime, Gray. Merci de m'avoir accompagnée aujourd'hui. Ça comptait beaucoup.

— Quand tu veux. Tout ce qui est important pour toi est important pour moi.

— Allons-nous voir ta mère demain ?

Il fronça le nez.

— Oui. Elle a dit qu'elle arriverait vers onze heures. Et qu'elle amène ses amies. Ça te va ?

— Tout à fait. J'adore ta mère.

Gray ne put s'empêcher de sourire bêtement. Pour une femme qui avait un jour dit que les mamans ne l'aimaient jamais, on lui avait vraiment prouvé le contraire, maintenant. Cela lui rappela autre chose :

— Veux-tu reparler du karma ? demanda-t-il.

Elle leva les yeux au ciel.

— Non.

— Tu en es sûre ? Je veux dire, je veux bien te donner toutes sortes d'exemples où le karma a bien fonctionné pour toi.

— Va-t'en, ordonna-t-elle en le tournant vers la porte et en le poussant légèrement.

Gray partit mais il fit demi-tour avant de sortir.

— Je t'aime, chaton.

Le visage d'Allye s'adoucit.

— Je t'aime aussi. Maintenant, va-t'en.

Il sortit.

* * *

Ronan Cross, Ro pour ses amis, se concentrait sur la suspension d'un pick-up Ford récent lorsqu'il sentit la chose la plus délicieuse qu'il ait sentie de sa vie.

Il avait l'habitude de sentir l'huile, l'odeur corporelle ou l'essence quand il travaillait dans son petit garage. Mais l'odeur des lilas était aussi peu à sa place ici qu'une assiette de bacon dans un lieu de retraite végétarien.

Il sortit de sous le véhicule et il fixa la femme qui se tenait devant le garage, nerveuse et hésitante. Elle était grande pour une femme, peut-être quinze centimètres de moins que son mètre quatre-vingt-dix. Mais elle avait le genre de courbes que Ro appréciait. Des courbes à la Marilyn Monroe, comme il aimait les appeler. Les hanches larges, de gros seins, une taille qu'il pouvait tenir facilement et des jambes qui pouvaient l'étouffer s'il se mettait entre elles.

Elle portait une jupe courte, une jupe dans laquelle elle semblait mal à l'aise à la façon dont elle tirait dessus. Son chemisier était court et il ne correspondait pas du tout à son type corporel. Il était trop petit d'une taille, et les boutons luttaient pour rester fermés, laissant de petites ouvertures à l'avant de son buste.

Elle avait les cheveux noirs qui tombaient plus bas que ses épaules. Ils étaient complètement lisses, comme si elle les avait passés au fer à repasser. Les mèches prenaient presque des tons bleutés quand elle bougeait au soleil, et ses yeux avaient une étrange teinte violette. Elle devait porter des lentilles de contact pour créer cette couleur, mais Ro s'en moquait. Elle était très maquillée, avec un rouge à lèvres sombre.

Cela faisait si longtemps qu'il n'avait pas eu le désir de ramener une femme chez lui, qu'il fut surpris en pensant immédiatement à l'apparence qu'auraient ses lèvres peintes autour de sa verge.

Il était malpoli en la fixant ainsi, mais Ro n'arrivait pas à sortir de l'étrange transe dans laquelle il avait été plongé à la seconde où il avait senti la crème ou le parfum qu'elle portait.

Elle rompit enfin le silence tendu en demandant :

— Avez-vous un téléphone que je pourrais utiliser ?

Ro cligna des paupières. Il ne se souvenait pas de la dernière fois que quelqu'un lui avait demandé d'utiliser son téléphone. Presque tout le monde avait un portable désormais.

Et plus il réfléchissait, plus il était mal à l'aise. Il regarda derrière la femme, vers la zone devant son garage, et ne vit pas de voiture.

En marchant lentement afin de ne pas l'effrayer, Ro dépassa la femme et scruta autour de lui. Son garage se trouvait hors des sentiers battus et il n'y avait qu'un petit panneau au bout de son allée qui indiquait qu'il y avait un commerce. Il n'y avait aucune trace de véhicule, et il ne savait pas comment cette femme avait pu le trouver, et encore moins comment elle était arrivée ici sans voiture.

— Où est ta voiture, ma belle ? demanda-t-il.

Elle écarquilla les yeux, surprise, puis elle lâcha :

— Vous êtes anglais.

— Je l'étais, oui, dit-il. Maintenant je suis américain. Ta voiture ?

— Oh. Euh… je-je n'en ai pas, bafouilla-t-elle.

— Comment es-tu arrivée ici, alors ? demanda Ro en faisant un pas vers elle, remarquant qu'elle faisait un pas de même longueur vers l'arrière, en s'écartant de lui.

Elle ne le regardait pas dans les yeux et il sut qu'elle était sur le point de mentir.

— Une amie m'a déposée, mais ce n'est pas la bonne adresse. J'ai accidentellement laissé mon sac dans sa voiture et j'ai besoin de l'appeler afin qu'elle vienne me chercher.

Ro la dévisagea longuement. Il était vrai qu'elle ne portait pas de sac et les chaussures à ses pieds n'étaient pas appropriées pour marcher sur une longue distance. Mais elle lui mentait au sujet de l'amie. Il le savait.

S'il l'avait vue dans la rue au centre de Colorado Springs, il aurait immédiatement pensé qu'elle était une prostituée, mais elle n'était pas en centre-ville. Elle se tenait au milieu de son garage isolé, agitée, évitant son regard. Elle n'était pas une prostituée. Il aurait parié sa vie là-dessus.

— J'ai un téléphone que tu peux utiliser, dit-il doucement, ne souhaitant pas l'effrayer.

— Merci, répondit-elle en poussant un soupir de soulagement.

Elle sembla presque sur le point de pleurer, mais elle tourna la tête et contempla son garage.

Ro attrapa un chiffon sur une étagère et il essaya de retirer une partie de l'huile sur ses mains. Il passa la main dans sa poche arrière et en sortit son téléphone. Il était chaud à cause de sa chaleur corporelle. Il le déverrouilla et le tendit à la femme devant lui.

— Voilà.

— Merci.

Elle tint le téléphone comme si elle ne savait pas trop quoi faire ensuite.

— Vas-y, ma belle. Je l'ai déverrouillé pour toi. Appuie sur la petite icône du téléphone et appelle qui tu veux.

Elle hocha la tête et elle regarda le téléphone dans sa main pendant un long moment avant de sembler prendre une décision. Puis elle composa lentement un numéro et elle fixa le sol en attendant que quelqu'un réponde.

Ro savait que la chose polie à faire était de lui laisser un peu d'espace. Mais il était curieux, et il ne pouvait pas partir sans en apprendre un peu plus sur sa situation, car ça ne lui convenait pas du tout. Les gens n'arrivaient pas chez lui par accident.

— Salut, Abbie ? C'est moi, Chloé. J'ai besoin qu'on passe me prendre.

Il y eut une pause pendant qu'elle écoutait la personne à l'autre bout du fil.

— Je sais.

Une autre pause.

— Je n'ai pas fait exprès. Veux-tu venir me chercher ou pas ?

Une plus longue pause, comme si la mystérieuse Abbie disait ce qu'elle en pensait vraiment.

— Je *sais*, répéta-t-elle avec plus d'amertume. Viens-tu me chercher ou pas ?

Elle leva la tête vers Ro et dit :

— J'ai besoin de l'adresse.

Ro la lui donna et il la regarda répéter l'adresse à cette Abbie et la remercier avant de raccrocher.

Elle lui fit un petit sourire pincé en lui rendant son téléphone. Il le récupéra en prenant soin de frôler ses doigts. Elle rougit et ce fut adorablement mignon. Sa tenue sembla encore plus décalée.

— Veux-tu boire quelque chose en attendant ? demanda-t-il.

— Oh non, merci. Je ne veux pas déranger. Je vais juste attendre là-bas, dit-elle en montrant la porte ouverte du garage avec son pouce.

— Ça ne me gêne pas, insista Ro.

— Retournez à votre travail. Ça va. J'apprécie d'avoir pu utiliser votre téléphone.

Et là-dessus, elle tourna les talons et elle sortit.

Ro aurait pu la laisser partir, c'était certain. Il aurait dû se contenter d'être intrigué et se demander pourquoi une jolie femme était par hasard entrée dans son garage.

Mais à la seconde où elle se tourna et qu'il vit l'énorme hématome dans son dos, cela scella leur destin.

Le chemisier qu'elle portait était blanc et transparent. Il voyait facilement le contour de soutien-gorge noir qu'elle portait au-dessous et la marque noire et bleue sur son dos était tout aussi visible.

Il bougea avant même que son cerveau ait entièrement compris ce qu'il voyait. Il l'arrêta avec une main autour de son bras.

— Tu es blessée, dit-il d'un ton grave et énervé.

Elle le regarda, surprise. Lorsqu'elle vit ce qu'il scrutait, elle essaya de retirer son bras.

— Je vais bien.

— Montre-le-moi.

— Quoi ?

— Montre-le-moi, répéta Ro.

— Je ne crois pas...

— Je ne vais pas te faire de mal, dit-il calmement. Je veux simplement m'assurer que tu n'as pas besoin de soins médicaux.

— Je n'en ai pas besoin, insista-t-elle.

Elle arrêta d'essayer de se dégager et elle resta immobile.

— S'il te plaît. Je ne vais pas te toucher, je veux simplement voir ta blessure.

Elle fronça les sourcils.

— Tu ne vas pas me lâcher avec ça, n'est-ce pas ?

— Non.

— Pourquoi ?

— Parce que j'ai l'impression que tu n'as pas eu ça en tombant toute seule. Montre-le-moi et j'arrête.

Il ne pensait pas qu'elle allait le faire, mais après un court échange de regards, elle souleva son chemisier dans le dos avec un air de défi, juste assez pour qu'il puisse voir la marque sur son côté droit.

Elle se trouvait au-dessus de ses reins. Cela avait dû lui faire affreusement mal, devait *encore* lui faire mal, et Ro savait qu'il n'y avait qu'une seule chose qui faisait une marque de cette taille et de cette forme. Un poing.

Elle laissa retomber son chemisier, mais il ne lâcha pas son bras.

— Comment t'appelles-tu ? demanda-t-il fermement.

— Pourquoi ? dit-elle en essayant de le faire lâcher encore une fois.

Elle leva l'autre main et elle essaya de décrocher ses doigts de son bras.

— Tu me fais mal. Lâche-moi.

— Je ne te fais pas mal, répondit Ro en sachant qu'il la serrait avec force, mais pas trop.

S'il devait aider cette femme, il avait besoin de connaître son nom.

— Quel est ton nom ?

— Quel est le tien ? rétorqua-t-elle.

— Ronan Cross. Tu peux m'appeler Ro. Ton tour.

Elle le regarda un instant avant de dire doucement :

— Chloé Harris.

Pour une raison étrange, le nom lui sembla familier, mais il lui fallut une seconde pour faire le rapprochement.

— Putain. Ne me dis pas que tu es l'épouse de Leon Harris.

Leon Harris était un des chefs de la branche locale de la Cosa Nostra, la mafia dont le QG était à Denver. Rex était au courant du groupe, bien sûr, mais il ne se mêlait pas de leurs affaires, car ils s'occupaient principalement de contrefaçons, de délits d'initiés, d'extorsion et d'autres pratiques de corruption... pas de crimes contre les femmes. Le groupe était constitué de plusieurs familles majeures de la zone de Denver et de quelques familles moins importantes. Elles travaillaient toutes ensemble et tout le monde se soutenait.

Ce n'était pas la mafia comme les représentaient les vieux films de gangsters. Mais ils étaient tout aussi dangereux. Récemment, ils s'étaient diversifiés et ils avaient invité quelques vieilles familles avec des relations à Colorado Springs à les rejoindre. La famille Harris en faisait partie.

Ro se souvenait d'avoir vu un jour le patriarche, Leon Harris, à la télévision. Ses cheveux étaient aussi noirs que la nuit et il était grand. Chloé lui rappelait beaucoup cet enfoiré.

— Je ne suis pas l'épouse de Leon Harris, récita scrupuleusement Chloé.

— Heureusement, souffla Ro dans un soupir de soulagement.

— C'est mon frère, dit-elle doucement.

Ro la regarda avec de grands yeux.

— Est-ce lui qui t'a fait ça ? demanda-t-il en montrant l'hématome dans son dos.

— Écoute, ça ne te regarde pas, dit-elle en luttant encore pour se dégager.

Ro la laissa partir. Ce n'était pas comme si elle pouvait

aller loin. La mystérieuse Abbie n'était pas encore là, et elle ne pouvait pas vraiment partir, puisqu'il n'y avait nulle part où aller.

— Parle-moi, grogna Ro.

Chloé croisa les bras, ce qui referma légèrement les ouvertures de son chemisier, et elle secoua la tête.

— Je ne te connais pas. Tout ce que je voulais, c'était utiliser ton téléphone.

— Et tout ce que je veux, ma belle, c'est m'assurer que tu es en sécurité, heureuse et en bonne santé. Et d'après cet hématome, et le fait que tu te trouves dans mon garage sans voiture, tu n'as aucun de ces trois éléments.

Ils eurent alors un nouveau défi des regards, Ro la fixant en croisant les bras pendant qu'elle soutenait son regard. Elle humecta ses lèvres et finit par détourner les yeux, mal à l'aise.

— Je ne vais pas te faire de mal, répondit Ro. Ma mère me casserait la figure si je faisais du mal à une femme.

— Je vais bien. Je déménage bientôt.

— Bon sang, répondit Ro. Tu vis dans la même maison que lui ?

— C'est mon frère, dit Chloé. Alors, oui.

Ro passa la main dans sa poche arrière. La chaîne attachée à sa ceinture tinta lorsqu'il sortit son portefeuille. Il en retira une carte de visite. Elle portait son logo et CAROSSERIE RO au-dessus. Il la lui tendit.

Elle regarda la carte comme si c'était un serpent qui allait la mordre.

En s'avançant vers elle, Ro lui prit la main et posa la carte sur sa paume en fermant ses doigts autour.

— C'est ma carte. Si tu as besoin de quoi que ce soit, et je veux vraiment dire *quoi que ce soit*, tu m'appelles. Je t'aiderai quelle que soit l'heure. Compris ?

— Pourquoi ? chuchota-t-elle sans regarder la carte.

— Parce que tu en as besoin. Et parce que tu sens meilleur que toutes les personnes que j'ai rencontrées dans ma vie.

Elle écarquilla les yeux avant de sourire.

— Tu me proposes de l'aide à cause de mon odeur ?

— Regarde autour de toi, ma belle. Tu crois que quelque chose ici sent bon ? Ce n'est pas le cas. Alors oui, quand un souffle d'air frais entre dans mon garage, avec ton odeur et ton apparence, et un fichu hématome dans le dos qui a été mis là par un homme ? Tu peux être certaine que je propose de l'aider.

— Ah, bon... merci.

— Ne me remercie pas, sauf si tu as l'intention de l'utiliser, répondit Ro en montrant la carte d'un hochement de tête.

— Je ne pense pas en avoir besoin, mais j'appellerai s'il arrive quelque chose.

Ro sut qu'il n'aurait pas mieux.

Il vit une voiture s'engager dans l'allée et s'approcher : c'était une Mercedes. Le modèle de cette année, pensait-il. La femme au volant leur jeta un regard noir en s'arrêtant. Elle ne prit pas la peine de sortir.

— C'est Abbie. Je dois partir, dit-elle en faisant un pas en arrière, s'écartant de lui.

Il la vit ranger la carte de visite dans la petite poche avant de son chemisier pendant qu'elle tournait toujours le dos à la femme qui était venue la chercher.

— Merci, dit-elle doucement avant de se tourner pour marcher jusqu'à la Mercedes.

Ro garda les yeux rivés sur la conductrice, tout comme elle le fixait. À la seconde où Chloé monta dans la voiture, la femme se tourna et commença à lui faire des réprimandes.

À la façon dont elle faisait des gestes vers lui avec la main et dont elle fronçait les sourcils de colère ou de consternation, Ro vit qu'elle criait contre Chloé.

La femme secoua la tête, comme dégoûtée, puis elle regarda derrière elle, reculant lentement hors de l'allée au lieu de prendre le temps de faire demi-tour.

Ro mémorisa la plaque d'immatriculation de la Mercedes, puis il leva les yeux vers Chloé. Elle ne le regardait pas. Elle avait la tête baissée et elle fixait ses genoux pendant qu'Abbie éloignait la voiture de la maison et du garage.

Il ne savait toujours pas comment Chloé avait atterri chez lui, mais il avait l'intention de le découvrir. Se disant d'appeler Rex dès que possible, Ro fit quelques pas jusqu'à se tenir à l'entrée de son garage.

Il était toujours là, longtemps après la disparition de la voiture.

Chloé était un mystère. Elle semblait avoir environ son âge, trente-cinq ans à peu près. Il savait que Leon Harris venait d'avoir trente ans, car il avait fait une énorme fête en centre-ville et il avait invité un tas d'enfants placés dans des familles d'accueil. Ce n'était que pour la frime, mais cela avait attiré l'attention des médias et ils en avaient parlé dans les journaux locaux.

Pourquoi Chloé vivait-elle avec son petit frère ? Pourquoi laissait-elle quelqu'un la frapper ? Et pourquoi portait-elle des vêtements faits pour une femme plus jeune, plus fine, plus... *mondaine* ? C'étaient des questions auxquelles Ro n'avait pas de réponse... pour l'instant.

Il se souvint de la façon dont elle avait rangé sa carte dans la poche. En se cachant des yeux curieux ? Il l'espérait. Quoiqu'il se passe, elle aurait de ses nouvelles.

En se retournant vers le pick-up, Ro inspira profondément, toujours capable de sentir l'odeur légère du lilas. Oh oui, Chloé Harris n'avait pas fini de le voir.

*

Recherchez le prochain livre de la série: *Un Défenseur pour Chloe*

REMERCIEMENTS

Ceci est l'endroit du livre où l'auteure remercie tous les gens qui l'ont aidée avec cette histoire.

Je ne pourrais littéralement jamais remercier toutes les personnes qui m'ont aidée. De mes trois lecteurs incroyables à mon mari, qui supporte tout le temps les bruits du clavier de mon ordinateur portable. De mes amies qui m'aident avec le brainstorming, à mes chiens qui se moquent de ce que je fais tant qu'ils ont le droit de dormir sur le canapé à côté de moi.

Mais ce serait négligent de ma part si je ne te remerciais pas, chère lectrice, cher lecteur, d'avoir pris ce livre et de lire mes mots. Je suis certaine qu'il y a de meilleurs livres. Mais j'espère que la lecture de cette histoire, qui vient tout droit de mon imagination, t'a donné quelques heures de divertissement. De plus, il vaut mieux lire que sortir les poubelles ou faire le ménage, n'est-ce pas ?

DU MÊME AUTEUR

<u>Autres livres de Susan Stoker</u>

<u>Mercenaires Rebelles</u>

Un Défenseur pour Allye

Un Défenseur pour Chloe

Un Défenseur pour Morgan

Un Défenseur pour Harlow

Un Défenseur pour Everly

Un Défenseur pour Zara

Un Défenseur pour Raven

<u>Forces Très Spéciales Series</u>

Un Protecteur Pour Caroline

Un Protecteur Pour Alabama

Un Protecteur Pour Fiona

Un Mari Pour Caroline

Un Protecteur Pour Summer

Un Protecteur Pour Cheyenne

Un Protecteur Pour Jessyka

Un Protecteur Pour Julie

Un Protecteur Pour Melody

Un Protecteur Pour the Future

Un Protecteur Pour Kiera

Un Protecteur Pour Dakota

<u>**Delta Force Heroes Series**</u>

Un héros pour Rayne

Un héros pour Emily

Un héros pour Harley

Un mari pour Emily

Un héros pour Kassie

Un héros pour Bryn

Un héros pour Casey

Un héros pour Wendy

Un héros pour Sadie (TBA)

Un héros pour Mary (Avril)

Un héros pour Macie (May)

<u>**En Anglai**</u>
<u>**Delta Force Heroes Series**</u>

Rescuing Rayne

Rescuing Emily

Rescuing Harley

Marrying Emily (novella)

Rescuing Kassie

Rescuing Bryn

Rescuing Casey

Rescuing Sadie (novella)

Rescuing Wendy

Rescuing Mary

Rescuing Macie (novella)

<u>Delta Team Two Series</u>

Shielding Gillian

Shielding Kinley (Aug 2020)

Shielding Aspen (Oct 2020)

Shielding Riley (Jan 2021)

Shielding Devyn (TBA)

Shielding Ember (TBA)

Shielding Sierra (TBA)

<u>SEAL of Protection: Legacy Series</u>

Securing Caite

Securing Brenae (novella)

Securing Sidney

Securing Piper

Securing Zoey

Securing Avery (May 2020)

Securing Kalee (Sept 2020)

Securing Jane (Novella) (Feb 2021)

<u>SEAL Team Hawaii Series</u>

Finding Elodie (Apr 2021)

Finding Lexie (Aug 2021)

Finding Kenna (Oct 2021)

Finding Monica (TBA)

Finding Carly (TBA)

Finding Ashlyn (TBA)

<u>Ace Security Series</u>

Claiming Grace

Claiming Alexis

Claiming Bailey

Claiming Felicity

Claiming Sarah

Mountain Mercenaries Series

Defending Allye

Defending Chloe

Defending Morgan

Defending Harlow

Defending Everly

Defending Zara

Defending Raven (June 2020)

Silverstone Series

Trusting Skylar (Dec 2020)

Trusting Taylor (Mar 2021)

Trusting Molly (July 2021)

Trusting Cassidy (Dec 2021)

SEAL of Protection Series

Protecting Caroline

Protecting Alabama

Protecting Fiona

Marrying Caroline (novella)

Protecting Summer

Protecting Cheyenne

Protecting Jessyka

Protecting Julie (novella)

Protecting Melody

Protecting the Future

Protecting Kiera (novella)

Protecting Alabama's Kids (novella)

Protecting Dakota

Badge of Honor: Texas Heroes Series

Justice for Mackenzie

Justice for Mickie

Justice for Corrie

Justice for Laine (novella)

Shelter for Elizabeth

Justice for Boone

Shelter for Adeline

Shelter for Sophie

Justice for Erin

Justice for Milena

Shelter for Blythe

Justice for Hope

Shelter for Quinn

Shelter for Koren

Shelter for Penelope

À PROPOS DE L'AUTEUR

Susan Stoker est une auteure de best-sellers aux classements du New York Times, de USA Today et du Wall Street Journal. Elle a notamment écrit les séries Badge of Honor: Texas Heroes, SEAL of Protection et Delta Force Heroes. Mariée à un sous-officier de l'armée américaine à la retraite, Susan a vécu dans tous les États-Unis, du Missouri jusqu'en Californie en passant par le Colorado, et elle habite actuellement sous le vaste ciel du Tennessee. Fervente adepte des fins heureuses, Susan aime écrire des romans où les sentiments laissent place au grand amour.

http://www.StokerAces.com

facebook.com/authorsusanstoker

twitter.com/Susan_Stoker

instagram.com/authorsusanstoker

goodreads.com/SusanStoker